Eu era uma e elas eram outras
Juliana W. Slatiner

ABOIO

Eu era uma e elas eram outras

Juliana W. Slatiner

Distrito de Polícia de Kaski, Pokhara	9
Setembro – Purgatório	12
Novembro – Sujeira	31
Dezembro – Lá fora	56
Janeiro – Hospício	68
Março – Nomes	84
Maio – Rosa	96
Junho – Arethusa	105
Julho – Portão	121
Julho – Dois anos depois	128
Setembro – Só eu mesma	136
Setembro – Fome	143
Outubro – Buraco	150
Novembro – Oco	159
Novembro – Caco	172
Dezembro – Vela	179
Dezembro – A Capa	205
Janeiro – Surra	209
Fevereiro – Fogo	226
Fevereiro – Agnes	240
Maio – Silêncio	245
Junho – Mesa da cozinha	250
Junho – Borboleta	273

Pois em mim mesma eu vi como é o inferno.
Clarice Lispector

Distrito de Polícia de Kaski, Pokhara

Apagaram as luzes dos corredores, mas o branco do papel parece piscar aceso nas minhas mãos. As quatro que dividem o espaço comigo enfim dormiram. As paquistanesas, a americana e uma outra, que ainda não sei de onde é, porque chegou chorando muito, com a cara cheia de hematomas frescos e ainda não falou uma palavra. Pelo menos há um pouco de silêncio.

Escrevo sentada no chão, com as pernas esticadas, usando de mesa um livro em nepalês sobre as origens do hinduísmo que consegui na biblioteca. Chamamos de biblioteca, mas na verdade é só um carrinho de supermercado com livros doados. Passa uma vez por semana, no corredor das celas dos turistas contraventores e imigrantes ilegais.

Não falo, muito menos leio nepalês. Desde que cheguei, só li "A Conquista do Everest" e "O Caminho da Felicidade", os únicos disponíveis em inglês, porque a ironia da vida não se cansa. Também não sei qual livro teria se encaixado nesse momento. A maioria dos outros está em hindu. Tem uma trilogia em forma de fantasia moderna sobre a vida do Shiva que dá até briga nas celas dos homens, mas nunca chegou na nossa. Não sei em que língua está, mas sei que em português não tem nenhum volume. Imagino se alguma vez teve.

Nossa ala é a mais nova do prédio. Tem tetos e paredes claras como um hospital e a fofoca típica é de que somos tratados melhor do que do outro lado da delegacia, onde ficam os locais. Pelos gritos que ouço de vez em quando, não duvido. O prédio não é grande e, como o refeitório está em obras, recebemos as marmitas do restaurante do outro lado da rua, três vezes por dia. Metade da comida do meu prato já esfriou. Ainda tem arroz, dal, um pedaço de naan e o mix de vegetais refogados do dia. É muito mais comida do que consigo comer desde que saí de lá.

Minha advogada, a santa Kathleen, ou Miss Cohen, como prefere ser chamada, me pediu para escrever tudo que eu lembrasse. Disse que minhas chances de sair aumentaram depois que conseguiu o contato com a tal jornalista no Brasil. Não conheço a minha conterrânea, mas a Miss Cohen disse que foi ela quem cavou a notícia que vai me ajudar. Também insistiu em não divulgar o nome da outra, por enquanto. Como se eu não estivesse acostumada com isso. A falta de nomes é parte do que tenho para contar.

Para ser sincera, não sei nem os nomes dos dois que me colocaram aqui. Nem queria ter que saber, mas provavelmente vou acabar sabendo. Os que estavam no quarto naquela noite. Não adiantou só a confissão dos desgraçados, a justiça desse país quer saber exatamente o que aconteceu comigo. Tenho que explicar o que eu fiz durante todo este tempo aqui. Depois, meu testemunho vai ser traduzido e incluído no processo. Me deram este caderno grosso com aro de metal e duas canetas azuis que, teoricamente, só posso usar durante o dia, em horários específicos, e que, nas outras horas eram para ficar guardados com a assistente do delegado, a eficiente e noveleira Sharmila.

Falei para ela que não consigo escrever com a confusão dos presos durante o dia. Ela acabou de sair da escola militar, fala três línguas e é bastante atenciosa comigo. Parece que já entendeu que não esfaqueei, nem estrebuchei ninguém. Sempre que a Sharmila passa no corredor, puxa conversa, me pergunta das novelas brasileiras que nunca assisti, e no final me diz para eu ficar tranquila, que não demora e vou ter direito ao meu passaporte de volta.

Hoje ela não veio buscar o caderno.

Vou escrever o que lembro, sem pensar no juiz ou na juíza que vai pegar o meu caso. A Miss Cohen que me desculpe, mas foda-se. Vou contar pela minha sanidade, por elas e pela Tecla. O passado mora aqui dentro, mas as memórias têm vontade própria, só saem pelas portas que elas mesmas escolhem, na hora que bem entendem. Foi por isso que não entendi nada, quando acordei presa numa outra cela.

Setembro – Purgatório

Nos primeiros minutos achei que o pior fosse o cheiro. Quem me dera. O odor podre de vômito e urina em volta de mim era só um anúncio. Quando a noite entrou pelo buraco no alto da parede e trouxe o frio junto foi que entendi. Nem sabia se ainda estava no Nepal, mas pela temperatura não poderia estar em muitos outros lugares. Eu não tinha certeza de nada, só tinha frio e abstinência.

Empurrei o resto do corpo para fora da cama e me joguei no chão. Minha pele ardia. As dores na cabeça, no estômago e nos ossos me reviravam sem qualquer delicadeza junto com a tremedeira. Ah, você não aguenta nada de frio, esse frio vai te matar, mulher. Uma voz parecida com uma das minhas falava de dentro da testa enquanto eu, de quatro, esfregava as mãos no piso de gelo preto misturado com bílis. Se aquilo fosse uma alucinação, ou uma viagem errada, eu jamais usaria ópio de novo. Os meus olhos giravam. Tentavam saltar do meu rosto. Pareciam querer sair de mim junto com minhas perguntas. "Tem alguém aí? Puta que o pariu, que lugar é esse? Por que estou trancada aqui? Pelo amor de Deus, me tirem daqui! Tem alguém aí? Abre essa porta!". Eu falava alto e repetia as mesmas frases para as paredes, que foram desaparecendo na minha frente conforme o escuro tomava conta.

Eu só pensava nela. A única que não podia faltar, ela que desde o começo dos tempos cuidou das dores do mundo, a mesma que há meses cuidava das minhas dores e aliviava meus infernos. Comecei a falar com as paredes. Eu tinha vinte e seis anos e achava que já tinha vivido demais. À minha volta, nada que me ajudasse a pensar diferente. O que eu pensava também não valia coisa alguma naquele momento, mas a falação na minha cabeça em tons agudos e altos continuava mesmo assim Aquilo era a minha morte e ela só era mais fria do que eu imaginava. Olhei em volta pela milésima vez. Paredes de pedras, teto de pedras, chão de pedras. Nem minha mochila, nem meu celular, nem meu passaporte, nem minhas botas. Não tinha dinheiro, nem isqueiro, nem tabaco, nem um restinho de ópio escondido no fundo do bolso. Não tinha nada além da cama, do buraco sanitário e da minha incapacidade de admitir que aquela era a decoração do fundo do poço.

Pela segunda noite seguida o escuro tomou o lugar sem qualquer fresta de luz para aliviar. Não sabia onde estava, nem o motivo, como se todo o resto não fosse enlouquecedor o suficiente. Eu tremia. Tentava me acalmar, repetindo para mim que nada daquilo acontecia, que era só um pesadelo. Só um pesadelo, é um pesadelo, não é real. Dor e negação se sucediam como as gotas que pingavam do cano enferrujado acima da latrina.

Meu estômago deu outra revirada forte e joguei a colcha para fora do colchão sem lençol, usando um resto de reflexo que eu mantinha. Os vômitos voltaram a jorrar sem que eu tivesse tempo de segurar a garganta. Queria gritar, mas da minha voz fraca só saíam grunhidos sem sentido. Queria poder chorar, mas chorar não era uma coisa que eu sabia fazer. Meus olhos estavam tão secos que doíam de se deslocar de um lado para o outro. Outra dor queimava como ferro em brasa na minha cabeça, enquanto as minhas articulações ficavam cada vez mais endurecidas pelo puto do frio. Era um circo.

Tentei fechar os olhos e dormir, mas não conseguia parar de tremer. Só pensava num trago dela. Precisava parar de doer. Aquilo não podia ser permanente. Meus demônios se esmurravam por dentro, defendendo exércitos diferentes do mesmo mal. Todos os meus pavores misturados, vozes com e sem dono, um mundo de merda que tinha me levado até aquele ponto se esmurrando para sair. Tudo se debatendo à toa numa jaula suja e abandonada. Minha cabeça e aquela prisão com teto alto eram reflexos invertidos uma da outra.

O tempo parecia não passar e o desespero líquido vinha e voava longe a cada vez que eu me virava na cama, rasgando as paredes do meu estômago. Saía da minha boca, como o choro que devia sair dos meus olhos e se espalhava no piso, no colchão duro e na única coberta disponível. O buraco do esgoto no chão, do lado contrário da cama, teria sido o único destino lógico, não fosse ele pequeno demais para eu enfiar minha cabeça.

A primeira coisa que reparei ao acordar no inferno foi ela. Também era a única coisa que tinha para reparar. Uma colcha de lã pesada, coberta por um saco de algodão cru encardido e vômito mofado. Parecia um animal inanimado, assim como eu. Dava quase para sentir ela me olhando, como se estivesse enojada pela minha presença. A tremedeira piorou e meu corpo passou a ver nela um edredom de luxo duplo. A colcha era gorda como um colchonete, não havia nem um pedaço sem manchas de vômito, e me aguardava pacientemente, por cima do colchão de camadas de palhas expostas, esperando que as condições à minha volta me explicassem que a presença dela era um privilégio para mim. Resisti. Não por um longo tempo, mas resisti. Me neguei a usá-la, sem poder distinguir ao certo quem era a mais nojenta de nós. Nem fodendo eu iria me enrolar naquela colcha de novo, cheguei a pensar com a arrogância de quem achava ter opção. Os músculos continuavam todos se contraindo e a dor ralava meu estômago a cada pensamento. Sentia tudo e ao mesmo tempo não sentia nada, em um tsunami de paradoxos que me puxava e me sacudia. Continuei olhando para a colcha, pensando nos meus vestígios podres registrados nela. Minhas últimas refeições, que ninguém sabia onde tinham sido, e todos os outros resíduos do meu corpo que eu nem me atrevia a reparar. O piso de pedra bruta foi esfriando sem dó, até que o cômodo escuro virou uma geladeira. Eu mal sentia meus pés por baixo das meias de lã grossas, coloridas.

Quando comprei aquelas meias de uma senhora artesã em Phokhara, achei que tinha exagerado, porque eram quentes demais. Lembro que ela me apontou os picos de neve ao longe e repetiu: "frio" e eu ri para ela e disse que eu não ia subir montanha nenhuma, que não precisaria de meias tão quentes, mas ela me convenceu a comprar assim mesmo. Aquelas meias de lã pareciam de seda naquela temperatura.

Em certo ponto, desisti do meu nojo. Subi para a cama e me enrolei na colcha, tremendo. Apertei forte meu corpo contra aquela colcha imunda como se ela fosse o meu travesseiro de infância nos dias que minha mãe tirava da cama para lavar com sabão de coco.

Foi um sono curto. Vozes se alteravam na minha cabeça nas primeiras horas de mais uma manhã gelada. Gritos que ninguém ouvia me arregalavam os olhos e me faziam encarar o mesmo teto de novo e de novo. O inferno era aquilo mesmo e eu via a hora em que o dono da casa ia aparecer em carne e osso na minha frente.

Olhei meus dedos sujos e o reboco de argila da parede misturado com sangue debaixo das minhas unhas. Esfreguei as pálpebras remelentas e passei as mãos no cabelo grudado de terra e vômito. Eu era a mendiga desdentada que vivia no viaduto perto do ponto de ônibus da faculdade, em São Paulo. A mendiga sempre imunda, de dentes faltando, que me fazia cruzar a rua tantas vezes para evitar olhar em seus olhos, durante os quatro anos de curso. Morria de medo, de pena e de aflição de olhar para ela. Tinha vergonha por ela e tinha raiva também. Por ter se deixado terminar na rua, fedida e sem ninguém, assim daquele jeito. Agora eu a via dentro daquela cela, com medo, pena e nervoso de me olhar também. Com a mesma vergonha e raiva de mim. Como eu podia ter terminado daquele jeito?

A lembrança ativou tudo de novo e quis socar a parede outra vez, mas só gemi baixo, como um cachorro chutado. Os ossos surrados das quinas das minhas mãos me seguraram. Daria um braço para fumar um cigarro. Um cigarro. Uma bola. Um trago. Procurei pela milésima vez nos bolsos vazios do casaco uma ponta de esperança que fosse, mas nada. Minhas mãos se levantaram juntas e num gesto bobo fingiram acender um para mim. Me deixei levar e lentamente levei a mão até a boca. O momento virou fumaça assim que os lábios tocaram meus dedos sem nicotina. Quis bater minha cabeça na parede com força, mas não tive coragem. Eu podia parecer muito louca, mas no fundo existia muito mais covardia dentro de mim do que loucura.

Outro pote de chá esperava na bandeja que entrava e saía da puta da porta de madeira. Forcei os pés para fora da cama sem vontade nenhuma, e puxei o resto do corpo para me levantar. Eu estava mais fraca do que pensava. Os joelhos não aguentaram e antes de alcançar o pote me vi no chão outra vez. Tive que ir engatinhando pelos dois metros que me separavam da porta. Estiquei o tronco e o braço, agarrei a vasilha ainda meio quente e apertei o pote entre os peitos. Uma fina fumaça saía dele com cheiro de ervas frescas. Fiquei um bom tempo sentada embaixo da porta, respirando aquele cheiro, como se ele fosse a única coisa viva naquela cela.

As paredes de pedra escura ficavam mais duras e reais a cada dia. Aquilo realmente estava acontecendo. Só não sabia se era a morte ou o inferno, de um jeito diferente dos que mostravam ser a morte e o inferno nos filmes.

A colcha, embolada no canto, me julgava como se me conhecesse desde a infância. Minha pele coçava dentro da roupa imunda. Eu passava a maior parte do tempo deitada, a cabeça apoiada sobre as mãos na cama sem travesseiro, esperando o efeito quase comatoso do chá. Eu não sabia o que tinha nele, mas era tão forte que me nocauteava dois terços do dia. Eu odiava o gosto amargo das ervas, mas sabia que aquele chá era a única coisa me mantendo viva.

Acordei de novo quando devia ser o fim da tarde. Não mexi a cabeça com medo de que tudo fosse doer outra vez. Olhei, imóvel, para a bandeja perto da porta. A realidade despertou a sequência de vômitos. Desta vez, uma sopa também me esperava junto com o chá. Não conseguia pensar em comer, mas o chá eu tomava sem pensar. Se tivesse mais, tomaria mais. Dormir era a única saída, eu preferia meus pesadelos à realidade daquela cela.

Meus maiores esforços do dia eram me levantar da cama para pegar o chá ou para fazer xixi. Os poucos passos que eu dava me cansavam como uma maratona e eu respirava como se tivesse acabado de fumar um maço inteiro.

Depois de uns dias, consegui ir de pé, devagar, me apoiando pela parede até alcançar a porta sem cair. Por dentro, a raiva tinha forças para derrubar a parede inteira só com um olhar, mas a raiva não tinha poder naquele estado. O que só aumentava a ira e fazia a dor parecer não se caber. Vomitar era a saída. Meu corpo estava exausto e tudo que aquele ódio todo conseguia era perfurar a garganta por dentro como uma besta selvagem, enjaulada. Alguém precisava abrir aquela porta ou eu iria enlouquecer. Enlouquecer? A gargalhada sádica que ouvi vinha da minha própria cabeça. Eu devia estar louca há tempos, esse era o único pensamento que parecia são. Você morreu, mulher, e esse é seu purgatório. Minha atenção não ia além do meu vórtice de miséria, e eu me esforcei pouco para ouvir alguma coisa que não fosse a minha raiva. Prisão, hospício ou purgatório, fosse o que fosse, o lugar era morbidamente silencioso, tão silencioso que achei que a sensação de estar morta não fosse só uma impressão. Mas eu estava errada. De vez em quando dava para sentir a presença de alguém do outro lado daquela porta e naquelas horas, além de medo, eu tinha a triste certeza de estar viva e rodeada por gente muito ruim. Era ouvir o menor som que fosse, e eu gritava de novo. Minha ladainha era sempre a mesma. "Abre esta porta! Vocês são loucos? Por que estão me trancando aqui? Abre esta porta, pelo amor de Deus! Me tirem daqui!". Eu gritava e repetia o mesmo, com pequenas variações, sem poupar o pingo de energia que o chá me dava.

Nada acontecia. Nervosa, meu inglês logo se misturava com o português e talvez mesmo se quisesse, ninguém entenderia o que eu falava, porque nada parecia fazer sentido, nem de um lado nem do outro daquela porta. As lágrimas queimavam debaixo dos meus olhos, aumentando a pressão dentro da minha cabeça, mas como era comum para mim, o choro não descia. Minha raiva era uma grande represa. Aos poucos, fui percebendo que, além de estar fodida por todos os outros motivos, havia também a possibilidade óbvia, estando em um país tão remoto, de que ninguém em volta falasse a mesma língua que eu, nem mesmo o inglês.

Meus gritos eram bombas de ar sem efeito, vazias de sentido, retornadas inutilmente ao maldito vento. Um vento que, cruz credo, parecia não ter pena nenhuma de ninguém. Batia incansavelmente nas paredes, como eu também fazia do lado de dentro, nos meus piores momentos. O buraco no alto da parede era do tamanho de um punho, mas a corrente de vento que entrava por ele ensurdecia todos os sentidos naquela cela maldita, não importava a altura dos meus gritos.

Nunca fui de fazer escândalos, nem de gritar. Motivos não me faltaram, mas acho que quando a gente não grita na primeira vez que tem de gritar, os gritos depois ficam inúteis. Por isso cresci calada. Sempre ouvi das pessoas que eu falava baixo, que falava pouco, que não me expressava direito. Conversar, falar o que penso, isso sempre me apavorou, tanto que optei por todos os métodos que podia, para evitar o ter-que-ser-social. Pensava que se fosse me expressar como eu gostaria, a vida me foderia além do que já fodia desde sempre. Bem antes daquela cela eu me entreguei voluntariamente ao isolamento, só não pensei que ele me levaria tão longe. Sentia que deixava mesmo de ser eu. Uma parte de mim tentava se acalmar, mas as outras acabavam aos berros em algum momento do dia. Xingava tudo e todos que conhecia e quem não conhecia também. Nessas horas, as pedras nas paredes não me assustavam e eu as encarava com as mãos e os pés. O desespero de querer sair, de anestesiar aquela dor, de esquecer aquilo. Tentava me convencer de que em algum momento eu iria acordar num quarto de hotel na Índia e descobrir que eu sequer tinha chegado a pisar no Nepal. Depois pediria a Hanu para trocar o fornecedor, me dar outra lágrima para fumar na pipa, se possível algo mais forte, que me apagasse para sempre. No meio dos meus devaneios, o chá entrava na corrente sanguínea e os segundos antes do seu efeito bater eram os únicos momentos de paz que eu experimentava.

Os dias foram passando e com eles se foi o resto da minha higiene. Eu estava irreconhecível e, no meu caso, estar irreconhecível não era nenhuma novidade. Não me reconhecer era, no fundo, o que eu conhecia sobre mim. Se alguém olhasse minhas poucas fotos no celular, no aparelho que deixei para trás em alguma caixa no depósito em São Paulo, dificilmente notaria que eu era a mesma pessoa. Nem nas fotos do celular novo que comprei orgulhosamente em Londres, quando finalmente consegui me comunicar com o vendedor, nelas também ninguém reconheceria a mesma pessoa, aquela moribunda moradora da cela. Naquele cubículo gelado eu me parecia somente com as dores que consumiam o meu corpo, dores mutantes, dores ácidas, insaciáveis e prontas para me matar de novo e de novo. Todas as minhas versões anteriores que me olhassem veriam somente uma imagem suja e cheia de hematomas causados pelo deselegante movimento de me jogar contra a parede. Ao menos era assim que eu me via.

Com o passar dos dias, as pedras foram deixando de ser grandes inimigas e fui me familiarizando com suas formas. Eu gostava de duas delas, que ficavam ao lado do meu rosto, quando eu me deitava na cama. Era para elas que eu contava minhas histórias em certos dias. Falava com elas enquanto passava a mão no meu braço e me impressionava com a minha magreza. Logo eu, que sempre sonhei em ser magra, agora olhava a pele frouxa soltando do músculo e achava triste. Perdi vários quilos nos últimos anos, mas nunca tinha visto meus ossos sob a pele daquele jeito.

Minha mãe não teve tempo para me ensinar certas coisas, nem para me impedir de fazer outras. Morreu antes de me ensinar a colocar um absorvente interno, quando faltava uma semana para meu aniversário de doze anos. A temporada em Londres fez minha silhueta mais esguia que todas as outras dietas que experimentei no Brasil. Naquela cidade chuvosa e anônima, eu me deliciava na frente do espelho com a imagem desbotada, magrela e peituda de alguém que não era eu, mas que servia convenientemente para esconder a outra.

Não saber a língua foi também um instrumento. O meu jeito de poupar os outros das desgraças que me acompanhavam e da minha raiva crônica do mundo. Mesmo depois do primeiro ano do curso de Inglês superintensivo, quando já era uma das melhores alunas da minha turma de imigrantes, ainda me esforçei para que o método antissocial se mantivesse eficaz. Saía e fingia não entender nem a língua local, nem qualquer outro idioma, mesmo quando terminava a noite chupando a língua de alguém. Me divertia assim, sem saber que ia chegar o dia em que ter alguém com quem falar seria um luxo.

Depois de alguns meses na Inglaterra passei a não ter qualquer ligação com a pessoa que era antes. Fazia o que podia para deixar trancada dentro da mala a dor da pessoa que embarcou no Brasil. E aí rolou. Experimentei outros remédios para as dores da adolescência que nunca sararam, remédios que não são vendidos sem receitas em farmácias, mas que jorravam com fartura nos clubes que eu comecei a frequentar. Criei um perfil irreconhecível no Facebook, com fotos super maquiadas que não mostravam direito a minha cara, e que eu só mantive porque precisava ter uma conta para o trabalho na loja do albergue, e para facilitar os contatos das drogas. Tinha pavor que, depois de tudo o que aconteceu, alguém da Juiz de Cima ou de São Paulo me encontrasse, me reconhecesse ou quisesse me adicionar. Bastaria que uma pessoa daquele tempo me reconhecesse para me reconectar com um mundo que eu não queria que existisse.

As poucas roupas caretíssimas que eu levei do Brasil, dos meus anos de esposa do dermatologista evangélico, foram dando lugar a novas peças e acessórios na minha prateleira no quarto do albergue. Artigos que teriam arrancado vários sinais da cruz da minha avó. Naquela cela sempre gelada eu me sentia tão mal, que não teria coragem de me olhar num espelho, se tivesse um ali. Um espelho só teria me servido se pudesse ser arremessado contra a parede e, com um dos cacos, tirado meu pesadelo da tomada. Eu me sentia o anticristo que minha avó tanto temia. A mulher do demônio que o pessoal do Templo de Jaime tanto gostava de invocar. Antes mesmo de morrer, o meu inferno queimava.

Elas eram as únicas amigas, as pedras das paredes. Caladas, duras e frias, mas pelo menos estavam ali me ouvindo. Eu contava o que conseguia contar. Eu falava sobre a primeira vez que peguei um esmalte da minha mãe, rosa escuro, e pintei as unhas escondido. Elas me ouviam enquanto eu marcava com a unha um tracinho para contar os dias. Pensei que meu pai ia gostar, porque ele gostava quando a minha mãe usava esmalte, e naquela época eu ainda me esforçava para que ele gostasse de mim. Minha mãe dizia que meu pai não sabia o que fazer comigo. Como ela nunca explicou o que queria dizer com isso, eu vivia achando que eles queriam me mandar para viver com a minha avó. Quando ele viu as unhas esmaltadas, me chamou de piranhinha e me mandou arrancar aquilo logo, que filha do diretor não ia aparecer com aquele exagero na escola dele. Foi quando minha mãe, num ato raro de atividade maternal, saiu do quarto e tentou me ajudar. Trouxe algodão e acetona para limpar sua consciência de mãe ausente. Mas não ajudou. Era um daqueles sábados à tarde em que ele tinha bebido demais para voltar a se acalmar. Naquelas horas ele esquecia sua moral de diretor da maior escola pública da cidade e virava o marido que a devotada professora de Português e eu temíamos. A gritaria só parou naquele sábado quando o que restava do esmalte terminou todo agarrado entre os meus dentes. Eu tinha sete anos, corri para o quarto, tranquei a porta desejando que os dois morressem. Olhando aquele restinho de esmalte escondido na minha unha, mais de vinte anos depois, senti falta da força que aquela criança tinha.

Os dias se passavam e nada do lado de fora acontecia. Eu me afundava no filme de terror que assistia sem intervalo dentro da minha cabeça. De vez em quando ouvia ruídos não identificáveis no corredor. Colava o ouvido na parede, tentando ouvir alguma coisa. Quem quer que estivesse passando do outro lado nunca parecia interessado em me ajudar ou se comunicar. Depois de dois ou três gritos com um fio de voz aguda, eu desistia e tomava o chá que me esperava no pote quando acordava. Naquele dia, a bebida veio acompanhada de uma maçã que, a princípio, me embrulhou a barriga. Era impossível pensar em mastigar. Meu estômago parecia estar furado e a ideia de qualquer sólido encostando nele doía. Segurei a fruta redonda e vermelha nas mãos por muito tempo. Era pequena e parecia bem fresca. Fiquei olhando para ela por uma eternidade, me vendo refletida na sua casca, naquele espelho distorcido com filtro vermelho.

A dor no corpo parecia um pouquinho melhor e a tonteira e tremedeira tinham diminuído bastante. Antes que o efeito do chá batesse, eu me sentava sob o raio de sol e fechava os olhos, esperando apagar logo. Acontecia que, às vezes, a bebida não fazia um efeito tão rápido e um enxame de devaneios tomava minha cabeça. Voltei a arranhar as paredes, destruindo o pouco de unha que tinha crescido. Desenhava carinhas com o sangue que saía dos dedos. Precisava me distrair com alguma coisa, alguma ideia que não fosse de morte, que não fosse de dor, de medo e de raiva. Lá fora as estrelas provavelmente apareciam no céu, e eu pensava se naquele mundo maldito ainda existiam estrelas. Era difícil saber, tendo como janela um buraco menor que um punho, quase três metros acima do chão.

Ao contrário dos outros sintomas, meu abatimento piorava a cada anoitecer. O grande desespero, que passou a vida se jogando à minha frente sem nunca ter me derrubado, agora dançava sobre mim pela cela, rindo às minhas custas e se divertindo com a minha incapacidade de fazer qualquer coisa sobre ele.

Meus pais se diziam ateístas e nunca me ensinaram a rezar, nem nada do tipo. Proibiam qualquer coisa ligada à religião na nossa casa. Mas não tinham como proibir a minha avó. Minha única parente conhecida, a velha e ossuda mãe do meu pai, Dona Vitinha. Católica apostólica romana, e sem um pingo de respeito por quem não fosse como ela, começando pelos meus pais. Tantas vezes cruel nas palavras, como era a prática dos moradores na redondeza, seu jeito me deixou sem vontade de conhecer o seu famoso Deus. Mas eu era curiosa como toda criança, principalmente sobre um assunto que não se pode falar, nem entender, mas que sempre aparecia no discurso das pessoas. Todo mundo à minha volta vivia invocando o seu deus, independente da crença ou da descrença. Pelo amor de Deus, Deus me livre, fique com Deus, vá com Deus, Deus está vendo, se Deus quiser. O sujeito vivia em todo lugar. Criança escuta o que os adultos não reparam e eu não fui diferente nisso. Tinha muita curiosidade sobre o que seria deus, ou o tal Deus com letra maiúscula, do mesmo jeito que era curiosa sobre as garrafas da geladeira que eu não podia mexer e sobre os elementos químicos da tabela periódica que ficavam pendurados na sala. O mistério é a isca que os adultos colocam nos assuntos.

Eu decorava as orações da Igreja da Dona Vitinha, não entendia nada delas, mas gostava de me exibir quando ela aparecia. Meus pais nunca iam visitá-la, sequer queriam que ela viesse. Mas ela vinha mesmo assim, na Páscoa, no Natal ou quando alguma fofoca grande demais envolvendo alguém da escola precisava ser confirmada ou desmentida pelo filho único e diretor do colégio. Por causa dela eu sabia de cor o Pai Nosso e a Ave Maria, que no meio da oração vira Santa Maria. Também me esforçava para recitar sem erro, outra oração enorme, que tem o terrível nome de Credo e que de um jeito quase subversivo me fazia querer sabê-la de cor. Dona Vitinha gostava de me inspecionar antes de me dar um presente de Natal. Eu decorava para mostrar para ela. Não que eu tivesse muita afeição e intimidade com aquela figura despida de carinho, mas quando eu era bem pequena e não entendia da maldade das pessoas, eu gostava quando ela vinha porque ela era a única que desafiava meu pai. Com suas palavras ela fazia com que ele ficasse um tempo sem beber, e sem visitar meu quarto enquanto minha mãe dava aulas no turno da noite.

A crença da família nova também não conseguiu me atrair. Quando me casei com Jaime, seus parentes insistiram que eu fosse ao culto toda semana, e só ia porque sabia que faltava pouco para o casamento e não queria ter problemas com ninguém até lá. Juiz de Cima era completamente tomada por igrejas e templos, numa competição acirrada por poder e pelo dízimo. Cresci entre eles, sem nunca ter visto outra religião além das duas de perto. Umbanda, Candomblé, Espiritismo, Judaísmo, qualquer outra, nunca teve chance nos bairros centrais daquele município de cem mil habitantes do interior de São Paulo. Uma tia de Jaime, juíza conservadora, ficava orgulhosa de contar, nos churrascos com os políticos da cidade, que nos anos oitenta, no seu primeiro mandato, conseguiu fechar uma escola de Yoga, um centro espírita e três terreiros que "contaminavam" a redondeza. Coitado de quem ousasse ter uma visão diferente da divindade de Jesus naquela cidade.

Mesmo sem nenhuma intimidade com o assunto, depois de dias na cela a ideia de rezar como minha avó, ou orar, como Jaime fazia, tinha chegado também na minha cabeça, junto com todas as outras ideias que brigavam comigo. Não queria falar o que eles falavam, nem repetir suas orações, nem me referir a nenhum de seus personagens específicos. Era só um desespero para falar. Com alguém ou com qualquer coisa que respondesse. Deve ter sido num desespero assim que inventaram os deuses. Talvez fosse isso mesmo, a ideia de deus surgiu da nossa necessidade de ter alguém que nos entenda, que saiba a história toda. Mas a verdade é que eu não me achava digna de ir direto ao assunto, e tentar falar com "o" Deus que me venderam desde pequena, porque o gênero sempre foi o suficiente para bloquear qualquer conexão que eu pudesse ter feito com Ele. Mestre,

Pai, Criador, Senhor, Salvador. O gênero escondido dentro daqueles títulos tão onipotentes só aumentou a minha descrença com os anos. Como algum homem poderia saber da minha dor? Nem mesmo um homem-deus, muito menos um deus-homem. Se existisse, que me perdoasse a hesitação.

Deixei sair algumas palavras, o pouco que dei conta de verbalizar, não da maneira ensandecida e nervosa que eu gritava nos últimos meses, mas de um jeito bem contido, quase um murmúrio. Com a temperatura abaixo de zero, eu me sentei na beirada do colchão e cruzei as pernas. Não ajoelhei porque aos doze anos jurei para mim mesma que nunca mais ajoelharia para ninguém, e aquela menina não merecia que eu quebrasse a promessa. Quis falar para algo ou alguém que eu não sabia o que era, mas que todo mundo chamava de Deus desde a época do Colégio Coração do Senhor, o mesmo colégio que dividia o quarteirão com a Igreja de Santo Antônio e o Templo da Obra Divina, onde Jesus, o Capeta e o Demônio eram sempre citados aos berros.

O que aconteceu por anos dentro da minha casa, sem deus ou Deus nenhum que tomasse conta, foi prova suficiente para mim que tal entidade não existia mesmo. Se existisse, era dona de um tipo de ironia que não me fazia sentir a sua graça.

Insisti porque queria ouvir algo além dos meus pensamentos. Porém, com a fala sem um destinatário certo, o nada continuou. Não me surpreendi. Nas outras poucas vezes que eu tentei me comunicar com um daqueles seres ditos milagrosos, nada aconteceu. Aquela necessidade de pedir ajuda ao desconhecido, tão básica do ser humano, foi ao mesmo tempo estúpida e reveladora. Naquele momento, pela primeira vez eu me dei conta que, no fundo, também esperava que alguma coisa acontecesse e que a própria palavra "religião" funcionasse em mim como um botão – bastaria ser acionado. Só que o meu botão parecia nunca ter existido.

Acordei com um fio de raio de sol esquentando o meu pé. Atirei a colcha para o lado, pulei da cama e por poucos segundos foi como se eu tivesse me esquecido onde estava. A sensação não durou. A umidade e escuridão da cela logo me lembraram. Não conseguia me convencer de que aquilo era uma prisão, porque nunca soube que existiam prisões absolutamente silenciosas. Pelo tamanho da cela e a grossura das paredes e portas, também não podia ser algo tão diferente. Bom, isso era o que eu pensava. Prisão, hospício, manicômio, não fazia diferença, eu só precisava sair. "Eu tenho que sair daqui hoje. Eu não posso passar nem mais um dia aqui... alguém tem que fazer alguma coisa!". Eu continuava esperneando, mas era óbvio que ninguém me ouvia e nada indicava que aquele dia seria diferente dos outros.

Foi fácil ter raiva do mundo inteiro e me ocupar desse sentimento enquanto existiam outros à minha volta. Na solidão daquele cubículo eu não tinha de quem ter raiva, nem a quem culpar, senão a mim mesma. Durante os dois anos morando em Londres, antes da viagem para a Índia, fiz o que pude para me desligar completamente de qualquer pessoa que tivesse alguma ligação com meu passado. O que eu deixei para trás no Brasil não me interessava em nada. Os poucos amigos que fiz enquanto estudava na capital inglesa não eram amizades verdadeiras. Quase um ano depois de nos separarmos, eu tinha certeza de que nenhum deles sentia minha falta, nunca demonstrei nada de bom para nenhum deles. Foi com muita dedicação que eu cavei a cova que tanto quis cavar.

Quando eu forçava a memória, meu cérebro respondia com os vômitos secos que me engasgavam e me faziam perder o ar. Minhas últimas lembranças eram de estar viajando com Hanu e Asha pelo Nepal de ônibus. De ter passado uma semana em Kathmandu, depois ter seguido com eles até Pokhara, e de lá para uma outra vila menor, e só. Não conseguia me lembrar de nada além disso. Esse vácuo na minha memória só aumentava a falta que eu sentia da minha pipa de ópio.

Fraquejei me deixando tombar no chão e, incapaz de controlar os pensamentos de morte, reiniciei o processo de acariciar a parede. Tateava os vincos das pedras como se pudesse encontrar nelas, dentro das finas rachaduras deixadas pelo tempo, ou pelas unhas de uma outra alma desesperada como a minha, um buraco mágico que me tirasse daquele inferno gelado. As horas passavam e se expandiam junto com meu drama. Minutos eram vidas inteiras que eu nunca viveria de novo. Manhã, tarde e noite eram só espaços com ou sem luz que marcavam o intervalo entre um chá e outro. Não tinha para onde ir, não tinha o que fazer, tudo era uma piada de mau gosto ali dentro.

Colei o ouvido à parede e o som ficou só um pouco mais alto, o suficiente para eu ter certeza. Uma voz feminina cantava baixinho do outro lado. As sílabas que eu conseguia entender não formaram palavras para mim em nenhuma língua e me perguntei quando as palavras voltariam a ter uma função novamente. Era a primeira vez em todas aquelas semanas que eu ouvia alguma coisa que não fosse meus próprios gritos. A possibilidade de alguma alteração na minha sórdida rotina me fez levantar um pouco o cabelo sujo de cima dos meus olhos. Enquanto ela cantava, grudei minha orelha na parede e só tirei minutos depois que o silêncio voltou. Não tive forças para gritar dessa vez. Também não queria espantar a única forma de alívio que tinha recebido até agora com meus gritos estridentes. Aquela voz, verdadeira ou alucinação, sabia que eu ouvia. Depois de uns momentos curtos de silêncio puro, a ausência de som voltou a contrastar com a gritaria interna e eu não tinha como tapar meus ouvidos contra ela. O chá foi aos poucos fazendo seu efeito até que apaguei, me perguntando se aguentaria aquilo por mais tempo.

Novembro – Sujeira

Precisando desesperadamente manter a sanidade, voltei a usar a única droga disponível. Um miligrama de escapatória legal e autorizada pela natureza, produzido entre as minhas pernas e que ajudava a enfrentar os primeiros momentos de cada manhã. Ou que me esgotava para dormir quando nada fazia efeito na madrugada. Quando o pesadelo se transformava em realidade junto com a luz. Enfiar meus dedos dentro da calcinha naquela situação tão pouco excitante não era fácil. Também não era fácil achar um pensamento que me ajudasse, que me mantivesse viva com o que sobrava das minhas vontades. Não tinha clima nenhum para fantasia. Que tipo de fetiche eu devia pensar para segurar o tesão num lugar daqueles? Gozar era como engolir um comprimido de calmante sem água. Era só isso que o sexo se transformou para mim, um analgésico genérico de efeito rápido, para uso na falta de outro mais forte.

Apesar da dificuldade de me concentrar, e do nojo do meu próprio estado físico, sem a dose da flor para me satisfazer, a única coisa que eu ainda podia fazer para não morrer era me saciar comigo mesma. Ter prazer no lugar onde o prazer parecia nunca haver passado perto. Os ralos e secos orgasmos que eu conseguia atingir me davam uma pequena sensação de controle num cenário que eu era totalmente escrava. Nem eles eram de graça. Tinha vergonha de gozar virada para a porta, como se, depois de todos aqueles dias olhando impacientemente para mim, a madeira grossa tivesse tomado forma de um perverso marido.

O ópio sempre deixava a gente com pressa. Naquele tempo, eu só tive na minha cama o casal Hanu e Asha que, às vezes, dividia o espaço comigo quando não conseguíamos um quarto com três camas. Com eles mesmos, nunca rolou nada. Eles viviam fora, e só apareciam para me nocautear com uma dose cada vez mais forte e pegar mais dinheiro. Minha disponibilidade para transar e para qualquer outra coisa foi diminuindo. Só me interessava mesmo aquele outro mundo, onde as palavras eram desnecessárias e não existia dor.

Qualquer lembrança servia, verdadeira ou não. Desde minha saída desesperada do Brasil eu não alimentava nenhum interesse no ser humano, fosse ele homem ou mulher. Até as fodas das minhas fantasias eram corridas e desconectadas. Nenhuma pessoa me importava, meu desprezo era o mesmo, fosse dono de um pinto ou de uma buceta. Em qualquer um eu só via uma cápsula de maldade esperando para fazer efeito. Homens eram mais apreciados por pura questão de química. Principalmente depois que as drogas foram se apresentando nos banheiros apertados e coloridos. Dos clubes variados que eu frequentava com meus colegas de curso, Los Johns. Com eles eu pegava o que estivesse disponível, aditivos e homens, como se fosse um supermercado. Peles com ou sem barbas. Mãos de todos os tamanhos e espessuras, rolos de papel higiênico caindo no meio da foda, lugares com nomes impossíveis de lembrar na manhã seguinte. Tudo pela socialização do pó, do ecstasy, do MD, da Ketamina, do ácido, do que estivesse rolando. Num clima constante de já-que-estamos-aqui, eu me derramava sem nenhum afeto em olhos fechados e bocas bem abertas, que em geral apertavam os bicos dos meus peitos com mais força do que gostava. Me deixava consumir em gemidos abafados pelas caixas de som, com qualquer idioma que topasse a minha falta de interesse real e acalmasse a carência dos meus hormônios. Nada era íntimo, o sexo sempre frenético. Batidas insistentes na porta, a fila ansiosa pela próxima carreira, o gozo rápido e roupas fora do lugar. O cheiro de libertinagem daquele tempo andava sempre com um acessório e eu nunca saía de casa sem ele. A capa invisível de culpa, invisível e pesada que só ela. A culpa maldita de sentir prazer com o sexo, mesmo ele tendo entrado na minha vida como entrou. Podia ver a capa pendurada atrás de mim naquela cama enquanto eu me esforçava em me esgotar como podia.

Trancada naquele quarto frio e fedido, não era fácil me satisfazer, nem por alguns segundos. Meus lábios se esfregaram um no outro, desejando mais o torpor e anestesiante do primeiro trago da pipa do que o toque de qualquer homem. Era ele que eu realmente desejava, o fumo, o ópio. Só a palavra fazia meu corpo se alterar. Nenhum gozo, por melhor que fosse, trouxe aquele tipo de alívio, aquele outro mundo onde eu podia ser livre por várias horas, sem sentir as dores daquele corpo onde eu morava quando não estava completamente off.

Não abri os olhos e tentei ouvir além dos meus pensamentos. Lembrei da voz do dia anterior e tentei fazer sentido de alguma coisa que ela disse, mas só restava a melodia, uma mistura de sofrimento e esperança. Desisti e deixei meus olhos se abrirem para outra manhã no inferno. Me virei para a porta, e desta vez foi claro que não era sonho. Dois baldes de madeira, um esfregão, pedaços de trapos velhos e uma barra escura de sabão me aguardavam. Na bandeja, o amargo chá-remédio acompanhado de uma maçã extra. Aqueles baldes me fizeram achar que eu tinha voltado no tempo. Talvez fosse a explicação. Mas um pedaço de etiqueta de poliéster da China costurada em um dos trapos desbancou essa ideia também.

Olhei para a parede como se quisesse que ela comentasse alguma coisa. A possibilidade de limpar o lugar imundo onde eu e minhas roupas do corpo vivíamos me enfureceu de novo. Preferia continuar naquela imundície a me submeter a quem quer que estivesse no controle daquele lugar.

A lógica formal da vida pode ser facilmente invertida, e ninguém pode dizer nunca para nada, até que passe por certas coisas. Eu me joguei no chão grudento pela milésima vez. Lá fora, ninguém, nenhum barulho que indicasse que alguém tivesse entrado na cela, a menos que... filhos da puta! Tive certeza de que eles me vigiavam. Tentei inutilmente revirar a cama de pedra, cimentada no chão, procurando uma possível câmera escondida. Minhas deduções eram cada vez mais paranoicas. Devia ser o meio do dia e eu ainda estava parada, olhando para aqueles instrumentos de limpeza. Não existia nada em mim que não fosse a velha raiva por toda aquela situação e uma vontade cada vez maior de usar algum daqueles instrumentos para me matar. De dentro das minhas narinas, o cheiro podre do vômito velho do chão e o do buraco da latrina atiçaram a briga. Eles eram meus carcereiros, mas eram do meu time. Um resto de rebeldia esperneava. Limpar seria reconhecer que aquela prisão era definitiva. Seria admitir que a vida naquela cela era uma realidade.

Eu não iria me sujeitar aquilo. Não enquanto eu tivesse forças para resistir. "Nem fodendo!". Gritei em português mesmo para a plateia imaginária de desgraçados ouvir. Obviamente não fazia diferença a língua que eu usava.

Talvez pela fraqueza, talvez pelo excesso de silêncio, minha voz não saía com a mesma altura, nem intensidade dos primeiros dias. Era inútil gritar ou lamentar. Se eu não estava morta, aquilo só podia ser uma seita de fanáticos ou um laboratório de sociopatas para experiências com pessoas vivas. Nunca fui presa antes, mas tinha certeza de que nenhuma penitenciária do mundo seria tão silenciosa, nem tão cruel, nem mesmo no Nepal. Religioso também aquele lugar não podia ser. Ou eu não queria pensar que tipo de religião seria aquela.

Olhei para os dois baldes e seus outros amigos e mantive minha posição imóvel. Continuei tentando ouvir algum outro barulho, com o ouvido colado na madeira, mas o único que continuava falando era o meu medo. Permaneci sentada, por um período que qualquer pessoa sã teria achado infinito.

A morte chega muitas vezes no curso da vida, não é porque ela só te leva uma vez que as outras doem menos. Eu nunca morri completamente, mas apostaria que quase morrer dói mais que a morte em si. Naquele momento eu temia a morte do pouco que sobrava da minha sanidade. Quem eu seria se não fosse capaz de controlar minha mente, meus pensamentos e os próprios movimentos do meu corpo? Se perdesse a capacidade de me manter sã, o que sobraria de mim? Como enfrentaria os terrores da manhã e os monstros da madrugada se não pudesse responder pelo que supostamente sou, se o frio me comesse viva, se a abstinência me consumisse? A fila de pavores era interminável. Eu era a última das minhas tristes, aborrecidas e lamentosas companhias, ninguém tinha sobrado comigo e só restava eu, e um deserto onde eu me afundava em areias movediças de autopiedade.

Foi de um momento para o outro, assim mesmo, sem nada específico para marcar, que eu comecei a ouvir de novo a outra voz. A que sempre esteve lá, mas em algum ponto da vida eu deixei de ouvir. A voz sem som que ecoa do silêncio profundo e nele se mantém somente durante o raro e curto intervalo de cessar fogo dos pensamentos. A única voz que sabia o mesmo que eu.

Não disse nada, porque este tipo de voz nem sempre fala com palavras, mas eu ouvi.

Agarrei a alça do balde pesado. Apertei o esfregão entre meus dedos ressecados e encarei pela primeira vez toda a sujeira à minha volta. Quatorze meses antes eu tinha segurado uma pipa de ópio pela primeira vez, com a mesma inocência, a inocência idiota de quem acha que sabe demais. Esperei o balde encher lentamente, gota por gota, com o pouco de água que pingava do cano acima do buraco sanitário. Joguei tudo que consegui juntar no chão, uma vez após a outra, arrancando pedaço velho de vômito grudado por todo lado, até quando escureceu. Continuei limpando, meus olhos se acostumaram com o breu e já não viam mais diferença entre o dia e a noite. Perdi o sono, não tomei o chá e segui meio alucinada pela adrenalina, limpando aquele cubículo como se fosse possível limpá-lo até que ele virasse outra coisa, até que ele virasse qualquer outro lugar. Amanheci limpando. Queria ver o sol entrar pelo buraco no alto da parede antes de dormir. Quando a luz chegou e iluminou o chão limpo, senti um tipo de esgotamento e êxtase difícil de explicar. A água, mais gelada que o ar e as paredes, mudou o desenho do piso de pedra. Dormi sentada, olhando para o meu nada que agora estava limpo. Não vi o chá chegar e nem mesmo notei a retirada dos equipamentos de limpeza.

"Não falei que estamos atrasadas?". Acho que eu tinha uns sete ou oito anos. Era a primeira vez que minha mãe me deixava ir com ela nas compras de fim de ano, no centro quente da capital paulista.

Eu andava fascinada pelos brinquedos em exposição nas vitrines, sentindo uma alegria que era tão desconhecida para a minha idade quanto aquelas ruas. Tínhamos saído cedo da Juiz de Cima, no interior de São Paulo, quase divisa com Mato Grosso e Minas Gerais. De lá seguimos durante 14 horas para a capital paulista. Ela, impaciente, e eu, curiosa depois da longa viagem no ônibus fretado, cheio de senhoras, filhas, sobrinhas, primas e netas, devotas fiéis dos lançamentos natalinos. Indo gastar além do o orçamento declarado aos maridos, e gastando o tempo da viagem fazendo o que era o maior costume da cidade, falando mal da vida alheia.

A lista de presentes de minha mãe, que ela discretamente tentava esconder cada vez que abria a bolsa, era bem pobre. Só o que daria para comprar com o troco da bebida do marido, que ela também andava tomando escondido, quando ele já tinha bebido demais para notar a diferença da garrafa. Acho que ela sabia que criança repara em tudo.

O sujeito que eu chamava de pai era muito mais velho que a minha mãe, e quando casou com ela, era diretor da maior escola pública da nossa região, com quatro diplomas emoldurados na sala de casa. Mesmo assim, vivia sem conseguir fechar as contas do mês e da nossa desestruturada composição doméstica de dois adultos e uma criança. Os dois me criaram como se a nossa casa fosse um laboratório de uma experiência que não deu certo. Nosso apartamento, situado na praça do centro da cidade, era vazio e sem estilo nenhum, com poucos móveis e quase nenhum objeto de decoração. Para as raríssimas visitas, os dois sempre davam a mesma desculpa, que a dedicacão e o trabalho para as crianças da escola não deixavam sobrar tempo para nada. Mas a falta de vida daquela casa era só o reflexo de quem morava nela. A única coisa que eles falavam e que me deixavam compartilhar eram os títulos de doutorado e discussões sobre certos alunos. Quando o assunto ficava doméstico eu era normalmente retirada da sala e mandada para o meu quarto.

Os dois viviam de suas lógicas xerocadas de enciclopédias velhas e gráficos ultrapassados, que os faziam se sentir deuses numa cidade que, no fundo, ambos consideravam ser feita de analfabetos. Eram responsáveis pela formação de centenas de crianças na escola onde eu também estudava, enquanto pregavam sutilmente contra eventos sociais, o que, no caso deles, incluía religião. Éramos uma das poucas famílias que não frequentavam nem os clubes locais, nem qualquer outro tipo de aglomeração social ou entretenimento. Nem em festa de aniversário eles iam. Tinham sempre provas para corrigir e aulas para repor em horários que faziam os dois se encontrarem em casa poucas vezes por semana. Me criaram assim, na maçante tripla jornada de pais, educadores e administradores dos problemas das outras famílias. Honravam de maneira quase religiosa, a moralidade dos que não acreditam em nada diferente da ciência. Pelo menos enquanto estavam sóbrios. Quando não havia nenhum pai de aluno por perto, as garrafas de vodca que viviam na geladeira apareciam na sala e o diabo andava de cuecas frouxas e vestidos rasgados lá em casa.

O Natal foi mantido durante alguns anos para não destoar completamente do resto da vizinhança, que não carregava nenhum espírito cristão de remorso em colocar a vida alheia em situações piores do que as que as pessoas já viviam. No fim de cada ano uma mesa com uma bandeja de frutas e fatias de presunto enroladas surgia na mesa da sala e uma árvore com luzinhas iluminava os poucos embrulhos coloridos, a maioria destinada a outros professores e pessoas de interesse político-educacional dos meus pais. Tudo destoando embaraçosamente do resto sem cor do nosso apartamento bege.

A comemoração do aniversário de Jesus era mantida na nossa casa não por devoção, mas por medo da Dona Vitinha, a mãe do meu pai. A única pessoa da família que eu conhecia além deles, e uma das líderes locais da fofoca da cidade. Um dia voltei do jardim de infância com os olhos vermelhos e perguntei quem era Deus e porque ele nos odiava. Era o que as outras crianças no jardim tinham falado quando eu perguntei o que era Natal. A revelação inesperada, feita na mesa do almoço, com a presença da minha avó tão católica que sempre dizia coisas como: "Se tentarem arrancar minha cruz..." – e ela segurava o crucifixo de ouro com pedras vermelhas preciosas que carregava no peito para dar ênfase à explicação –, "... prefiro que arranquem meu pescoço antes de deixar o ladrão cometer esse sacrilégio", achando que falava a coisa mais nobre do mundo. Meu pai, para evitar inimigos dentro do seu próprio território, estabeleceu que pelo menos o Natal eles iriam manter, na tentativa de evitar outro infarto da ossuda senhora, que eu nunca soube direito onde morava e que fazia questão de vir nesta época do ano. Uma mulher dura, mesquinha e venenosa que às vezes me trazia também um presente, mas sempre falava coisas que faziam a nora chorar escondido depois do jantar.

Na frente da grande loja de departamentos minha mãe me deu um puxão no braço e entendi que se eu não andasse junto com ela o próximo puxão viria pelo cabelo. Assim como eu, ela também falava pouco.

Naquela manhã quente de véspera de Natal ela parecia assustada com o número de pessoas andando, correndo e se esbarrando à nossa volta e pelo barulho dos alto-falantes anunciando promoções relâmpago nas lojas. Eu estava radiante. Na loja de departamentos onde ela entrou, um Papai Noel enorme, de verdade, igual ao dos filmes, sorria e acenava num cenário tão exuberante como ele. Era muito gordo e excessivamente rosado, sentava numa cadeira coberta por papel dourado e uma fila de crianças coloridas aguardavam para falar e tirar fotos com ele. Talvez o sorriso tão raro na minha boca tenha tirado um pouco da tensão da minha mãe naquela hora. Ela me empurrou, mais delicadamente desta vez, em direção contrária à da atração natalina e entrou na sessão de roupas femininas, logo ao lado. Lembro de pensar que ele devia ser bem poderoso mesmo para aguentar aquela roupa no calor que fazia. Mas ela estava sem paciência, como sempre.

"Detesto comprar roupa, mas vai começar o ano e não tenho uma calça boa para trabalhar". Ela sabia que eu mal ouvia, mas mesmo assim falava em tom explicativo, provavelmente treinando a justificativa que daria ao dono da casa sobre o dinheiro da viagem. Depois de selecionar um montão de calças jeans para experimentar, o peso nos braços dela ficou demais e ela me deu a bolsa. Eu, sem disfarçar, virava a cabeça a cada segundo para olhar a outra cena, que me parecia mágica e encantada, a poucos passos dali. Na fila, as crianças esperavam para falar com o Papai Noel, um ser tão popular na nossa escola quanto o Jesus. Eu estava encantada, finalmente podia ver um deles ao vivo. Ao perceber minha obsessão, minha mãe começou a me explicar, de forma séria e didática – como ela sempre me tratava –, que Papai Noel nunca existiu ao mesmo tempo em que eu continuava a olhar para o próprio, ali na minha frente. A negação infundada da minha mãe, diante da realidade óbvia e contrária a poucos metros de mim, me fez ter vergonha dela. Como ela podia ser tão diferente das outras mães? Pouca coisa se compara à autoridade e arrogância que uma menina de seis anos também pode ter. Em algum ponto ela desistiu e me pediu que esperasse do lado de fora da cabine do provador, enquanto ela, que logo antes se disse atrasada, experimentaria uma dúzia de calças jeans de diferentes tons de azul. Ela fechou as cortinas do provador e me deixou sozinha do lado de fora. Abri a bolsa dela e peguei a lista. Confirmei aquilo que tinha desconfiado no ônibus, que só dois dos itens anotados com a caneta azul tinham meu nome: uma mochila nova e um tênis, um número maior.

Minha mãe resmungou algo sobre o zíper da primeira calça e entendi que ela iria demorar. A atenção agora estava na caneta, também dentro da bolsa. Rasguei a parte em branco da curta lista de presentes e escrevi com garranchos rápidos e decididos, apoiada no banco de espera do provador. Contei para o tal Papai Noel que eu achava que era uma boa menina, que li todos os livros que me davam para ler em casa e na escola, e que ele devia saber, não eram poucos. Contei que nunca repeti de ano, e que eu adoraria ganhar uma bicicleta. Pedi também, se fosse possível, que os pais não brigassem porque quando ela mandava ele dormir na sala, ele sempre vinha pro meu quarto e o bafo que saía da boca dele, principalmente quando ele bebia, era difícil de aguentar de perto, fora as outras coisas. Lembro de ter ficado orgulhosa de ter escrito a palavra "principalmente" sem tirar a caneta do papel para a caligrafia ficar bonita. Não assinei porque o Papai Noel saberia muito bem qual carta viria de qual criança.

Espiei rapidamente pela cortina. Minha mãe vestia só sutiã e calcinha enquanto uma pilha com metade das calças, em variados tons de jeans, ainda esperava para a prova. Corri com a bolsa pendurada no ombro e assustada me enfiei na fila, à frente de outra criança menor do que eu. Um dos assistentes, vestido de duende verde, se solidarizou com minha independência e confiança enquanto eu carregava uma bolsa praticamente do meu tamanho. Antes que a mãe do menino ruivo pudesse reclamar, me passou adiante e me levou até o grande ser de botas negras. Tão velho e suado que me fez duvidar se ele teria mesmo algum poder. Ele olhou para mim e me estendeu uma mão gigante e não sei por que gostei dele mesmo sem ter coragem de olhar nos seus olhos. Enfiei o papel embolado entre os seus dedos e corri de volta para o provador a tempo de devolver a bolsa para a minha mãe. A criança determinada da minha infância também estava trancada na cela comigo. Só que, com os anos, aquela determinação se transformou em outra coisa. Em comum, tínhamos apenas a vontade inocente de sentir diferente.

O cardápio na cela aumentou, e agora, além do chá e da maçã, eu também recebia uma sopa duas vezes ao dia. Com a chegada do prato, finalmente acompanhei o mecanismo da bandeja da porta funcionar. Como nas prisões, uma pequena janela se abria, fazendo a passagem da bandeja de um lado para o outro, e revelando por um segundo um corredor vazio. A mão bem treinada do outro lado não se deixava mostrar. O plano de passar um bilhete era tão fraco quanto meu corpo. Não tinha papel, nem caneta, nem nada com o que eu pudesse escrever qualquer coisa. Nem tinha ideia para quem eu escreveria também. Tentei me concentrar nas goladas da sopa que lentamente eram aceitas pelo meu esôfago machucado.

Acordar com meus próprios gritos era parte da rotina básica da manhã. Vinham com o pânico que me visitava nos primeiros momentos do dia, me obrigando a passar sempre muito tempo agarrada aos próprios joelhos. Não havia paz hora nenhuma. Assim que acordava, os pensamentos ruins me esperavam como baratas na boca do esgoto. Nos dias em que eu me sentia com um pouco de força, me chacoalhava deles e me levantava para tentar esticar o corpo e aliviar as putas das dores em cada articulação. Nos dias em que a fraqueza era maior, me revirava de um lado para o outro da cama, atacando a parede e o colchão e imaginando maneiras de matar as pessoas que estivessem do lado de fora até que o chá fizesse efeito.

Imaginar que tipos odiosos me cercariam era um dos maiores passatempos. Ou se existia apenas uma pessoa ali além de mim. Esta também era uma hipótese que eu considerava além de todas as outras. Qualquer uma delas me fazia querer ter coragem de bater a cabeça na parede até morrer. Só quando se fica trancado sozinho no escuro é que a gente entende o que é pensar muito. Eu sempre quis saber mais do que eu sabia sobre a vida, queria entender o mundo que me cercava. Não sobre datas, regras e fórmulas, que meus pais tanto insistiram em me fazer decorar. Eu queria entender o motivo de sentir essa tristeza infinita desde sempre. Se outras pessoas também se sentiam o tempo todo assim e porque ninguém falava direito desses assuntos. Essa criança curiosa durou bem pouco. Quando entendi realmente o que acontecia na minha casa, parei de querer saber. Certas respostas nunca chegam e eu aceitei isso bem antes de atravessar o Atlântico.

Me despertei de um sonho onde uma voz colorida me chamava de dentro de um formigueiro faminto. Não consegui dormir de novo e fiquei acordada olhando para o buraco na parede, minha única conexão com o mundo de fora. Traços do céu só apareciam se eu ficasse em pé e me esticasse em cima da cama para olhar através dele. A parede era tão grossa que formava um pequeno túnel de quase meio metro para fora do quarto. Amanheci com a calma dos brilhos das partículas de poeiras que atravessavam os raios de sol. Enxerguei, como se fosse a primeira vez, os ângulos imperfeitos dos retângulos que se moviam na parede junto com o movimento contínuo da luz da manhã. As pedras da parede à direita da minha cama eram ligeiramente mais claras que as outras. Viraram papel de caderno na minha visão delirante. Com letras vermelhas enormes e depois menores, para caber tudo, escrevi para ela, a habitante imaginária da cela ao lado.

"Imagino que você esteja aí, tão presa quanto eu". Não cogitava que alguém estivesse naquela situação por escolha própria. "Preciso saber se você está me ouvindo, se pode me ajudar...". As letras se envergonharam da minha entonação infantil e sumiram assim que olhei para elas de novo. Depois de um tempo disfarçando para mim mesma, e com vergonha da parede, as palavras que escrevi voltaram à mente e apareceram de novo na minha frente. "Se pode me ajudar". Pensei no tipo de ajuda que eu realmente procurava. Se, do outro lado da parede, alguém não tivesse com uma pipa recheada pronta para ser acesa, eu teria pouco interesse. Nem mesmo em fugir eu pensava, e no fundo, se naquela cela houvesse ópio suficiente para eu fumar até morrer, me daria por satisfeita com meu destino. Parei de escrever naquele dia.

As semanas foram passando e deixaram pelo menos uma coisa clara: eu estava sozinha com tudo que a solidão tinha direito. As pedras que formavam as paredes, o chão e o teto passaram a ser as únicas coisas que eu conhecia na vida. Juntas, seguíamos nadando num leito seco. Pequenos rituais inúteis se repetiam morbidamente, arrastando com eles as longas e insuportáveis horas do dia. Acordar e olhar para a porta. Sentar na cama. Acalmar o pânico olhando os fios de raios de sol. Checar os quadrados de luz e suas posições na parede para tentar imaginar a hora. Contar as linhas de pedras e me incomodar com as que sempre pareciam desalinhadas. Dar dois passos até o buraco da latrina e fazer xixi. Sentir os joelhos fracos ao agachar e procurar a posição exata em que eles não doíam a cada movimento. Tocar a porta como se ela fosse uma entidade. Pegar o chá. Encostar o ouvido na parede. Imaginar pessoas, animais e seres extraterrestres passando do lado de fora, passando do outro lado. Lembrar do gosto das comidas. Lembrar dos cheiros das flores, do meu perfume favorito, da única roupinha que tive tempo de comprar pro meu bebê. Me conformar que as únicas conversas além das que eu ouvia na minha cabeça vinham raramente de pássaros e constantemente dos estalos no teto. Esperar o efeito do chá. Torcer para dormir de novo e repetir tudo tantas vezes e numa sequência tão tediosamente repetitiva que aos poucos eu me vi fazendo tudo como se fosse uma marionete com meu próprio corpo, minhas mãos presas nas cordas que eu mesmo manipulava.

Passei a limpar, meticulosamente, o chão e a latrina com um trapo que ficou para trás depois da grande faxina, usando as poucas gotas de água que me cabiam todo dia. O pequeno pedaço de pano ficou agarrado atrás da cama e nunca foi retirado quando eu apagava. Qualquer coisa servia para fazer passar o tempo e limpar cada poeirinha das pedras virou uma nova obsessão. Eu não podia deixar de tomar o chá por conta das dores, sabia que meu corpo só se suportava por causa dele. Mas era seu efeito que me fazia dormir como se tivesse levado uma pedrada na cabeça e perder a movimentação da porta. Não era ópio, mas me tirava do mundo quase como ele. Não me fazia viajar para nenhuma terra fabulosa, mas pelo menos não vomitava nem tremia como nas primeiras semanas. Eu também já não convivia com o cheiro podre dos dois primeiros meses. Não tinha certeza, mas tinha sessenta riscos na parede, que eu marcava com a unha sangrenta na madeira da porta, registrando os dias no purgatório.

Quanto mais eu me acostumava com a intensidade do frio, mais ele aumentava. Na janela da tarde vi as luzes rosadas entrando mesmo sem convite. Frio filho da puta, murmurei para a plateia vazia, me encolhendo outra vez no pé esquerdo da cama. Aquele lado da parede era sempre mais quente que o resto da cela e eu não questionava nenhum alívio que me aparecia. Me ocupava de qualquer pensamento que preenchesse meus vazios e das lembranças que cada coisa me trazia. Do mesmo jeito eu reparava por horas seguidas os detalhes do que me amparava. As salvadoras meias de lá. A calça cargo verde escuro, que comprei igual a de Jaime, com a intenção de fazer as caminhadas que nunca fizemos. O decotado top de lycra roxo, sem marca chinesa, que me servia de sutiã. A camisa de botão masculina manchada de sangue que eu não sabia explicar de quem era. O pulôver bem velho de lã azul claro que eu não reconhecia. O que me compunha também me explicitava. A vagabundice do meu escudo protetor, o casaco marrom falsificado, igualzinho ao original, que comprei pela metade do preço com sua pelúcia sintética vagabunda por dentro. Tudo irreconhecível. Olhei para a colcha manchada que tinha perdido um pouco do cheiro de vômito, ou eu tinha perdido todo meu olfato, não saberia dizer. Fedendo ou não, a Gorda era minha única companhia.

Enlouquecer. Pirar. Explodir. As palavras de sempre pulavam e me atiçavam. Algumas vezes eu as levava tão a sério que minha mente parecia um filme trash, em 3D. Cortes ensanguentados de mim mesma se espalharam em 360 graus. Eu no centro de tudo, registrando cada detalhe sórdido dos nacos das minhas entranhas se desintegrando em todas as direções. A risada desta vez veio espontaneamente. *Explodir, explodir, ex...plo...dir!* A palavra foi perdendo seu sentido e virou um grupo de letras flutuando em minha mente.

E.X.P.L.O.D.I.R.

E.

X.

P.

L.

O.

D.

I.

R.

Um fluxo de alívio correu nas minhas veias sem deixar muita explicação. Talvez por isso, naquela noite eu desejei tanto ter um caderno. Queria usar qualquer página em branco. Não iria pedir socorro, porque eu não conseguia imaginar o tipo de socorro que eu precisaria, mas quem sabe, começar alguma do zero. Me resignaria então a escrever tudo que eu quisesse, para dissolver depois. Pensei naquele momento que poderia escrever toda minha ira em letras garrafais por linhas e linhas sem pausa até que ele se esgotasse de vez e me desse sossego e paz, coisas que eu desconhecia tanto quanto a localização da minha cela. Dormi imaginando a capa do caderno e a textura do papel. Sonhei que falava latim com o dono da prisão, pedindo de joelhos para sair, enquanto ele me ouvia sentado numa mesa cheia de comida e mastigava os cacos dos pratos.

Amanheceu chovendo e ventando. A falta de sol me mostrou o quanto aquela cela tinha potencial para ficar pior do que já era. Andei e pulei em circulos, pelos meus três ou quatro metros quadrados, na tentativa de esquentar o sangue. O chá e a sopa estavam na porta, mas eu não tinha apetite para nenhum dos dois. Quando o vento aumentou, rajadas de chuva entraram pelo buraco. Apesar do frio cortante, me estiquei em pé em cima da cama para sentir aquela raspa de chuva no meu rosto. Aguentei o quanto pude. Aquelas gotas de água tinham em si o ar fresco e livre lá de fora e eu precisava sentir alguma coisa nova. Só desci quando a pele do meu rosto ardeu e o frio me dominou de novo. Tomei o chá e a sopa que me esperavam gelados e cobri o corpo e cabeça com a Gorda. Tentei pensar em qualquer coisa que não fosse aquele momento. O barulho da chuva foi me acalmando devagar e meu pensamento foi para um lugar onde não costumava visitar.

Consegui abotoar sozinha o último dos pequenos botões do vestido. O quartinho do espaço com área gourmet reservado a eventos ficava ao lado do novo templo evangélico, amplamente divulgado pelo pastor amigo da mãe de Jaime como o maior da região. O modelo do vestido escolhido teria agradado minha mãe e talvez chocado meu pai, que me acharia parecida com ela e não diria nada. Nenhum dos dois estava presente para ver nem o vestido, nem o casamento, mas eu não me debati com a ausência deles, a ausência deles era bem mais familiar do que o contrário.

Aos dezenove anos, como a maioria das mulheres de qualquer idade, eu não estava satisfeita com minha aparência. Me achava baixa demais, muito acima dos padrões de peso e com peitos desproporcionais para o tamanho do meu pescoço. Na última prova a costureira disse que o corpete apertado ia marcar bem a cintura, e agora eu concordava. Aquilo era terrível de vestir, mas tinha seu efeito. Naqueles dias eu andava até um pouco satisfeita com a vida, era considera sortuda pelas bocas da Juiz de Cima, as mesmas que acompanhavam as aventuras e desventuras da rica família de Jaime, como se fossem celebridades.

Eu segui os ensinamentos dos meus pais direitinho e aprendi cedo a usar o álcool para me esquecer do resto. A combinação do infarto da minha mãe com o acidente de carro do meu pai, com dois anos de intervalo entre um e outro, me deu o direito de fazer o que eu bem quisesse com as garrafas deles, antes mesmo das meninas da minha idade provarem cerveja. Contribuiu bastante para aumentar minha rejeição social na adolescência. Como resultado, não havia alguém para me ajudar com o zíper, nem com os pequenos botões do vestido tomara-que-caia branco, de cauda longa e decote generoso. Os poucos amigos eram os meninos que vinham me visitar porque sabiam que eu era uma adolescente peituda morando sozinha e que eu sempre servia bebida em casa. Foi com eles que eu perdi o resto de virgindade que ainda tinha. Nenhum deles foi convidado para o casório, claro. Também não chegou para a festa a única amiga que eu pensei ter tido naqueles anos, a Valéria, que se mudou para Porto Alegre com a família no ano anterior e nunca deu notícia. Olhando para trás, não existia nenhuma amizade profunda e nem lembranças boas para celebrar com aquele vestido que eu mesma desenhei e mandei fazer. Me custou um ano carregando muita sacola de roupa. Foi a única coisa do casamento que eu realmente escolhi, e a única que eu pude pagar. Foi pouco, mas foi o suficiente para gerar um longo bate-boca. Rejeitar a recomendação de estilista da minha sogra iniciou meu calvário. A minha escolha de costureira irritou muito a mãe de Jaime, e eu não sabia que ela era uma mulher do tipo que não aceita ser contrariada por ninguém. Eu não estava nem aí pra ela, nem para o resto daquele povo. No último ano da escola meu interesse não estava nas festas de formatura, nem no disputadíssimo vestibular, nem nos shows que eventualmente passavam na região, nem nas constantes novidades do mundo on-line, eu só queria ir embora. O sonho era fugir da Juiz de Cima, abrir minha loja em São Paulo e formar a minha própria família, uma que eu pudesse criar diferente do que eu conhecia. Encontrei Jaime aos dezoito. Ou ele me encontrou, não faz diferença. Dermatologista, dez anos mais velho que eu. Ele foi à festa de fim de ano da minha escola como convidado de uma prima e nos conhecemos no final da noite, quando eu consegui a última garrafa de vinho para a nossa mesa. Dias depois acabou cuidando da minha pele oleosa e de outras partes do meu corpo na minha primeira ida ao consultório. Ele prometeu ali mesmo, poucos meses depois, que estaria sempre ao meu lado. Me perguntei, naquele tempo, se um lado só da gente poderia estar sempre acompanhado, quando tantos outros nasceram condenados à solidão. Se naquele momento meu único foco não fosse a vida da capital em São Paulo, talvez eu tivesse notado no primeiro encontro que, apesar da aparente sinceridade dele quando me elogiava, não tínhamos nada em comum além de uma vontade enorme de sair da cidade.

Deixei para me calçar no último momento, porque aquelas eram as sandálias mais altas que eu já tinha usado. Meu noivo era bem maior que eu, e não queria me sentir tão diminuída durante a cerimônia quanto eu me sentia em geral. A escolha daquele salto foi uma das poucas coisas conscientes que tomei na vida. Minha avó entrou de cadeira de rodas no quarto assim que me equilibrei em cima deles. Ossuda e sempre com a língua no gatilho, ela apareceu naquele dia do casamento como eu me lembrava dela, de cadeira de rodas, anunciando sua entrada com um comentário ácido. Entrou empurrada por um enfermeiro. Eu não pude conter a surpresa e a pouca satisfação ao avistar a figura fria que eu não via desde o enterro do meu pai. A última coisa que ouvi da boca dela vinha sendo processada no meu cérebro, a cada vez que eu enchia a cara sozinha. Foi também uma espécie de alívio, uma bomba entregue sem nenhum cuidado no meu colo, logo que o funeral do filho dela acabou. "Você podia não gostar dele, mas ele te criou como se você fosse filha dele. Aquela ingrata da sua mãe teria te contado, se ela tivesse algum respeito por ele, para você entender o sacrifício que foi para ele te criar". Ela seguiu despejando que o filho dela se casou com a minha mãe grávida, que eu fiz parte do pacote que ele comprou, em troca de casa, comida e um emprego na escola. Era por isso que ela passou a vida me convencendo de que eu não podia fazer isso ou aquilo, ou ele nos mandaria embora. Naquele momento eu não tive tempo, nem condição de pensar no significado do que Dona Vitinha dizia. Bebi uma garrafa inteira de vodca sozinha naquela noite e desmaiei no sofá da sala. Era a véspera do meu aniversário de quinze anos e eu só acordei dois dias depois.

Anos depois, no dia do casamento, Dona Vitinha chegou mantendo o nível dos seus comentários. "Não sei o que você fez para arrumar esse moço, mas é melhor continuar fazendo…". A observação dela, feita enquanto olhava para o meu decote, saiu da mulher de dentadura que criou meu pai sozinha, sem carteira assinada, numa área dominada por fazendeiros ricos e donas de bordéis de estrada. Era a cara da mulher que me contou no enterro do meu pai, que não era minha avó de verdade, como quem avisa que o queijo da pizza que te obrigaram a comer estava mofado. Olhando dali, do alto do meu salto de casamento, eu não tentava entendê-la. Com quase oitenta anos e ainda sem nenhuma delicadeza, ela deixava explícita a sua atração pelo jovem enfermeiro. Lembro de ter achado patético e ao mesmo tempo engraçado. Meu humor estava inacreditavelmente bom naquele dia. A pouco adorável avó paterna carregava ansiosa uma taça de champanhe que não era para estar aberta antes da cerimônia. Um fio de baba cobiçava o líquido e o cristal reluzente, pagos pela tradicional família do meu noivo. Me esforcei, como sempre fazia na presença dela. "Que bom que a Senhora veio. Não imaginei…". Ela me cortou, sem cerimônia. "Ah, não me venha com bobagens. Você sabe qual foi a última vez que eu tomei champanhe francesa de graça?". Perguntou desta vez olhando para seu acompanhante e mostrando os dentes falsos, confiante do comentário sedutor. Sorri para ela como faria muitas vezes naquela noite, com aquele tipo de sorriso que sai da gente quando falar não é uma opção. O enfermeiro, de braços fortemente trabalhados e com uma mecha oxigenada no cabelo, tentou ser gentil com as duas: "Dona Vitinha estava ansiosa para vir desde que chegou o convite. Parabéns, tudo de bom para você". E, num gesto rápido, soltou a cadeira de rodas e me abraçou tímida e sinceramente, sem encostar no vestido. Saiu olhando para o celular e levando minha única parente viva de volta para o salão.

Não me lembro se a cerimônia foi longa ou se passou rápido. Não me lembro de quase nada. Lembro apenas que o salão de festas era iluminado demais para ser uma festa de verdade. As cascatas de flores nas mesas no terrível tom de salmão eram culpa minha mesmo, que respondi "qualquer cor" para a prima de Jaime, a Amelinha, decoradora e responsável pelo casamento. Veio muito mais gente para a cerimônia no grande templo do que nas outras duas vezes que Jaime conseguiu me convencer de ir ao culto com eles.

Meu interesse era focado no que viria depois. Quando eu e meu futuro marido saíssemos daquele lugar pequeno e linguarudo, com suas padarias cheias de salgadinhos e fofocas. Daquele lugar maldito onde se ignoravam as grandes verdades explícitas, mas espalhavam como gripe qualquer maldade que saía da imaginação do pessoal da cidade. Eu era mais boba do que pensava.

Tudo que eu sonhava era viver na Grande São Paulo, onde, na minha cabeça, ninguém se importaria com a vida do outro, e as coisas, eu pensava, seriam com toda certeza diferentes da cidade onde nasci. Onde a solidão não existiria. De onde novos amigos e, depois, os filhos eventualmente viriam. Pensava e alimentava o pensamento com detalhes, porque achava que eles substituiriam, para sempre, o carinho de família grande que eu não tinha provado. Não demorou e eu parei de acreditar nisso também.

A festa do casamento durou até o amanhecer, como esperado pela enorme família do noivo, com raízes italianas e necessidade de aparecer para a coluna social do jornal local. Lembro que dançamos a noite toda, no meu caso, para não ter que conversar além do necessário com ninguém. Jaime também era tímido e só falava para cumprir seu papel de dermatologista em ascendência e agradar a mãe. Seguimos assim. Eu, inebriada pela partida para São Paulo no dia seguinte e por várias taças de champanhe de estômago vazio; ele, embasbacado pelos mojitos e pelo meu decote difícil de equilibrar com o tamanho dos peitos. Uma relação tão sem tempero como o bobó de camarão servido em mini esculturas de abóbora, bem esculpidos e sem gosto, celebrando juntos, um pacto com futuro curto garantido.

Amor, paixão, conexão, essas coisas de casamento não apareceram para a festa. O fotógrafo profissional, que a mãe de Jaime contratou de uma empresa de Belo Horizonte, se desdobrou com a câmera para encontrar e registrar as emoções recomendadas nestas datas. Deve ter sofrido se queria mesmo fazer um bom trabalho. O evento todo deixou um álbum sem enquadramento nenhum do que realmente acontecia. Meses depois, quando ela veio nos visitar em São Paulo e mostrar as fotos, eu não consegui disfarçar. Achei tudo tão ridículo e falso, que nem pedi para fazer uma cópia para mim. Com o desinteresse dos recém-casados, o álbum inteiro ficou com a minha sogra.

Cinco anos e dois meses depois, a separação veio de maneira também bíblica, numa outra tarde fria e chuvosa, com o caminhão que desceu uma ladeira escorregadia de óleo no Sumaré e só parou cem metros depois de frear. Jaime e a bicicleta comprada para evitar as loucuras do trânsito de São Paulo foram amassados contra o muro. No caminho para o hospital, meu marido organizado me deixou o apartamento, o título de viúva e um bebê ainda sem sexo definido.

Dezembro – Lá fora

Nada parecia diferente do normal na cela naquela manhã. Os dias foram ficando quase tão escuros como a noite. Pelas minhas contas, era dezembro. Mas não tinha muita convicção, baseada nas minhas condições mentais. Nas minhas memórias eu buscava algum tipo de amizade real, alguém que realmente fosse me procurar. Acontece que eu me encarreguei de ter certeza de que não houvesse. Na minha temporada em Londres eu tive personagens, não amigos. Pessoas que pegaram carona comigo enquanto eu preferia dirigir sozinha. Um dos poucos com quem eu cheguei a ter algum tipo de conversa honesta foi a figura divertida que retocava meu cabelo todo mês e me fazia rir numa época em que ninguém em volta de mim nem tentava mais. Amin, ou melhor, Sir Moore, foi o mais próximo de um amigo que eu dei conta de ter. Era muçulmano de origem, mas abandonou a família na adolescência, depois que um primo o ameaçou de morte por ele parecer uma menina. Era rápido nas suas observações e sempre fazia meus dramas parecerem possíveis de lidar. Mas Sir Moore não se aprofundava muito em nenhuma conversa e nossa amizade quase nunca passou daqueles encontros no salão. Ele era um bom ouvinte e gostava de me ensinar a falar inglês com o sotaque londrino. "Adoro te encontrar, darling, você sempre está rodeada de tipos interessantes". Ele não se referia à qualidade intelectual dos meus acompanhantes. Três parceiros de fim de semana que conheci no curso de inglês: Ian, Jean e Jonas. Um chileno, um nicaraguense e um porto-riquenho que se autointitulavam Los Johns. Eram meus companheiros de noitada na capital inglesa e futuros ex-companheiros de viagem para a Índia. Três lindos corpos masculinos que não tinham nenhum interesse que não fosse dominar a língua britânica e tudo que o idioma oferecesse pela boca. Quando Sir Moore nos encontrou, segundo ele mesmo, *por acaso*, era uma noite quente regada a vinho branco no Hyde Park. Eu estava com os Los Johns também por acaso. Tínhamos acabado de encontrar com nosso dealer e depois que cada um pegou as suas respectivas drogas, eles me convidaram para seguir com eles. Nenhum festival acontecia especificamente na data, mas era verão e o céu estava azul, então era como se tivesse. Não era do tipo de pessoa de olhar para o céu, mas lembro que naquele dia o céu depois das nove da noite ainda estava claro e a vida parecia boa por um momento. Acho que foi naquele dia que eles resolveram fazer a viagem para a Índia, porque Sir Moore passou a tarde contando das suas próprias aventuras naquele país, dez anos antes, e eles gostaram tanto do que ouviram que, de repente, estava todo mundo convencido. A gente ia para a Índia e pronto. Acho que me incluíram por impulso e não exatamente por adorar a minha companhia. Aquele tipo de momento não se repetiu. Nós não fomos amigos de verdade, claro, por culpa minha, porque nunca fiz questão de ser. Quando me desencontrei deles na Índia e comecei a viajar com Hanu e Asha, mal respondi os e-mails que os três me mandaram várias vezes quando chegaram em Delhi, dois dias depois de mim, e não me encontraram mais. Um ano e tanto depois eu duvidava que qualquer um deles se lembrasse que eu existisse.

Aterrissei em Londres com a determinação de não fazer amizades femininas, nem masculinas, nem amizade de tipo nenhum. Eu tinha todos os motivos do mundo para não querer companhia. Minha confiança no ser humano caiu para abaixo do limite depois do que a mãe de Jaime fez comigo. Raiva, indignação e revolta eram os acessórios constantes que eu usava para deixar claro para o mundo que eu queria ficar sozinha.

Em São Paulo, nos anos que passei casada com Jaime, a conversa sobre filhos foi a cada ano aumentando de frequência entre as mulheres com quem eu convivia e depois de perder o meu, eu não podia mais ouvir sobre os delas. Assim que consegui o visto, encaixotei minha vida e fui embora. Na foto do meu passaporte, eu vestia a mesma roupa que saí da clínica, no dia em que minha vida acabou. Fertilidade, amamentação, inseminação artificial, congelamento de ovos. As conversas inevitáveis tomaram conta de todos os ambientes, onde quer que eu estivesse cercada pelos casais amigos de Jaime. Naquela época, em São Paulo, eu respondia "Ainda não, estamos tentando", num só fim de semana, com mais frequência do que conseguia transar com meu atlético marido. Desde o primeiro momento em que pisei em outro continente, poucas vezes olhei para aquele lado da minha vida.

Fiz o que eu pude para me encaixar no grupo de esposas dos amigos de Jaime. Nunca soube ao certo se elas tentaram ser minhas amigas ou se realmente deixei que elas tentassem. Na época da faculdade, logo depois do casamento, eu me esforçava ao experimentar receitas nas tardes de sexta-feira, depois do curso de latim. Eu fazia um curso extracurricular de Importação e exportação para pequenos negócios, e outro de latim, depois das aulas de administração de manhã, só para não ter que voltar para casa cedo de segunda a sexta. Eram os únicos cursos disponíveis e de graça na universidade. Qualquer coisa para não ter que ficar em casa à tarde, quando Jaime me sugeria ir para o Templo e me juntar às outras esposas nas atividades comunitárias realizadas por lá. Deus me livre, era o que eu pensava. Jaime nunca soube o quanto eu estava longe da vida que ele queria para mim. Mesmo assim eu experimentava as tais receitas para o fim de semana, para não parecer que não me esforçava. Se davam certo, eu repetia no domingo de manhã e apresentava para elas, as vaidosas esposas e seu recatado grupo, no qual eu me vi fazendo parte desde o primeiro ano de casamento. Fazer parte, que piada. Eu colocava meus pratos copiados dos vídeos de culinária do YouTube entre a maionese e a vinagrete das outras. O grupo todo, incluindo Jaime, fingia sempre acreditar que eu mesma inventei as coloridas receitas de última hora, porque o curso de latim me deu fama de exótica entre eles. Eu me achava tão exótica quanto o ovo cozido na maionese delas. Seguíamos nos fins de semana para a área da piscina, com aquele ar de *tudo ótimo* cada vez mais difícil de manter a cada ano. Os churrascos aconteciam sempre, sem exceção, em volta da mesma churrasqueira, na casa de um dos casais, comprada com o cercadinho de segurança para as crianças que tinham, e para as que viriam progressivamente. Novos pratos eram acrescentados para a mesa a cada celebração de Páscoa. As babás e diferentes raças e rações de cachorros foram chegando, junto com os novos modelos esportivos e outros utilitários na garagem. Celebramos, ano a ano, o vazio farto dos filhos de heranças gordas do interior que não abaixam seus vidros perto de favelas na capital. A riqueza fútil dos donos da luxuosa clínica de Dermatologia onde Jaime também virou sócio, assim que nos casamos e mudamos para São Paulo. Como em quase todos os outros cenários da minha vida, os anos passavam e o diretor parecia não encontrar um papel para mim. Eu não encontrava nelas a família que eu tanto queria encontrar, quando eu saí da minha cidade. Elas também não encontravam em mim nenhuma abertura para deixar o passado para trás e construir uma vida nova. A felicidade que eu via nelas, a cada nova gravidez ou a cada lançamento da grife preferida, só aumentava o meu distanciamento e fortalecia a ideia de que eu estava no lugar errado.

Era nas paredes de pedra da cela que eu transcrevia os relatos que minha cabeça não cansava de repetir para si mesma. Às vezes eu escrevia com bastante calma. Redações inteiras, gramaticalmente bem-comportadas, com o português que seria aprovado pela minha mãe, endereçados à minha espaçosa mente ou à minha amiga do imaginário quarto ao lado, de quem eu tentava esconder minha real natureza, com palavras simples e honestas, evitando palavrões e pragas. Outras vezes eu queria que tudo se fodesse. Era quando eu escrevia todas as palavras horríveis que eu conhecia, com a letra do maior tamanho que coubesse no pensamento. Despejava todos os desejos mórbidos e psicóticos da minha ira e todos os xingamentos do pior escalão que se acumulavam na garganta. Com as paredes de pedra, tinha à minha disposição um diário que não me julgava. E a chance de apagar quando não conseguia engolir o que aparecia na minha frente.

"Eu não sei o que eles fizeram com o meu bebê". Essa seria a minha resposta se você tivesse a coragem de me perguntar por ele. Para ser bem sincera, eu não iria responder assim, logo de cara. E talvez chorasse tanto antes de dar uma resposta que você desistiria da pergunta e tentaria mudar de assunto. Mas seria tarde demais. Sem conseguir encarar você, como se eu estivesse sendo esticada pelas mãos, por forças de direções opostas, eu diria que não. Diria, com toda a calma que nunca consegui manter, que não tinha condições de falar sobre aquele assunto. E talvez eu nunca tenha. Então, acho melhor você não perguntar nem agora nem depois. Ou talvez um dia. Não, melhor não perguntar nunca.

Ouvi um estalo vindo do outro lado do quarto, seguido de uma mudança na pressão do vento. Sem aviso, um ar gelado diferente dos outros bateu nas minhas costas. Demorei uns segundos para entender que tinham aberto a maldita da porta. Meu primeiro impulso foi saltar da cama, movida mais pelo susto do que pela surpresa. Diferente do que planejei tantas vezes fazer, não corri. Permaneci em pé, olhando para o batente retangular em volta do vão aberto, como quem tem medo de passar por uma guilhotina armada. Parecia tudo vazio. De frente para a porta havia um corredor largo e outra cela aberta e vazia. Continuei sem sair do lugar, apavorada demais pelo que poderia estar me esperando do outro lado daquelas paredes, e ao mesmo tempo apegada ao terror já familiar dentro da cela. O tempo voltou a existir e eu não sabia se mergulhava nele ou continuava morta. Sem entender o que me empurrou, atravessei o quarto e cruzei a porta, tampando meus olhos com os cabelos e com as mãos para enfrentar a claridade. Depois de três meses no escuro, as pálpebras se recusaram a abrir totalmente. Com passos lentos e tortos, segui pelo grande vão por onde um feixe de luz lateral me cegou de novo por alguns instantes. Não via ninguém. Os raios trazendo a claridade de lá de fora batiam longos no piso adiante, apontando o caminho por corredores vazios e cheio de portas iguais. O pânico voltou. Tremi tanto que foi difícil de andar. Não era uma tremedeira de abstinência, nem de frio, era pavor mesmo. A brincadeira bizarra de manter alguém preso durante três meses tinha terminado e eu não queria imaginar a próxima que viria. Via portas e mais portas, exatamente iguais às da minha cela, e pensava no que teria acontecido com os meus sapatos e se os habitantes daquelas outras celas também tinham perdido os seus. Cheguei no que pareceu ser uma saída, outra porta enorme, como a de um grande museu. A altura do teto e da entrada em comparação ao tamanho das celas era tão desproporcional quanto o contraste das sombras do lado de dentro com o branco da neve que vinha do lado de fora. Tudo parecia sem proporção naquele lugar.

O céu excessivamente claro me cortou os olhos outra vez. Quando as pupilas se acostumaram, vi o mundo que eu habitei por tanto tempo sem conhecer. Desejei que fosse noite para conseguir abrir os olhos direito. Na minha frente, um pátio coberto de neve se estendia por toda a parte interna do edifício monumental. Eu nunca tinha visto neve daquele jeito. O que devia ser um belo jardim em outras estações, no momento só exibia troncos, galhos e arbustos secos respingados de branco. No meio da paisagem, dezenas delas. O que eu vi naquela manhã despertou de uma vez só toda a ira de uma vida inteira. As mulheres à minha frente não eram estátuas. Também não eram hologramas, nem projeções da minha mente corrompida. Eram pessoas de verdade, que de tão quietas pareciam fazer parte do jardim. Umas sentadas na grama, outras em pé, todas paradas, olhando para mim como bonecas de cera. Minha respiração parou e quando voltou eu comecei a tossir. Achei que ia vomitar de novo. Apertei os cotovelos com força para ter certeza de que estava viva mesmo. Fiquei quieta por um instante para confirmar que elas respiravam e se mexiam. Nunca imaginei que pudesse sentir tanta raiva por um grupo qualquer de pessoas, muito menos que o sentimento viria por um grupo exclusivamente composto pelo gênero feminino. Em que porra eu tinha me metido, que tipo de convento ou seita era aquela, e quem, pelo amor de Deus, estaria no controle daquele lugar? Meus nervos não sabiam como agir, eu contorcia meu rosto e apertava minhas mãos umas contra as outras enquanto passava na frente de cada uma esperando algum tipo de explicação. Usando as línguas que podia e de improviso, implorei por socorro. De uma a uma, meus pedidos foram sendo rejeitados em silêncio. Para aquela estranha composição à minha frente, eu parecia não existir. Voltei a berrar e gritar, agora com elas, o que só serviu para que se afastassem de mim. Algumas voltaram para dentro do prédio como se não quisessem assistir meu espetáculo. Não ouvi nada, de nenhuma delas. Nem a menor disposição em me dar uma resposta, uma explicação que fosse para minha presença ali. Silêncio e silêncio e silêncio. Dezenas de bocas fechadas diante da minha voz seca, rachada. Se eu não estava morta, aquilo era um inferno disfarçado de jardim e algum tipo de demônio poligâmico devia estar me esperando por trás dos arbustos de flores, tive certeza. Saí da sombra que se formava do lado direito da construção e segui pelo centro do enorme pátio. Meio cambaleando, meio girando, tentando encontrar uma saída. Busquei no meu cérebro exausto alguma referência do que acontecia. Nada me dizia coisa alguma. Convento da diversidade, campo de concentração esotérico, reality-show de bruxas. Não que fizesse alguma diferença. Independente do que fosse aquilo, para mim era um lugar de loucos sádicos e eu sairia dali assim que encontrasse uma porta. O que eu tinha acabado de passar naquela cela era inaceitável e, na minha ignorância arrogante, cada uma delas era responsável.

Atravessei o jardim do inferno, tonta e moribunda, fugindo do silêncio sinistro delas. Me olhavam como se olhassem um cachorro pequeno e bravo que arrebentou a coleira no meio dos espinhos das flores e não sabia para onde correr. Nada podia ser entendido ou explicado. Não depois de noventa dias vivendo fedida naquele cativeiro. A única resposta era sair. Os bizarros olhares se confundiam entre pena e crueldade e as duas coisas eram a mesma para mim. Continuei me arranhando e esbarrando em tudo até alcançar o final do pátio, que continuava agora com as bordas livres, cercado apenas por um muro baixo, fora da proteção das altas paredes do edifício. Corri até o muro só para me debruçar em seu parapeito e me chocar outra vez. O esplendor da vista descia pelo precipício de pedra quilômetros abaixo. A paisagem me olhou de volta zombando do meu tamanho e me jogando para trás. Meio catatônica, meio atiçada pela adrenalina, sem querer me dar por vencida, eu saí tateando as beiradas da pequena fortaleza enquanto ralava minha pele, já toda ferida, nas pedras do muro baixo. Determinada e convencida de que ia encontrar uma forma de sair, custasse o que custasse. Na extremidade máxima do jardim, os dois muros se encontravam e no meio deles tinha um portal de pedras maciças que pareciam dois elefantes em pé. Sem forças para correr eu segui andando na direção dele. Respirei fundo e tentei me acalmar um pouco. Até que olhei para ela.

Eu era de novo a criança com febre no banco de trás do carro enquanto meus pais gritavam um com o outro na frente. Eu era o medo de ser pequena demais para abrir sozinha a janela e saltar. Quando olhei de novo para a ponte na minha frente, agora com os olhos arregalados, eu ganhei um medo novo para a minha fantástica coleção. Vi diversas pontes na Índia e no Nepal durante a viagem porque os ônibus seguiam as margens dos rios nas estradas e não era raro, mesmo para alguém que não reparava em quase nada, ver as longas e estreitas estruturas de cabos de aço que construíram de margem a margem, sem medo pelas paisagens altas dos Himalaias. Acontece que aquela ponte era outra história. Não era feita de cabos de aço, nem de concreto, mas de cordas e madeiras velhas. O que eu precisaria fazer para sair do outro lado era uma caminhada para a morte certa sobre o precipício. Lá embaixo, tão embaixo e longe que eu não conseguia distinguir o que era água e o que era chão, um rio separando os dois blocos daquele pedaço da montanha.

Com um único movimento eu os acordei em ondas, passarinhos histéricos de metal, moradores fixos das cordas sobre o abismo. Eram dezenas de pequenos sinos, pendurados de um lado e do outro das cordas que tocaram enlouquecidos assim que eu pus o pé na primeira tábua. A ponte que me separava do chão lá embaixo era de um metro e pouco de largura, e se estendia à minha frente por outros duzentos. Eu encarei diversos abismos na minha vida, mas aquilo era mais literal do que qualquer um dos meus outros buracos e a adrenalina de estar pendurada sobre ele me tomou com uma potência maior que o efeito de qualquer droga que eu experimentei antes. Segurei os cordões gigantes com toda força e elas novamente se balançaram como cobras famintas. O vento que zunia entre os paredões do abismo acentuava o desequilíbrio de tudo em volta. Andar sobre aquela ponte não seria apenas andar. As madeiras do piso balançavam no ar, sem nenhuma estabilidade, enquanto a estrutura toda parecia uma rede frouxa pronta para cair.

Do outro lado era possível ver um portão de madeira gigantesco, como tudo ali. Atrás dele, mais pedras, neve e outra sequência de morros que desapareciam no horizonte. Outro impensado movimento balançou a ponte e os sinos se manifestaram de novo. Olhei para trás, e só então notei a plateia que me acompanhava. A cabeça envergonhada e furiosa girou de volta para frente, a indecisão do meu corpo foi de novo anunciada por eles em conjunto. Badaladas agudas e histéricas. Não sabia se ia para frente e me jogava de vez na morte, ou se continuava morrendo devagar ali em cima mesmo. Permaneci imóvel e o vento me balançou. O cinza escuro do céu acompanhava de cima. Qualquer movimento brusco com aquelas meias resolveria meu problema de maneira definitiva. Se eu atravessasse a ponte naquele estado, não voltaria para lugar nenhum.

Virei novamente para trás, desta vez já com os dois pés mais firmes sobre as madeiras da ponte e sem largar as cordas. Um vão foi aberto entre as mulheres embaixo das pedras-elefantes, e uma delas se posicionou no centro das outras. A figura não passava de um metro e meio de altura, olhos puxados, cabelos impecáveis, totalmente brancos e era visivelmente cega. O que aquelas pessoas faziam ali? Quem era aquele bando de loucas? Uma parte de mim teve curiosidade, enquanto a outra desejou que todas elas estivessem lá embaixo no precipício. Olhei para a velha cega de novo. Se não fossem as botas dela, do tipo que eu vi aos montes nas lojas de equipamentos para alpinismo em Kathmandu, eu teria certeza de que tinha voltado no tempo. Os olhos dela eram quase brancos, assim como o cabelo, e me miravam como se me vissem. Não aguentei encará-la e virei a cabeça de volta em direção ao portão. Esse lugar não pode existir. Esse lugar não pode existir. Se o vento não estivesse tão forte elas teriam ouvido meu pensamento. A cega não falou nada, assim como as outras, mas ficou ali, me encarando sem empatia, nem julgamento, esperando pela minha decisão. Nos olhos embaçados dela eu vi o futuro desaparecer, independente da escolha que eu fizesse. Mesmo de costas eu sentia que ela continuava me encarando. Outra rajada de vento trouxe também a neve, e eu me desequilibrei de novo quando soltei uma das mãos para tirar um floco gelado do meu olho. O balançar do meu corpo fez mover também a ponte e os sinos voltaram a me provocar. A raiva ardia e queimava. Sozinha, na remota hipótese de que eu conseguisse sobreviver à travessia daquela ponte, não chegaria longe, debaixo de toda a neve que ameaçava cair. Dei outro passo e os escandalosos sinos voltaram a anunciar minha estupidez. Atrás de mim, um enxame de olhos curiosos se debruçou sobre o muro para acompanhar o que só podia ser um espetáculo recorrente. Eu não podia ser a primeira a querer fugir correndo dali. Ou podia? Tive medo também de pensar no que – ou quem – as impedia.

Não existia uma forma de sair dali, não se eu quisesse viver. Sentir que ainda queria viver foi pior. Ao invés de me animar, só aumentou meu conflito. Morrer resolveria tudo. A ideia pesou e me afundou na madeira da ponte. Rugi de raiva e o eco da minha raiva me devolveu a resposta. Solução tinha, era só olhar lá embaixo. Apesar de toda minha fúria, eu era covarde. E o medo da morte teve a mesma força que os deuses provavelmente têm na vida de quem é crente.

Janeiro – Hospício

As paredes não ficaram nem um pouco surpresas quando me viram entrando quieta de volta para a cela. Já me conheciam. Foi para elas que eu tive que voltar mesmo sem querer. Foi com elas que eu continuei dividindo os meus dias, sem sair do quarto para nada, mesmo podendo fazer o que quisesse fora ou dentro dele. Eu estava presa de todo o jeito, com ou sem porta.

As dezenas de mulheres rapidamente tomaram o papel de minhas maiores inimigas, dentro do mundo raivoso da minha cabeça. Elas passavam de um lado para outro, indo ou voltando para suas próprias celas, também sem o menor interesse em olhar para a minha. Eram mulheres feitas, de todas as idades possíveis e tinham representantes não só daquela região da Ásia, mas de todas as raças do mundo, de todos os tipos de corpo, pele e cabelos. Circulavam sozinhas, indo ou voltando de suas próprias celas, em total silêncio. Eu continuava achando aquilo uma casa de doidos.

Algumas delas pareciam indianas à primeira vista, mas minha temporada na Índia me ensinou que o que eu considerava ser o típico indiano poderia ser do Nepal, do Paquistão, de Bangladesh, do Sri Lanka e de vários outros lugares. O meu preconceito com base em estereótipos começou. Olhava para aquele corredor, catatônica, como se olhasse para uma tela desligada.

O frio foi aumentando a cada dia e mesmo que eu tentasse me aquecer sem a Gorda, acabava tendo que passar a maior parte do tempo enrolada nela. Via as outras mulheres vestidas com tecidos fluorescentes de roupas de inverno costuradas precariamente em panos de sacos. Peles de ovelhas contrastando com tênis de marcas internacionais e seus genéricos chineses. Nas cabeças, tinham cabelos raspados, cabelos longos, curtos, soltos, presos, brancos, grisalhos, vermelhos, loiros, crespos. Não tinha padrão nenhum. Algumas usavam algum tipo de turbante, outras, lenços. Umas usavam o jihad, outras eram carecas, e ninguém parecia estar seguindo alguém que não a si mesmas. Desejei que usassem algum tipo de uniforme, quem sabe assim pelo menos eu pudesse entender o tipo de loucura que eu compartilhava contra a minha vontade. Eu buscava algum sinal que revelasse o cerne daquele delírio coletivo. Mas nada. Tudo era silêncio naquele sarcófago contemporâneo.

À noite, apagavam as velas dos corredores, o que me fazia lembrar que o inferno também atende pelo nome de trevas. Bocas mudas andavam pelo jardim de neurônios coloridos, recolhendo pedaços de mim sem permissão, me alimentando com flores congeladas e injetando em minhas veias sinos que tocavam gritos de horripilantes melodias. Voando sobre a ponte, abri o portão sobre um mar fortemente estrelado. Ele se dissolveu nas minhas mãos, transformando-se em vômito. Do outro lado, outras pontes se moviam como najas, me ameaçavam e soltavam de suas longas línguas um veneno ácido de vento: seu bebê vai ser lindo… fica tranquila você não vai abortar. Você tem certeza mesmo que Jaime é o pai? Serpentes gigantes invadindo o quarto e me engasgando na latrina. As mãos continuaram tremendo tempos depois que acordei. O buraco na janela, acima da minha cabeça na cama, refletia sozinha uma lua quadrada na parede.

Por três meses dormi dopada pelo efeito do chá que tomava de uma a duas vezes ao dia, dependendo do quanto me dessem por aquela porta, junto com a sopa e depois as maçãs. Depois que abriram a porta eu passei a dormir com fome. Cochilava de exaustão em alguns momentos só para acordar pior depois. A ausência do sonífero na bebida só me permitia cochiladas curtas e cheias de sonhos. Eu não fazia nada há meses e mesmo assim me sentia completamente exausta o tempo todo.

Meio dormindo, imaginei ter ido até o pátio e só então realmente acordei e entendi que continuava deitada na cama. A minha porta estava aberta. Um brilho de luz vindo do fundo do corredor à direita fez meus gatilhos dispararem. Não era um lugar para dormir com a porta aberta à noite. Me lembrei do pavor que eu senti semanas antes, quando me despertava dos pesadelos e ela estava trancada. Os sentimentos às vezes se invertem tão rápido quanto as circunstâncias.

Esperei meu coração desacelerar um pouco e me aproximei devagar, o suficiente para confirmar a direção da luz que tremulava no fundo, do lado direito do corredor. Tomei coragem para olhar, apoiada e meio escondida pelo batente da porta. Lá no fundo, duas das mulheres sentavam no chão, uma de frente para outra, numa conversa que parecia não conter palavras. Talvez não tivesse mesmo. A amplitude do som no vácuo daqueles corredores era poderosa, parecia ter sido planejada para propagar qualquer suspiro e mesmo assim eu não ouvi nada vindo delas. Depois de alguns segundos olhando de longe, elas me viram e, depois de um tempo naquela situação constrangedora, se levantaram sem pressa, quase como se estivessem esperando que eu fosse até elas. Eu continuava grudada no batente. Quando voltei a olhar, já tinham sumido. Pelo desenho das sombras, deu para ver que desceram por uma escada, à direita delas, na extremidade do corredor. A construção colossal daquele edifício também chegava a andares subterrâneos, além dos dois outros andares para cima onde eu não tinha pisado desde que saí da cela. Também não conhecia a cozinha, nem qualquer outro lugar além do jardim. Tomei coragem – não sei como – e segui procurando as luzes que tremiam, vindas da curva no fim do corredor por onde elas desceram. Tentei manter a postura e parecer segura, como eu fazia nos clubes noturnos de Londres, onde tantas vezes eu andei perdida, fingindo uma segurança que nunca tive, mas disfarçando meus passos com o ritmo das batidas eletrônicas. Cheguei até a coluna na esquina onde elas desapareceram e parei ao lado de um dos castiçais de velas pendurados na parede. Todo o resto do prédio parecia apagado. Fiquei parada no alto da escada, mas não tive coragem de ir atrás delas.

Olhei de novo para o parapeito da parede, abaixo do candelabro, e notei um objeto que não via há tempos, um objeto que raramente me faltava antes e que sumiu da minha vida junto com o resto. Um isqueiro de plástico comum amarelo, do tipo que é vendido em qualquer bar do mundo. Eu queria segui-las, mas estava com medo de me aventurar por aquele prédio imenso e escuro no meio da noite. Outro medo também me acompanhava naquele momento. Tinha sempre mais um. Não vi nenhum homem naquela comunidade bizarra. Nem vi criança, nem adolescente. Só mulheres. Mesmo assim eu duvidei. Nunca ouvi falar de um lugar que fosse exclusivamente para mulheres, onde a presença masculina não estivesse logo à espreita. Até onde eu sabia, em cada um dos lugares onde as mulheres tentaram ser autônomas, sempre existiram no topo, na administração ou na segurança, por razões diversas representantes do gênero masculina. No mundo que eu conhecia, onde os homens não conseguiam dominar pela porta da frente, eles invadiam por trás, solitários ou em grupos, sempre usando o mesmo método e a mesma arma entre as pernas. Contemporânea ou ancestral, não fazia muita diferença. Minha própria história me ensinou que não existia lugar seguro contra eles. Olhando para a chama das velas, sem saber se pegava o isqueiro ou não, acabei agindo de acordo com nossa comum e internacional rotina feminina de temer qualquer beco com pouca iluminação do mundo. Voltei correndo para o quarto apertando o novo objeto amarelo na mão.

Acordei assustada com duas batidas curtas e duras na porta. Abri logo e vi uma das mulheres do corredor da noite anterior parada olhando pra mim, com um braço esticado em minha direção e a palma da mão vazia virada para cima. Seu rosto era tão marcado pelo tempo, ou pelo sofrimento, que não me arriscaria a apostar sua idade. Parecia latina, como eu, mas não dava para saber. Tinha uma cruz de ouro no pescoço, maior do que a cruz da Dona Vitinha e a lembrança não ajudou nossa conexão. Olhando para mim, parada diante da porta, não indicava nenhuma raiva ou ansiedade, mas também nenhuma empatia. Não que eu merecesse alguma naquele tempo, mas eu estava desesperada por algum tipo de afeição. Ficou claro com aquela primeira interação que não seria roubando isqueiros que eu receberia alguma demonstração de afeto. Da mesma altura que eu, ela me olhava esperando que eu entendesse o gesto. Olhei de novo para a sua palma vazia. Era óbvio que em um lugar tão vazio de objetos e cheio de velas a ausência de um isqueiro novo e amarelo seria notada. Assim que eu entreguei o objeto furtado, ela virou as costas e saiu, como as outras, sem dizer nada. Odiei aquele lugar com mais intensidade do que quando estava trancada.

Passei outro dia sem sair da cela. Não tinha forças para nada e nem buscava um jeito de ter. A porta continuava aberta e minha única atividade era observar o corredor e as mulheres que passavam silenciosas, de um lado para outro, quase como se não estivessem tocando o chão. Me apeguei aos detalhes das vestimentas delas para tentar entender o que se passava. Mas nada era explícito, além da óbvia e irritante diversidade. Eu era só mais uma. Elas vestiam, assim como eu, roupas de frio, sobreposições de peças de tempos e tecidos diversos, alguns com designs sofisticados remendados para se adaptarem melhor ao termômetro, outros com cores apagadas pelo excesso de uso, uma mistura de ocidente e oriente atemporal e sem assinatura. Apenas os sapatos me faziam crer que eu vivia no tempo atual, e não séculos atrás. Todos desgastados pelo uso, porém pelas marcas e materiais, eram suficientes para confirmar que a nossa cronologia era a mesma.O inferno era no agora.

Devagar, eu voltei a sentir fome, mas não tinha intenção nenhuma de procurar comida. Não era vontade de morrer, como no início, era uma fuga disfarçada de indiferença por tudo, até pela dor do meu estômago. Depois que a porta se abriu, continuei sobrevivendo uns dias pela bondade alheia ou pelo sarcasmo da vida que todo dia colocava alguma fruta ou pedaço de naan para mim, agora do lado de fora da porta. Como se o mundo insistisse em me manter viva, para poder continuar experimentando aquele castigo. Eu e a mendiga do viaduto de São Paulo tínhamos finalmente nos encontrado e virado uma só.

Enquanto eu chafurdava na raiva e frustração, novas palavras iam marcando nervosamente a parede. Você sabe bem que se não fosse por você, sua mãe não teria tido aquele infarto... as vozes seguiam sem piedade alguma. Se você tivesse falado antes... pequenas e destrutivas falas se seguiam, como se quisessem chegar aos ouvidos das mulheres que passavam no corredor. Se não fosse a pressão que você fez para denunciá-lo, ele não teria bebido tanto e nada daquilo teria acontecido...

Grávida sem amar seu marido? A cruel ladainha às vezes tinha o tom de voz da minha avó, às vezes tinha a da mãe de Jaime, às vezes tinha a minha, e às vezes eram tantas falando ao mesmo tempo que era difícil reconhecer. Saber que eu estava cerrada no alto daquela montanha, impossível de descer nas minhas condições, tirou o resto da força que me restava, o pouco da esperança boba que eu guardei para usar quando a porta se abrisse. Era isso mesmo. Não havia como sair dali, assim como não havia uma casa para voltar, nem uma vida para retomar. Minha memória vagava de um lugar para outro, incapaz de sair de dentro da jaula que a minha própria cabeça se tornou.

Voltei a pensar nos lugares onde passei longos períodos. Nas formas irregulares das pedras na parede, eu me vi num outro prédio. Um predio alto e de mau gosto, onde passei anos fazendo um curso idiota, que só escolhi porque não passei na USP. E também porque era um dos poucos que conseguia pagar com o que eu ganhava como sacoleira de roupas, sem precisar da ajuda de Jaime.

O negócio de vender roupas surgiu logo depois que meus pais morreram. Eu gostava de moda e muita gente quis comprar para me ajudar. Aquele tipo de caridade que se recebe para deixar o doador se sentir melhor com ele mesmo. Eu também aceitava porque era preciso pagar as contas. Recebia os pagamentos parcelados, sem satisfação e cheia de objetivos. Sonhei em ter uma loja. As roupas que eu vendia depois da escola, por até dez vezes acima do preço que eu comprava, pagavam as minhas contas, as minhas próprias roupas e as bebidas importadas, que me fizeram entender o porquê do orçamento sempre estourado do meu pai e da minha mãe.

Eu preferia ficar em casa tomando uísque sozinha enquanto as outras meninas da minha idade programavam suas festas de quinze anos. Depois, com o dinheiro que sobrou da venda do apartamento, paguei as dívidas deles antes de me mudar de vez para a capital. Continuei fazendo o mesmo em São Paulo, onde meu lucro era bem menor, até que vieram as roupas da China. Vendia tudo: roupas, lingerie, cuecas, meias e acessórios nos intervalos das aulas, principalmente para os caras recém-saídos das fraldas das mães, depois que eu descobri que a maioria morria de preguiça de comprar roupa sozinho. Me garantiam mais vendas do que na minha página on-line e eu podia voltar para casa com dinheiro na bolsa, sem precisar passar pela minha conta conjunta com Jaime, que já controlava minha vida o suficiente.

Jaime era muito ciumento e deixou claro que seria melhor eu estudar numa faculdade perto de casa. Tínhamos acabado de nos mudar para a capital e eu estava fazendo o possível para manter a harmonia. A única universidade com ônibus direto do nosso bairro ocupava cinco andares de um edifício de quatorze, no centro de São Paulo. Era todo espelhado por fora, e de gosto bem duvidoso. Diferente dos corredores a minha volta, os da faculdade eram ultra iluminados e sempre cheios de gente conversando. Neles eu circulei religiosamente de segunda a sexta, de manhã e nos cursos extras da tarde, empurrada pelo sonho de abrir e administrar minha própria loja um dia, a esperança escondida de construir uma vida que fosse realmente a minha.

Apesar da fome, eu não fui procurar comida, nem pensei em descobrir de onde vinha a alimentação de todas aquelas mulheres. Na minha cabeça, obcecada pelos pensamentos e pela constante e aguda dor nos ossos, a única coisa importante era arrumar um jeito de atravessar aquela ponte, abrir o portão do outro lado e descer aquela montanha de volta para a civilização. Cada dia sem me alimentar direito só me deixava mais longe daquele objetivo, mas a minha cabeça não funcionava com uma lógica favorável e eu continuava moribunda, fechada no quarto ou andando pelos corredores, tentando entender como eu fui parar ali.

Minha ira e a náusea tinham voltado na ausência do chá, junto com as dores de cabeça por conta da falta de comida. Eu sabia que não podia seguir vivendo daquele jeito. Mesmo com o corpo parecendo mais morto do que vivo, fugir era a única palavra que me alimentava. Comi a maçã que encontrei do lado de fora da minha porta e ela me deu um pouco de força para andar pelo meu gigantesco cárcere.

As mulheres com quem eu cruzava pelo jardim continuaram seguindo seus afazeres sem me notar. Pelo sol alto na cabeça, imaginei que iam comer. Tinha que ter uma cozinha ali, e eu sabia que logo teria que segui-las e descobrir como se alimentavam naquele lugar.

A construção tinha três lados em forma de "u", que protegiam o jardim e, por sua vez, era protegida também pelo próprio formato da montanha. Parecia ter sido esculpida nas rochas do terreno, com as paredes altas levantadas com as mesmas pedras da paisagem. Assim que meus olhos se acostumaram com o branco imenso lá fora, saí catando folhas secas grandes e as enfiei aos montes dentro das meias, tentando proteger os pés para não queimarem com o gelo que cobria a grama e que deixava tudo escorregadio. Andei devagar até a ponta do jardim, no encontro entre os dois muros, onde as pedras-elefantes emolduravam a entrada da ponte. Fiquei ali parada por um bom tempo, olhando a estrutura longa e comprida de frente e encarando de longe o portão do outro lado, como se olhasse um futuro distante. Aquele portão era minha conexão com o mundo. Até lá existia a ponte e uma vida inteira de medos.

Apesar de tudo o que eu sentia, não havia como negar que aquela paisagem era algo extraordinário. Pensei naquele momento que não podia deixar ninguém me ver admirando o lugar, porque tinha receio de que poderiam confundir minha admiração com a vontade de estar ali. Como se alguém realmente se importasse.

À direita de quem olhava para o precipício, uma pequena construção de pedras, em ruínas, destoava do resto do prédio. Ficava no final do jardim, entre o muro que levava para a ponte e uma horta enorme que, naquele clima, pouco parecia vivo. A estrutura parecia ter sido, em outros tempos, uma torre de guarda. Era a única coisa inacabada ou destruída no lugar, não dava para saber exatamente. Raízes que pareciam milenares se enrolavam sobre a base em volta da escada e subiam pelos muros arredondados.

Ouvi um assovio baixo e olhei para cima. Vi uma das figuras que não reconheci da confusão dos dias anteriores. Me chamou de um buraco-janela no alto. Fez sinal para mim e eu subi lentamente, com as pernas fracas e desequilibradas, evitando escorregar. Bastou dois curtos lances de escadas e eu tive arrepios com a vista ampliada pela altura. Morros enormes de gelo se estendiam imponentes por quilômetros em torno do vale. O chão se misturava com as nuvens. Lá embaixo, nenhum prédio, nenhuma casa, nem um poste de eletricidade, só o nada glorioso que a natureza mesmo pôs ali.

Ela encenou uma reverência teatral e irônica para minha entrada. Dobrou um dos joelhos, como se fosse uma representante da corte, estendeu um braço e se inclinou para frente para me receber. Girou a mão em saudação e uniu o movimento sarcástico com outro, agora apontando a impressionante paisagem à nossa frente.

Olhei para ela, e quase não consegui disfarçar a curiosidade pela sua figura. Nenhuma daquelas montanhas era mais interessante do que ela. Parecia ser da mesma idade que eu. Colocou a mão no meu ombro como se fôssemos amigas de longa data e eu reparei nos seus olhos meticulosamente delineados de preto, combinando com o resto de suas roupas escuras e contrastando com o resto do lugar. Meu pulmão deu sinais afobados do esforço feito para subir as escadas e meu constrangimento aumentou com a intimidade. Um longo silêncio veio e ficou. Irritada, me desvencilhei da mão dela e o momento que foi leve por um instante ficou pesado de novo.

"Claro... você também não fala". Me afastei tentando recuperar o fôlego da curta subida. Não tinha fôlego para nada, nem tinha de onde tirar alguma paciência "Ok, me avise quando essa merda de silêncio acaba e começa a realidade aqui neste lugar?".

Ela não deu a mínima para o tom desagradável da minha voz. Virou as costas sem se alterar e saiu procurando algo entre as pedras, no canto do cômodo em ruínas. Me calei de novo, tentando fingir que não estava envergonhada do meu descontrole inicial. Ela me entregou um cigarro rústico enrolado numa folha seca e minha satisfação foi tanta que acendi antes de perguntar o que havia dentro.

Depois de tudo que eu experimentei na vida, mesmo que aquele cigarro fosse me matar eu teria aceitado. Traguei e logo vi que não era nada que me deixaria chapada. Algum tipo de erva seca e cheirosa. O ato de tragar me fez esquecer por alguns instantes do resto. Soltei uma longa e demorada baforada e quase engasguei. Pensei em quantas vezes tinha sonhado com aquele ato desde que pisei ali. Ela guardou o isqueiro de volta num pingente de prata todo trabalhado, pendurado no cordão no pescoço, e me perguntei de onde ela teria vindo.

Notou a minha curiosidade sobre ela, mas também disfarçou, como se não quisesse me constranger mais. As roupas dela também estavam bem surradas, mas limpas. Nada na postura dela indicava que estivesse ali contra sua vontade. Talvez só os olhos, demasiadamente delineados para o lugar, com kajal preto. Vi a pele perfeita e sem nenhuma linha de expressão. De perto também vi um sofrimento familiar, apesar do humor explicitamente contrário ao meu. Seu jeito contava uma história diferente, uma história que eu não sabia reconhecer. Imaginei o que ela deveria estar achando do meu estilo pós-solitária-adicta.

Incrível que mesmo naquele lugar ainda estivéssemos observando nossas aparências físicas. "As outras vão gostar ainda menos de você, se entrar na cozinha suja desse jeito". A voz era grave, rouca e inesperada como ela. As poucas palavras saíram amenizadas por um sorriso quase escondido. Falou um inglês perfeito, muito calmo, mas percebi que não era a primeira língua dela. Meu limitado conhecimento linguístico achou que podia ser russo, porque qualquer coisa que eu ouvia com entonação do leste europeu eu achava que era russo. Quis perguntar um milhão de coisas e nada saiu. Meu inglês não ajudou, faltou vocabulário e ânimo.

Na frente de alguém tão segura de si, deu vergonha do meu drama. Ela me puxou com um movimento de cabeça e segui atrás, escorregando no chão enlameado. Atravessamos o pátio quase vazio e entramos no prédio pelo lado contrário ao bloco onde ficava a minha cela. Andei atrás dela, tentando pisar nos mesmos lugares para não escorregar. Seguimos no corredor principal até o fim, depois viramos à direita, passamos por várias portas até que ela abriu uma maior do que as outras. O vento frio vinha de uma grande passagem de ar entre as pedras. Andei me acostumando ao breu de novo e, para minha surpresa, tateei grandes cortinas de um veludo vermelho escuro. Deixei meus dedos tocarem demoradamente nelas, porque fazia tempo que eles não encostavam em nada agradável. Logo à frente ficava outra seção de cortinas claras e finas que deixavam passar a iluminação natural. Depois delas, várias mulheres nuas aguardavam em pé. Mesmo com um certo receio e sem entender o tipo de banho que me aguardava do outro lado, segui a mulher que chamei de Ponto a partir daquele dia. Foi a primeira coisa que eu pensei sobre ela, que aquela figura era um ponto de exclamação no meio de um monte de outros.

Apesar do frio, tirei as peças imundas que me cobriam desde que cheguei e pendurei cada um dos meus trapos nos ganchos presos nas paredes de pedra. O certo seria jogar tudo fora. Mas eram tudo o que eu tinha. Tive pena delas, minhas únicas companheiras da longa caminhada desde meu último banho. Imagens de um banheiro de azulejos rosa se confundiram na minha cabeça com a cena que eu via na minha frente. Meu corpo todo tremeu num arrepio e me trouxe de volta para o momento.

O cômodo, meio claro pela luz do buraco na parede, meio escuro pelas curvas da rocha, parecia existir desde sempre, recortado dentro de parte maciça da montanha. Gotas geladas pingavam do teto, aqui e ali, jorrando direto dos ossos da natureza. Goteiras maiores escorriam das paredes formando finos veios d'água entre as pedras desniveladas no chão. Meus pés comemoravam, esticando e abrindo os dedos no chão frio, finalmente liberados das meias, que, sem perceber, eu carregava nas mãos. A possibilidade de um banho depois de tanto tempo me animou; mesmo assim, ficar totalmente nua no meio daquele banheiro primitivo não foi fácil. Apertei as meias sujas nas mãos de nervoso. Não avistei nenhuma banheira ou chuveiro e aguardei, como as outras, com meu corpo se arrepiando, parte de frio, parte de expectativa.

A Ponto desapareceu assim que eu entrei, e achei melhor. Naquele momento eu me senti confortável com a indiferença das outras. Cada uma parecia profundamente envolvida com seus próprios rituais de limpeza. Umas aguardavam como estátuas vivas de pé, entretidas em si mesmas. Outras cutucavam os pés, esfregavam as unhas, desembaraçavam o cabelo com os dedos, lavavam peças de roupa nos fios de água gelada no chão ou coletavam água em pequenos copos de cerâmica rústica e outros de plásticos coloridos. Todas nuas e tão tranquilas em suas existências que me senti como se não fosse uma delas, como se nem fosse mulher também. Me sentia tão sem jeito, como se o meu corpo não fosse composto pelas mesmas coisas que compunham os corpos a minha volta.

Me sentei num espaço vazio no centro do salão-banheiro, mais pelo embaraço de aguardar daquele jeito, de pé, tão suja no meio das outras, do que por vontade de encostar a minha bunda direto na pedra molhada. Mas sentei. De vergonha, de cansaço e de medo, claro. Olhei para minha própria vagina com os cotovelos apoiados nos joelhos e fechei as pernas num ato quase involuntário. Desde a gravidez eu não menstruava. Pela primeira vez eu agradeci por isso. Imaginei todo o horror que teria sido se, além de tudo, tivesse ficado menstruada enquanto estava trancada na cela. Mesmo assim, restos de um sangue seco manchavam partes do meu corpo, manchas que por três meses eu mal enxerguei na cela escura, mas que agora apareciam claramente naquele banheiro de pedra. Algo dentro de mim sabia que o sangue daquelas manchas não era meu. Apertei os joelhos e fechei os olhos. Tentei me concentrar no som das águas para parar de ouvir o que me gritava por dentro.

Me balancei para frente e para trás, como se tentasse acalmar um bebê, prestes a chorar. Não agora, não agora, eu me pedia. A vergonha de tudo que eu não sabia sobre a minha própria vida era maior do que a da minha sujeira, do meu cheiro e dos meus hematomas. Passei a mão no braço e agarrei forte os cotovelos. Um som estridente e enferrujado saiu de dentro das paredes e fez as mulheres sentadas se levantarem quase ao mesmo tempo. Segui o fluxo, me levantei e tampei os peitos, num impulso conhecido por qualquer mulher nua num lugar estranho. Sem aviso, um jato pesado e quente caiu sobre a minha cabeça. Diversas correntes de água despencaram sobre nós quase que ao mesmo tempo, vindas de pequenos buracos espalhados, saindo de gargalos estreitos da pedra. Respirei e soltei o ar, aliviada por, enfim, ter uma sensação boa. A temperatura da água era muito mais quente do que eu imaginava. Saía quase fervendo de dentro da montanha. Tive que entrar e sair debaixo dos jatos várias vezes até a pele se acostumar. Aos poucos, aquela quentura líquida foi batendo forte nos músculos duros, fazendo seu longo serviço de soltar a sujeira da minha pele. Uma das mulheres me deu uma bucha, com um tipo de sabão oleoso, e bem devagar comecei a esfregar as manchas do meu corpo, sem muita coragem de olhar para elas.

Também me enfiaram debaixo d'água na clínica para me acalmar. Sim, eu pensei em tirar meu bebê quando Jaime morreu, mas nunca pensei nisso por mais de um segundo, nem foi um pensamento que se repetiu. Eu estava apaixonada pela ideia de ser mãe. Uma das poucas coisas que tínhamos em comum era o desejo de ter uma família. Ele também queria tanto ser pai que até congelou seus espermas logo depois que nos casamos, com medo da nossa diferença de idade. Eu nunca senti nada parecido com aquele amor que crescia dentro da minha barriga. Estava tão boba que no dia seguinte ao enterro aceitei os conselhos da minha sogra, de procurar a clínica mais cara da região, propriedade da mulher do pastor do Templo da Obra Divina, onde ela mesma me levaria de carro, se eu quisesse. Lá eu teria certeza de que tudo corria certo. Tomada pela ideia da maternidade e confundida pelos hormônios, não percebi o quanto ela tinha ficado louca com a morte de Jaime, nem o quanto ela me culpava. Quando acordei, me sentia estranhamente dopada, horas depois do que deveria ter sido só um exame de rotina. Foi quando a enfermeira me falou que minha cirurgia de retirada preventiva do útero tinha sido um sucesso. Primeiro eu desmaiei. Quando acordei e entendi que era verdade, levantei da cama e parti para cima da minha sogra, mas os enfermeiros me seguraram. "Sua histérica. Pare de fazer escândalos. Sua história já é complicadinha o suficiente, não? Volte para São Paulo, vá viver aquela sua vida".

Março – Nomes

Eram três, e a mais alta delas, que acabou levando o nome de Comprida, me olhou de cima a baixo. Lidar com a falta de nomes passou a ser quase um jogo. Ninguém se apresentava ou repetia a graça da outra, muito menos existiam sobrenomes, que ali eram tão sem sentido quanto salto alto ou chapinha de cabelo. Eu passava longos períodos imaginando como chamar cada uma, mas acabava usando, nas minhas conversas comigo mesma, a primeira coisa que tinha pensado, sem poupar nenhum estereótipo. Não conseguia nem imaginar de onde aquelas três tinham saído. Enquanto a Ponto enrolava um cigarro na palha, elas me olhavam como se avaliassem minhas capacidades físicas e psicológicas. Me senti como carne fresca rodeada de hienas com fome. O inglês da Comprida foi curto, grosso e sem preposições. Perguntou se eu queria mesmo sair dali.

"Claro que eu quero sair daqui", despejei minha intenção sem entender o que elas estavam prestes a me propor naquele frio. O frio que só piorava a tremedeira de nervoso. Era final de janeiro, e a temperatura tirava qualquer disposição de ficar do lado de fora. Nem a fogueira da Ponto no meio da torre conseguia aliviar o ar gelado em volta daquela conversa. "Eu não sei como vocês vieram parar nesse lugar, mas eu estou aqui contra minha vontade". Elas se olharam, falaram entre si apontando para minhas pernas e riram outra vez. Atravessei três continentes só para experimentar a mesma merda do outro lado mundo e ser foco da maledicência de quem nem me conhecia. Em uma língua totalmente estranha para mim, a cereja no sundae da humilhação. Não conseguia responder, nem revidar, nem cuspir nelas as palavras que eu queria. Barrada pela torre de Babel que o ser humano inventou para se desentender de vários jeitos. Tentei parecer menos descontrolada do que estava enquanto fingia enrolar outro cigarro com uma folha seca. A raiva fervia e borbulhava nas minhas veias, mas só em português. Eu não tinha como derramar meu veneno e engoli de novo.

"Eu estou congelando aqui, se alguém tem alguma coisa para falar, fala de uma vez". Minha impaciência foi respondida pela rispidez afiada da outra, que passei a chamar de Pequena, a menor de todas as mulheres que eu vi ali ou em qualquer outro lugar. O corpo de uma menina de doze anos e o rosto de quem já sofreu mais de duas décadas. O jeito dela me dava medo. Tinha olhos verdes, cílios enormes e uma cicatriz que atravessava o rosto da testa até o queixo. "Em julho, alto do verão, se você aguentar ficar em pé até lá". E apontou para o lado esquerdo da entrada coberta de neve, do outro lado da ponte onde no verão seria, segundo elas, possível de atravessar.

Não gostei de nenhuma delas nem entendi exatamente o plano de fuga, mas não tinha o que fazer nem perguntar naquele encontro. Concordei com toda a firmeza que eu tinha, virei as costas e desci as escadas. Saber o tempo que teria de esperar para sair dali foi demais para o pouco de dignidade que eu tentava manter. A única e possível solução para sair do inferno estava seis meses adiante. Minha paciência com o encontro durou menos que aquele cigarro de palha entre meus dedos. Voltei para a cela furiosa querendo gritar durante o caminho inteiro, mas me contive. Gritar não me levava a lugar nenhum e o silêncio do lugar sempre soava mais poderoso diante de toda minha ira. Fechei a porta empurrando com força, e a adolescência do meu ato ecoou pelos corredores.

Depois que voltei do salão de banho encontrei novos companheiros na minha cama me esperando, enquanto ainda estava com a pele molhada debaixo das roupas sujas. Alguém me deixou um conjunto de blusa e calça de lã grossas, que pareciam ter sido confeccionadas séculos antes. E uma toalha lilás que deve ter sido roxa um dia, um pedaço de vela, um prato de cerâmica crua, um copo de plástico laranja e um isqueiro grande comum, de plástico vermelho. Pelo menos agora eu possuía meu próprio isqueiro. Chorei por dentro naquele momento, não ia ter que passar as noites totalmente no escuro.

Eu ficava horas admirando aqueles novos objetos que teriam sido para mim tão banais em outros tempos. Olhava como se aquela meia dúzia de coisas fosse uma casa inteira. Tudo ia ganhando um novo significado, uma nova perspectiva. Nada era do jeito que eu estava acostumada antes. Eu continuava passando a maior parte dos meus dias dentro da cela. Não comer fez de mim um esqueleto sem ânimo para nada e a previsão de fuga em seis meses não contribuiu para eu deixar de ficar prostrada na cama. Eu seguia andando de um lado para outro da cela, reclamando em letras invisíveis pelas paredes, voando pelo buraco do teto em forma de fumaça, me arrastando pelo piso como um lagarto buscando o raio de sol, confortando minhas dores com meus próprios braços, tentando inutilmente me agarrar a algum momento que tivesse sido realmente bom. Passei a abraçar tanto meus joelhos que foi como se eles tivessem se tornado duas entidades separadas de mim. Conversava com eles, os beijava, dava vozes para os dois, criava diferentes personalidades para eles responderem às coisas que eu queria comentar. O esquerdo era um pouco mais carinhoso e paciente que o direito, que às vezes parecia aborrecido com a minha inércia.

Ouvi batidas na porta e era uma das minhas futuras companheiras de fuga, a de cara bem redonda e nariz achatado, cheia de cicatrizes no rosto e sem cabelo nenhum. A que chamei de Mais Forte. Não troquei nenhuma palavra com aquela que era a mulher ou talvez o ser humano mais forte que eu já vi na minha frente. Parecia uma gigante perto de qualquer outra ali e completava o trio pitoresco com quem eu atravessaria a maldita ponte. Ela não abriu a boca no dia da torre, e quando ela apareceu sem aviso na minha porta, entendi que apesar do vantajoso tamanho, ela não era tão esperta quanto as outras pareciam ser. Algumas das pancadas que deixaram aquelas cicatrizes na cara dela devem ter afetado partes importantes da cabeça e quando ela se expressou, parecia ter dez anos. Fez um gesto para mim, enfiando os dedos dentro da boca e apontando o estômago. Pensei em mudar o nome dela, depois de entender que aquela força toda era só aparência. Mas continuei chamando aquela mulher de a Mais Forte.

Segui a minha enorme guia pelo longo corredor, e atrás dela finalmente desci a escada que levava à cozinha, depois de dias vivendo de maçãs e pedaços de naan que apareciam na minha porta. Logo após o primeiro lance de degraus, a escada se abriu para direita em curva, descendo até chegar no cômodo de comer que, como eu previa, era de um tamanho exagerado. A área da cozinha era comprida e estreita, com armários longos e altos de madeira que cobriam todo um lado do ambiente, enquanto as pias e bancadas de pedra ficavam do outro. O teto, com pé direito equivalente a dois andares, ficava quase invisível com a falta de luz e a fumaça. O ar era pesado lá dentro, com uma neblina de gordura e outros cheiros que meu olfato não reconhecia.

Um grupo grande de mulheres se encontrava no refeitório naquela hora, mas quando entramos, elas continuaram comendo, sentadas na mesa longa e estreita que atravessava todo um lado do cômodo, sem se incomodarem com a nossa presença. Outras viraram o rosto para observar a minha entrada. Desta vez, no entanto, elas pareciam estar menos interessadas em mim e mais incomodadas pela minha acompanhante, a Mais Forte, que desceu as escadas murmurando algo com ela mesma. Meu sexto sentido era aposentado por invalidez precoce, mas até para mim ficou claro que a carrancuda e enorme mulher com jeito de criança também era uma figura complicada.

De olhos pesados e balançando os braços que eram o dobro das minhas pernas, ela atravessou a cozinha sem se importar com o efeito da sua presença. Fui andando quase instintivamente em direção ao fogo e esperei em pé, com o meu prato de plástico e o pote na mão. Eu não sabia o que fazer, nem sabia onde me posicionar direito naquela cozinha enorme. A Mais Forte seguiu até uma das dezenas de pequenas portas dos armários, abriu um deles, pegou uma cenoura, um repolho, uma faca e um prato. Depois veio andando em direção ao fogo, com cara de quem estava mais faminta do que eu.

Outra mulher, bem diferente da minha corpulenta companheira, mexia no seu tacho de sopa no fogo. Me olhou com olhos que me pareceram cansados de julgar quem quer que fosse. A sopa dela cheirava melhor do que qualquer coisa que eu cheirei nos últimos tempos. Acho que ela percebeu que meu apetite foi despertado diante da comida dela. Negra, um corpo magro e musculoso que transparecia mesmo debaixo dos tecidos grossos amarrados de um jeito diferente da maioria das outras. Era um tipo de mulher que devia ter atraído milhares de olhares, assim como atraiu o meu. Segui sem conseguir disfarçar minha admiração pelos seus traços, nem a curiosidade pela estranha cruz que ela tinha tatuada de forma primitiva no meio da testa. Um símbolo que ela não tentava esconder por baixo do lenço azul amarrado na cabeça. Parecia só um pouco mais velha do que eu. Séria, e sem me olhar de novo, estendeu a mão para pegar meu prato e colocou duas conchas da sopa para mim. Depois pegou uma maçã do bolso e me deu também. Algumas se viraram para me ver recebendo a comida da pequena panela dela. Minha vergonha naquele momento me impediu até para olhar para os lados, mas eu percebi o privilégio. Agradeci, olhando-a nos olhos e querendo fazer um milhão de perguntas, mas me contive de abrir a boca dessa vez, como teria que aprender dali pra frente.

Apesar de a cozinha ser enorme, nada ali indicava a presença de muita comida, além dos pratos com sopas e algumas cascas de legumes sobre a pia. Eu olhava tudo com muita curiosidade, tentando entender de onde vinha exatamente a alimentação para tanta gente naquele fim de mundo. A maioria era bem magra e vendo aquela comida simples e sem fartura, eu entendi por quê.

Fui procurar um lugar para me sentar, enquanto a Mais Forte interrompia a harmonia do almoço coletivo com facadas fortes e agressivas na cenoura, no repolho e na bancada de madeira atrás de nós. A raiva dela era barulhenta. Pensei como meus gritos deviam ter abalado o silêncio do lugar nos últimos meses e abaixei mais os olhos. Tomei minha sopa de cabeça baixa e saboreei cada colherada sem olhar para cima de novo, até que meu prato ficou seco de tão vazio e só as sementes da maçã restaram. Guardei as sementes no bolso do casaco, depois de ver as outras em volta fazendo o mesmo. Me senti agradecida pela comida, mas extremamente confusa pela estranha forma de comunicação silenciosa. Olhares, suaves movimentos de cabeça, sutis sinais de mão, risos disfarçados. Eu nunca joguei bem o jogo das interações femininas, mesmo quando era possível ouvir o que elas diziam. Naquele silêncio, então, eu não tinha a menor chance. A raiva e a vergonha pulavam indignadas no estômago. Aproveitei o fluxo das outras que foram se levantando, lavando seus utensílios e se retirando do abafado espaço. Da escada, olhei para trás e a Mais Forte comia seu prato de vegetais crus enquanto parecia conversar com eles. Pensei em como aquela mulher podia sustentar um corpo daquele tamanho com tão pouco. Queria agradecer por ter me guiado até ali, mas ela não olhou de volta e achei melhor assim. Não iria fingir que queria me socializar com ela e me deixei levar pela indiferença, essa que eu sabia bem representar. O vento frio e limpo do corredor me fez respirar aliviada.

Lentamente as semanas foram passando e tentei me encaixar no que acontecia em volta, sem que ninguém me desse explicação nenhuma sobre nada.

Eu precisava me manter aquecida e com as pernas funcionando se quisesse fugir. Andar por aqueles corredores era o único exercício que eu conseguia fazer na maioria dos dias, sempre frios demais para ir lá fora. Como eu suspeitei logo no começo, a construção se compunha de dois andares acima do térreo e um andar no subsolo. No bloco direito ficava a cozinha, com o refeitório e a dispensa no fundo. No esquerdo havia uma espécie de estábulo fechado, onde viviam cabras, bodes e galinhas. A parte central subterrânea não tinha celas. Só um longo e estreito corredor sem portas que era usado para transportar comida e lenha, de um lado para o outro do prédio. As celas se alinhavam, uma após a outra, nos dois andares acima e completavam a arquitetura do lugar.

Nunca consegui chamar a cela de "meu quarto". Aquela caixa de pedras onde eu vivia era, para mim, uma prisão e só fazia sentido chamar aquele cubículo de cela mesmo. Chamar de solitária eu não quis, porque todas as celas eram solitárias e até onde eu sabia ninguém dividia o mesmo cárcere com outra. Também não quis chamar de jaula, apesar de que era assim que eu me sentia nela muitas vezes, mas tentava me manter minimamente positiva, então me conformei em chamar de cela, quando precisava me referir a ela, nas conversas que continuava tendo comigo mesma.

Quando não estava andando de um lado para o outro, ou tentando dormir para não ter que pensar, eu ia para o salão de águas quentes, que se tornou minha atividade favorita desde o dia em que a Ponto me levou até ele.

O lugar era uma das poucas coisas com nome certo. Majjanamandapa. A palavra foi gravada em uma das pedras na entrada do cômodo, mas era tão difícil de falar que acabei chamando de salão de banho mesmo. As cortinas de veludo vermelho grosso e de seda pura branca que separavam aquele fabuloso banheiro dos outros cômodos destoavam da precariedade do resto do prédio. Não encontrei nenhum outro representante do luxo naquela mistura seca de convento, prisão e hospício. Era só pedra e madeira e vento e natureza e frio. A cozinha era o ambiente mais aquecido, sempre coberto de muita fumaça pela ausência de janelas e aquilo me sufocava. Evitava passar tempo além do necessário entre aquelas paredes, que mesmo sendo as mais altas do prédio, pareciam constantemente cobertas por uma neblina de gordura e não por um teto. Voltei a me alimentar, mas comia bem pouco. Mesmo se tivesse apetite, nunca tinha muita comida e o que eu comia em uma semana inteira não chegava no peso do que eu comeria antes, num único almoço, no self-service em São Paulo. Os meses de vício me deixaram desnutrida e sem apetite nenhum. Ironicamente, aquele estado me ajudou a sobreviver em um lugar onde a fome era uma ameaça constante e os carregamentos de comida só chegavam a cada três ou quatro meses. Eu comia sem maiores exigências o que me aparecia na frente, sem encanto nem repulsa por nada que me ofereciam.

Quando surgia forças, ou quando o tédio ou o desespero me expulsavam do quarto, eu enfrentava o frio absurdo das noites enrolada na minha colcha e atravessava o jardim até a torre. Era lá que quase sempre encontrava a única que parecia querer ter uma amiga, e a única capaz de me fornecer um cigarro.

Nossas conversas eram, na prática, eu falando por um tempão, filosofando comigo mesma, resmungando e reclamando de alguma coisa, e a Ponto ouvindo, sem fazer quase nenhum comentário, independente do que eu dizia. Raramente ela deixava escapar alguma palavra. Eu contava um pouco do meu casamento para ela e perguntei sobre a possibilidade de ter algum homem aparecendo naquele lugar. Ela negou com a cabeça.

"Eu gosto de homens, por pior que a maioria deles seja". Ela não falava quase nada, mas, diferente das outras, me deixava reclamar à vontade, sem sair de perto.

Ela me entregou o fumo enrolado numa folha tão fina que quase se quebrou quando eu o segurei. Traguei e com um gesto de cabeça agradeci. Com o tempo reparei que ela nem fumava direito. Aquele cigarro que ela fazia, e que sempre me deixava ligeiramente tonta e relaxada, era o jeito dela de mostrar que apesar do silêncio, eu não estava tão sozinha.

"Se você soubesse como eu fugia de mulher antes de aparecer aqui", eu disse. Ela deu uma risada sexy e relaxada me fazendo sentir, de novo, dramática demais em minhas palavras, e me deixando ansiosa para agir como ela. "Por que você está aqui?". Perguntei, sem querer manter nenhum espaço de silêncio. "Eu sei que você está procurando essa resposta de quase todo mundo. Mas não vai ser com elas que você vai achar o que precisa. Nenhuma resposta de ninguém vai mudar o fato de que você também está aqui".

Ela nunca falou tantas palavras de uma vez, mas não foi o suficiente. Odiei aquele pequeno discurso. Vago e vazio de significado para mim, um blá-blá-blá que não explicava nada. Continuei provocando, queria de todo jeito arrancar alguma coisa dela. "Você está quebrando a regra de novo, agora comigo, o que te custa responder minhas perguntas?". A Ponto mantinha o silêncio facilmente. Eu não conseguia, mesmo que me esforçasse, e só continuei resmungando sozinha. "Você já conhece tudo aqui, é fácil ficar calada quando se tem a informação toda".

Eu sabia que tinha falado demais e ela se cansou. Se levantou e ficou no canto direito da torre, onde a vista alcançava longe e para onde ela sempre olhava quando não estava mais afim de continuar me ouvindo. Pensei na Cega. Era a única outra pessoa com quem eu pensava em ter uma conversa naquele lugar, mas tinha medo só de pensar nela. Tentei imaginar como a Ponto se referiria a ela, a anciã asiática de cabelos impecáveis no inferno. O olhar que a Cega me deu na ponte, no meu primeiro dia fora da cela, continuava ecoando na minha cabeça.

Só quando parei de gritar, quando parei de fazer perguntas o tempo todo, de reclamar sozinha que ninguém me respondia e finalmente adotei a quieta comunicação local é que as coisas fluíram um pouco melhor dentro da minha rejeitada rotina. Depois do primeiro mês fora da cela, tanto a cozinha quanto o salão de banho me ensinaram que, se eu quisesse sobreviver até o inverno passar, teria que seguir outra regra silenciosamente clara: a da troca. Não de palavras, fofocas, segredos e revelações. Era preciso trocar ações no inferno gelado.

Ajudar alguém a carregar um balde com água quente escada acima poderia render uma concha de sopa extra no jantar. Colher cenouras ou repolhos extras antes da geada da manhã garantia um ovo inteiro ou um copinho de leite, pelo menos com as mulheres que entendiam de galinhas e cabras no andar de baixo. Manter o jardim limpo de folhas costumava, em dias de sol, atrair a atenção discreta da Cega. A atração da Cega garantia sempre o número de mulheres suficientes para me ajudar a abrir as engrenagens da sala de banho. Tudo estava associado a algum benefício, sem que se falasse uma palavra sequer.

A atividade que me proporcionou o maior luxo foi levar, num dia ainda mais frio que normal, as toalhas para duas das mais velhas se enxugarem dentro do salão de banho, assim que as roldanas das águas foram fechadas. Como resultado, no dia seguinte encontrei a minha colcha, a Gorda, finalmente limpa e lavada em cima da cama, com uma cobertura nova de lã dentro do saco, e cheirando a óleo perfumado. Naquele dia eu passei horas com a cara enfiada na fofura da Gorda.

A vida funcionava de um jeito não declarado, mas em quase perfeita harmonia, não fosse o fato de estarmos num buraco perdido em algum lugar no Nepal. De sermos dezenas de mulheres vivendo isoladas do mundo e tentando sobreviver em condições que poucas de nós pareciam ter sido criadas para enfrentar. Gritos, choro e crises de nervos aconteciam sem frequência certa, mas nunca falharam, principalmente perto da lua cheia. O frio que podia matar em poucas horas do lado de fora me deixava colada na parede quente da minha cela, dia e noite. Depois de uma pequena investigação, entendi que aquela parede subia acima da área do fogo da cozinha lá embaixo, aquecendo os ferros centenários que passavam por dentro das pedras e ajudavam a esquentar as celas daquela parte do prédio. Não sei se eu teria sobrevivido se elas tivessem me trancado do outro lado. Passei realmente a acreditar que o que eu vivia era um tipo específico de inferno. Diferente do que diziam, ele aterrorizava não pelo som de almas se lamentando, mas pelo silêncio delas. Depois, março finalmente passou e o sol apareceu de novo por entre as nuvens. Lentamente o céu voltou a ser feito de azul.

Maio – Rosa

O dia amanheceu bonito, com céu totalmente limpo. Fui até a cozinha e o ar lá dentro estava mais pesado que o normal, com a fumaça da gordura velha acumulada do inverno. A Senhora do Isqueiro era a única cuidando do fogão aquela hora. Peguei meu pote de chá e fui beber lá fora. O dia estava agradável demais para ficar dentro do prédio. Eu pensava no mecanismo do portão do outro lado da ponte. Deduzi que as duas enormes roldanas de metal do lado de cá eram para esticar as cordas e fazer a estrutura da ponte firme e minimamente estável. Eu gastava horas e horas pensando na travessia da ponte, como se não percebesse as infinidades de outros perigos que teria de enfrentar se conseguisse passar por ela.

Meu pensamento vagava de um lado para outro enquanto eu me esquentava com os raios de sol que batiam no muro. O barulho dos corvos não me deixava concentrar em nada. Os enormes pássaros de asas negras brilhantes eram dos poucos que apareciam naquelas alturas, e as suas brigas sempre interrompiam uma parte do silêncio das manhãs.

Naquela manhã os bichos despertaram com a corda toda. Os restos de carne deixadas pelos predadores noturnos eram o banquete matinal para os coveiros voadores e a briga deles me distraía. Achava divertido a algazarra que eles faziam. Eles traziam para as manhãs outros lamentos que não eram os meus. De onde eu estava não dava para vê-los, mas eu ouvia nos seus grunhidos o mesmo show triste e desesperado de nossas fomes. Me sentei perto do muro, disputando uma vaga ao sol com outras. Dali dava para ouvir alto a confusão deles. Alguma disputa por carne acontecia logo abaixo, à esquerda da ponte, e pareciam muitos desta vez. Eu só podia ver os que voavam logo acima das nossas cabeças, mas o som violento da algazarra estava vindo lá de baixo.

Outras mulheres apareceram, atraídas pela sinfonia macabra das aves. Eu ria por dentro com a confusão toda quando ouvi um grito a uns dez metros de distância, do lado direito de onde eu estava sentada. Um grito alto e curto, que gelou meu corpo por dentro. Não saiu dos bichos. O som do horror seguido de espanto veio de uma das velhas que também tomava sol no muro. As mãos dela tamparam a própria boca e depois os olhos. A cena foi se repetindo a cada vez que uma se espichava sobre o muro e olhava do mesmo ponto. Ninguém conseguia realmente olhar os putos dos bichos comendo o rosto de uma de nós, logo abaixo. Uma que, na noite anterior, jantou do nosso lado, com um resignado sorriso no rosto. Sua última refeição foi uma sopa de alho com cenoura e um pouco de mel de sobremesa.

Depois dos primeiros segundos de choque, mesmo entendendo que aquela foi a forma escolhida por ela para encerrar sua história, ninguém estava aceitando aquele desfecho. Eu e outras indignadas saímos, sem nem mesmo olhar umas para as outras. Umas foram direto para as roldanas que esticavam as cordas da ponte confirmando a mecânica que logo antes ocupava meus pensamentos. Outras, como eu, catavam pedras, pedaços de galho e qualquer coisa que pudéssemos jogar e espantar os corvos de cima do corpo da mulher lá embaixo. O casaco rosa fluorescente desbotado dela estava coberto de sangue, brilhando molhado com os raios do sol. Um dos olhos dela se pendurava para fora da cara e era disputado por dois dos corvos.

Por mais que acertássemos alguns deles com as pedras, os animais não largavam a imóvel presa, já morta há muitas horas. Famintos e teimosos, continuavam sem dó nenhuma, arrancando pedaços dela com o bico. Gritavam e lutavam uns contra os outros, agindo como bestas e não como pássaros. Seguimos atirando pedras e tijolos enquanto os sinos da ponte completavam a orquestra junto com o choro, os lamentos sem palavras, e a afinada melodia do pânico que inundava a manhã. Eu, que costumava rir da confusão deles, senti que a própria morte zombava de nós. O velho ódio deu as caras. É fácil mudar o foco da raiva de uma coisa para outra quando se tem tanta raiva para administrar. Corri até a cozinha onde eu já sabia que existiam pequenos galões de gasolina escondidos para emergências. Peguei dois. Não era o suficiente, mas era só o que eu podia carregar sem derramar o líquido. Ouvi um barulho do outro lado do fogão e vi que a única presente era a Senhora do Isqueiro, que não sabia da confusão lá de fora. Não sei o que ela viu atrás dos meus olhos arregalados, mas deve ter visto alguma coisa que prestasse, porque me copiou, pegando outro galão cheio, e me seguiu escada acima. Ela só foi entender minha atitude vários passos à frente, quase sem forças para me acompanhar. As primeiras que nos viram voltando, correndo, com os galões nas mãos, elas sim entenderam logo. Tiraram de mim a gasolina que já escorria pela minha roupa, e seguiram com a minha ideia sem precisar de palavras. Foi só quando vi os malditos pássaros voando para o outro lado da montanha e a fumaça preta cobrindo o céu acima da ponte que consegui sentar no chão e enfim chorar compulsivamente.

A noite chegou mais cedo, como se para prestar seus respeitos à mulher morta. Também nunca fiquei sabendo o nome certo dela. Nos dias anteriores eu a vi vestindo o casaco fluorescente rosa e andando sozinha pelo jardim. Lembro que reparei nos olhos dela. Olhos de quem não consegue ver nenhum caminho. Eu conhecia bem aquele olhar e o lugar de desespero onde ele se prendia. Era o mesmo lugar onde eu também passava longos períodos. Mas a vida ataca as pessoas com métodos diferentes. A mesma força inexplicável que me mantinha viva, da mesma forma inexplicável também, não fez nada por ela. Deixou que ela se jogasse lá de cima, como eu tantas vezes sonhei em fazer.

Vinte e quatro horas antes, a mulher de casaco rosa fluorescente apareceu na cozinha e sentou do meu lado na mesa cheia. Não existia nenhum jeito mecânico de marcar o tempo, mas a cabeça tem seu próprio relógio, e por mais solitários que os minutos fossem, aos poucos o meu relógio se acertou com os das mulheres em volta. O frio das sete da noite era sempre pior que o frio das oito ou das nove, e a cozinha parecia estar sempre cheia naquela hora. Meu cérebro continuava atraindo culpas como se fosse um ímã. Se eu tivesse parado de olhar meu próprio prato e reparado na forma que ela comia, talvez pudesse ter ido com ela até o jardim depois do jantar, e juntas teríamos arrumado um jeito menos trágico de continuar. Mas eu não olhei. Acho que ninguém olhou. Se olharam e perceberam, também não quiseram fazer nada, ou não souberam o que fazer. As hipóteses eram tão cruéis quanto a morte dela. E inúteis.

O funeral sem corpo aconteceu entre os arbustos e árvores secas do jardim que, com as nevascas de fevereiro, parecia morto também. Enquanto passei o resto do dia me lamentando e me culpando sozinha na minha cela, outras usaram da sua tristeza para cavar pequenas valas em círculo na grama coberta pela neve do jardim e preparar o ritual para a despedida dela. No centro das valas redondas, pequenas fogueiras iluminavam os rostos das mulheres que cantavam sob as estrelas. Queria sentar perto da Ponto, mas ela estava numa roda distante, e a Doutora me viu primeiro e abriu espaço para mim em outra roda. Sentei, então, ao lado dela e de Da Cruz na Testa, e cobri as pernas com a Gorda, que eu levei comigo para aguentar ficar do lado de fora.

Acendi meu pedacinho de vela e quis falar alguma coisa com a mulher morta, mas não sabia o quê. Não sabia de onde ela veio, nem o que gostava de fazer, nem o que sentia, nem se conheceu uma vida menos dramática que aquela. Resolvi chamá-la de Rosa, por causa da cor do casaco que, junto com ela, virou cinza na montanha. Foi para Rosa que fizemos o velório mais bonito que eu vi. O inverno manteve o frio, mas nos deu um desconto e retirou completamente o vento que costumava cantar durante as noites. A cantoria foi outra. As nuvens refletiam as fogueiras espalhadas pelo jardim e amarelaram o céu de uma noite sem brilho. Me juntei a elas, embriagada pela tristeza e pelo efeito de outro tipo de chá, que passou de mão em mão a noite toda.

O que eu chamei de canto foram vozes alternadas chorando em melodias estranhas que puxavam as outras em volta para soltarem seu lamento também. Um coral sem fronteiras e sem letras. Tinha sempre uma puxando um trecho diferente, em sua própria língua, e logo o trecho era entoado algumas vezes, até que o silêncio voltasse. Então, depois de um pequeno intervalo de silêncio, outro grupo entoava outro trecho e assim seguimos por horas e horas. Quem sabia, se revezava para tocar um dos três tipos diferentes de tambores. Vi de longe a Ponto tocando um deles de olhos fechados e aquela visão do grupo mexeu comigo mais do que queria demonstrar. Cada batida cutucava uma parte machucada da minha alma. Ouvia as canções que talvez falassem de morte, talvez falassem de amor, talvez não falassem de nada. Era um grande lamento sem legenda. Eu acompanhava baixinho, cantarolando sem saber o que dizia, querendo desesperadamente fazer parte. Naquele momento eu não precisava me esconder, nem ter vergonha. A encruzilhada onde a vida e a morte se encontram era bem familiar para mim. Naquele funeral eu me senti pela primeira vez em casa. Cada vez que meu cansaço e frio ensaiava querer me mandar para a cela, eu pensava em Rosa. Em como ela merecia que eu aguentasse ali fora junto com as outras e continuasse cantando para ela, até que seu corpo também terminasse de queimar lá embaixo nas pedras.

A Ponto foi a única amiga que eu consegui fazer depois de tantos meses, mas nunca tivemos o que poderia ser considerado uma conversa de verdade. Eu falava em inglês com ela, mas era quase como se eu estivesse falando em português. Na maior parte das vezes, ela ignorava sem o menor constrangimento as minhas perguntas e argumentações. Mesmo assim, quando a primavera chegou, era com ela que eu esperava ansiosa me encontrar no fim de cada dia, para ver a noite chegar de cima da torre.

Falei com a Ponto que não me interessava em conhecer mais nada ali dentro e ela reagiu com aquele sorrisinho zombador. Continuei debatendo sozinha enquanto ela procurava uma pedra de carvão no fogo para desenhar algo no piso. "Também não gosto de ficar na cozinha. Para ser sincera, tenho pavor daquele cheiro e daquela fumaça toda. Sem falar na opressão do silêncio da mulherada, puta merda. Se eu pudesse ficar sem comer, juro que nem pisaria lá". Meu mau humor estava com a corda toda. "Aquelas ciganas também, me desculpe, mas eu nem chego perto delas".

"Romanis". Ela me corrigiu e eu parei de falar de susto. "O quê?", perguntei sem entender o que ela disse. Para minha completa surpresa, desta vez ela respondeu. "Elas são romanis".

Eu nunca tive contato com elas. A maioria do tempo elas andavam cada uma na sua, como as outras, mas quando se juntavam na cozinha, no jardim, ou na cela onde produziam os óleos, era explícito que não queriam ninguém por perto. Nunca cheguei a ouvir uma conversa entre elas, mas as gargalhadas eram comuns e nessas horas eu me sentia mais alienígena do que nunca, imaginando de onde tiravam toda aquela graça. Elas também gostavam de cantar enquanto trabalhavam, mas nisso não eram as únicas. Para mim, elas eram ciganas simplesmente porque eu não sabia como se chamavam, e nunca consegui estabelecer conexão alguma com qualquer uma delas para pensar em outros nomes. "Romanis?". Era por isso então que eu achava equivocadamente que o povo delas vinha da Romênia. Elas tinham o mesmo jeito das ciganas que eu vi acampadas uma vez em Juqueí, no litoral de São Paulo. Os mesmos traços fortes, as mesmas saias coloridas, lenços na cabeça e peças de ouro espalhadas pelo corpo. Apareciam em bando na orla pedindo a mão dos turistas para ler e assustavam os paulistanos da capital, que sempre pagavam rápido para se livrarem delas. Aquelas da praia em São Paulo se pareciam exatamente como as trabalhadoras rurais que eu via nas estradas, aos montes, enquanto viajava na Índia. A Ponto terminou de explicar dizendo que era mesmo de lá, do norte do país indiano, de onde o povo Romani realmente veio. Tinha algo no jeito delas que me assustava e me encantava. Algo no jeito delas se portarem, como podiam passar horas de cócoras, a maneira como puxavam as saias por cima das calças de lá. Tão conhecidas por serem nômades, e por não esquentarem lugar, eu me perguntava o que aquelas romanis faziam presas no fim do mundo. Era só mais uma pergunta para a infinita lista. A falta de livros era outra coisa que não fazia sentido para mim desde o início. Como poderia ser que não houvesse ali uma biblioteca? Essa pergunta me perseguiu por semanas depois do enterro de Rosa, quando eu entendi que precisava achar algo com o que ocupar minha cabeça. Eu e a Ponto juntávamos gravetos no jardim para acender a fogueira na torre. Ela, como sempre, me ouvia calada.

"Se existe, fica dentro das paredes. Nunca vi um livro, um caderno na mão de ninguém, nem um pedaço de papel aqui". A óbvia constatação de que não havia celular, nem internet, nem mesmo rádio ou luz elétrica, assim como não existiam homens, nem geladeiras, já tinha sido motivo de outras conversas tão inúteis quanto a que tínhamos agora. Aproveitei que ela estava aberta às palavras e perguntei desde quando ela vivia ali. Devia ter perguntado isso logo no início, mas havia perguntas demais circulando na minha cabeça e nem sempre eu escolhia as certas quando aparecia a oportunidade.

"Minha mãe me pariu aqui, na entrada da ponte", falou, apontando para as pedras que eu achava serem parecidas com elefantes. Deixei cair meu queixo e minha teoria romanceada de que ela era uma fugitiva de alguma oligarquia da União Soviética. "É por isso que você quebra o silêncio sem culpa". Falei para eu mesma ouvir. Ela se levantou logo, mexeu uma última vez no fogo e me deixou com ele e com toda a minha coleção de perguntas. Era óbvio que eu estava longe de entender a história dela.

As dezenas de portas idênticas se tornaram minha nova obsessão. Era atrás de uma delas que eu pretendia encontrar algum cômodo mágico que me explicasse tudo, algum oráculo que me dissesse como sair dali, quem sabe algum computador conectado na internet, uma sala trancada com celulares funcionando, qualquer coisa que fizesse mais sentido com o milênio em que vivíamos. Eu precisava de informação, de palavras, de frases, de discursos inteiros. Nunca imaginei que sentiria tanta falta de ouvir as pessoas falando.

Na infância e na adolescência eu lia o tempo todo, li praticamente a biblioteca inteira do Colégio Coração do Senhor e todos os livros que tinha em casa e que meus pais escondiam antes de morrer. Mas parei de dar atenção para os livros e para qualquer coisa escrita depois que gravaram uma placa com o nome do meu pai e embaixo escreveram com letras garrafais: "Um exemplo a ser seguido, uma memória a ser eternamente respeitada". Depois disso passei a ter com os livros a mesma relação que estabeleci com as pessoas: não dava a ninguém a minha atenção verdadeira e nem a menor credibilidade. Precisei que a palavra escrita também desaparecesse por completo para entender sua importância, para perceber como eu me distraía com elas, como era bom passar o tempo envolvida com as histórias de outras pessoas e não com a minha. Naquela cela eu teria lido qualquer livro que tivesse passado na minha frente, mesmo que estivesse numa língua que eu não entendesse.

Junho – Arethusa

Só quando a neve derreteu completamente foi que eu pude conhecer a totalidade da natureza que me rodeava. O monastério ocupava toda a reduzida área plana da estranha formação rochosa daquela parte da montanha, que parecia um pouco invertida. A construção se fundia com a rocha, o que deixava o lugar mais escondido do que já era. A posição era tão inusitada que eu só entendi realmente a geografia do lugar quando a Ponto o desenhou um dia para mim no chão da torre, enquanto se desviava de outra conversa. De pé, olhando para os picos distantes, eu disfarçava minha impaciência com tudo e tentei arrancar dela, pela enésima vez, o porquê de tanto silêncio.

"Eu tenho que saber, pelo menos, se é porque você não gosta de falar ou porque, no fim das contas, você é uma seguidora de regras, como todas as outras aqui".

Não achei que ela responderia, mas a curta manifestação dela me tirou do sério. "Nem todas encontram o mesmo prazer que você no ato de falar". Minha voz saiu estridente e ecoou fora dos limites da torre. Despejei de volta nela a raiva que ela me despertou mesmo sem querer. "Eu não tenho prazer em falar...", disse com o rosto queimando de vergonha, "nunca fui de falar muito também, pelo contrário, todo mundo dizia que eu era calada demais". Pensei no preço dos meus silêncios. Continuei falando com a boca e com as mãos. "Sabe o quê? Meu maior erro nesta vida foi ficar calada. Se eu não tivesse ficado calada, exatamente como vocês ficam aqui, talvez a minha história fosse diferente. Talvez eu nunca tivesse nem pisado neste país. Mas este silêncio de vocês aqui é ridículo. Se hoje eu preciso tanto falar, é só para não ficar louca. Mas, sabe o quê? Depois de todos estes meses aqui, aprendi que você e as outras, vocês ouvem muito mais do que eu falo ou deixo de falar". Ia soltar um palavrão, mas consegui me segurar a tempo.

"De todos estes meses", ela repetiu a minha voz baixinho, caprichando na minha entonação. Balancei a cabeça ainda com raiva e, ao mesmo tempo, rindo por dentro por conta do jeito que ela me imitou. Era verdade que eu parecia estar contando o tempo. Como podia não contar, se o tempo era a única linha que me conectava com o que eu conhecia antes?

Ela terminou o desenho que eu acompanhava de cabeça para baixo. Sentei ao lado dela para entender o cenário. Aqui. E fez um pontinho mostrando o desenho onde a torre ficava. Eu e a Ponto estávamos sentadas em cima daquele ponto. Ri da minha própria bobeira e perguntei o que tinha num outro platô que aparecia logo abaixo do desenho do prédio.

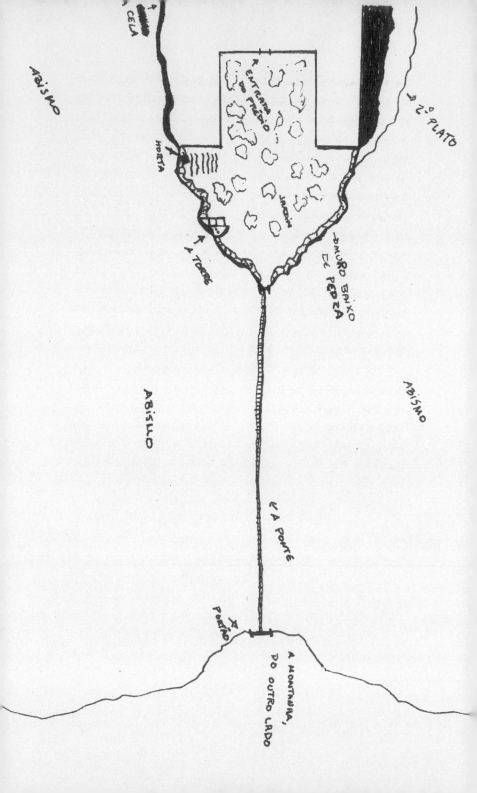

O pouco que eu sabia sobre aquele tipo de lugar antes de chegar era o mesmo que eu sabia sobre conventos, seminários e outras instituições religiosas. Pouco, ou quase nada. Era cultura de filme e novela. Imaginava que eram lugares dominados por regras e punições, com gente lendo livros supostamente sagrados, obedecendo a eles, dedicados a práticas austeras, se colocando em posturas estranhas, se punindo ou rezando o tempo todo. Mas a nossa vida era bem diferente disso. Fui me acostumando a chamar de monastério, porque precisava chamar de alguma coisa além de inferno. *Mona,* de "um só", e *sterios,* de "lugar para". Lugar para viver só. Aprendi as poucas coisas que a Ponto me dava ao luxo de saber. Ela me explicou um dia quando viu que eu não sabia como me referir ao lugar. Falou com a voz que sempre me fazia querer que ela continuasse falando. Nada parecia mais solitário do que viver com aquele bando de mulheres praticamente mudas. Eu continuaria sem entender. Num lugar tão grande e vazio, parecia fácil achar um canto onde as regras estariam sendo quebradas. A maior parte do ano éramos obrigadas a viver somente dentro do prédio, e este parecia ter sido construído estrategicamente para denunciar qualquer som que acontecesse entre suas paredes altas e corredores longos. O eco era comum até depois de alguém espirrar. Aprendi a andar sem fazer barulho, como elas. Deslizava pelos corredores, certa de que havia algo seriamente escondido ali dentro. Não é de hoje que as mulheres são proibidas de falar livremente, e nem por isso elas deixaram de dar um jeito. Era esse jeito que eu vivia procurando. Eu precisava saber mais sobre aquela vida que me negava tanta coisa. Sobre a força que as mantinha caladas daquela maneira.

Não fui para a Ásia, como tantos fazem, buscando algum tipo de experiência mística ou revelação espiritual. Pra ser sincera, eu nem sei o que me fez aceitar o convite dos Los Johns e comprar passagem. Acho que foram as roupas que eles disseram que eu poderia comprar aos montes, a preço de banana, e depois recuperar o dinheiro investido. Eu até tentei. Não quis admitir na época, mas tentei sim, algumas vezes, achar alguma conexão com aquele mundo místico cheirando a incenso. A conexão simplesmente nunca aconteceu. Pelo menos não do jeito que eu imaginava. Minha viagem era de um quarto para o outro. Vivia pálida, apesar do sol da Índia, e cada vez mais apegada à pipa de cobre que comprei numa loja de antiguidades, no primeiro dia em Delhi. Naquele ano explorei somente o que aparecia do outro lado da minha mente, quando o ópio me levava para os lugares que eu nunca teria como descrever.

O pouco que aprendi sobre a diversidade da cultura daquela civilização milenar chegou para mim através dos viajantes com quem me encontrei, e quase nada pelas minhas próprias experiências. Veio dos turistas que apareciam nas diversas guest-houses por onde passamos, solitários ou em bandos, sempre chegando de algum destino maravilhoso e com o ticket comprado para os próximos. Todos tinham o que contar de suas incríveis experiências, a maioria delas possíveis de serem provadas por fotos e vídeos.

A Índia, assim como o Nepal, poderia ter sido para mim, como é para tanta gente, a viagem de encontros elevados e paisagens enaltecedoras. Ashrams, fortes, fortalezas, palácios, templos, ruínas de templos, rituais, tantas celebrações para uma infinidade de deuses, e a minha incapacidade de achar graça naquilo que parecia exageradamente forçado. Uma pessoa no meu estado não conseguia ver verdade em nenhuma comemoração. As cidades eram sempre cheias, e ostentavam o caos colorido e atravessado de cheiros que muitas vezes me lembrou as paradas de carnaval no Brasil. Tinham ritmos e suores diferentes dos nossos, mas a mesma necessidade de extravasar a miséria do dia a dia. O carnaval da Índia parece viver nas ruas, vinte e quatro horas por dia, sete dias por semana. Acabei olhando tudo com a mesma estranheza e distanciamento que olhava os desfiles das escolas de samba na televisão. Aquele mundo era constantemente exuberante, e depois de algumas semanas viciando meu corpo no ópio, eu não tinha condições mentais para aquela exuberância toda. Cansei dos hippies com seus papos-cabeça, haxixe e roupas de tai dai, cansei das modernas famílias europeias carregando seus bebês loiros e orgânicos em mochilas com recarregador solar. Cansei de trombar nos pálidos japoneses com chapéus e mangas compridas, fugindo dos pedintes e do sol. Cansei dos jovens israelenses que tinham acabado de sair do exército e tentavam recuperar o tempo perdido com bongs cada vez maiores. Cansei de ficar na fila com os jovens monges budistas sempre comprando cartões de crédito para seus celulares. Era tudo demais para minha dopada cabeça. Delhi, Calcutá, Mumbai. Rajastão, Rishikesh, Taj Mahal. O lugar onde Buda nasceu, o lugar onde Gandhi deitou, onde os Beatles gravaram. Os ashram dos mais famosos ioguis. Onde haveria o próximo festival de cores e tintas, ou qualquer outro lugar para onde a onda da moda na internet estivesse levando no momento e desse pra chegar de algum jeito. Hanu e Asha seguiam a onda do turismo porque junto com ela estava a onda do dinheiro. Para mim parou de importar porque naquele ponto a minha eterna viagem podia ser realizada dentro de qualquer guesthouse que tivesse uma cama limpa e um bom chuveiro.

Me lembro de uma noite quente que me tirou do quarto sem ventilador e me levou para o terraço. Tinha vista para o Ganges em Lakshman Jhula, do lado hippie turístico de Rishikesh. Conheci um grupo de quatro amigos envolvidos com a busca de si mesmo, yoga e meditação. Naquela noite estavam menos ortodoxos e decidiram experimentar um pouco da Índia que eu vivenciava. Foi uma das melhores noites que passei, antes de começar a esquecer quase tudo que acontecia comigo. Os quatro amigos, três espanhóis e uma argentina, seguiam para o norte, eram parte de uma equipe de filmagem de um documentário sobre o dia a dia nos monastérios budistas. O que eu achava ser a vida em um monastério, antes de viver em um deles, foi graças à visão pop do grupo, que estudava a religião budista há menos tempo do que eu conhecia o ópio, e mesmo assim passaram a noite dissertando sobre a religião e a rotina dos monges que iriam filmar num dos maiores viharas da Índia. Os quatro dividiram o amplo quarto comigo por uns dois ou três dias antes de seguirem viagem. Aquele encontro tinha outros propósitos, mas o ópio deixava a gente nocauteado demais para transar. Depois eles me convidaram para seguir junto com eles até Lê, na Kashmira, mas naquele ponto eu estava comprometida demais com a minha rotina anestésica para aceitar. Lembro que me despedi deles e suas enormes mochilas de equipamentos sem vontade nenhuma de acompanhá-los. Se naquele dia eu tivesse agido diferente, minha experiência com monastérios teria se reduzido a algumas semanas de filmagem. Mas agi como sempre, preferindo o mal que eu conhecia.

O prédio todo às vezes parecia uma prisão onde as carcereiras tinham entrado em greve e voltado para casa. Outras vezes me sentia presa num colégio interno sem saber se teria aula ou não. Ou esperando os enfermeiros virem me amarrar. Era difícil admitir, mas eu podia ser tão livre ali quanto conseguisse ser. O lugar possuía suas regras, mas não eram óbvias, nem sinalizadas, nem claras, com exceção do puto do silêncio. Minha mente pseudo-anarquista não sabia o que fazer. A estranha ordem que existia era tão sutil e silenciosa quanto as mulheres. Os trabalhos eram aparentemente divididos entre fixos e aleatórios. Os fixos tinham uma pessoa encarregada e esta raramente era substituída por outra. Pela dedicação de cada uma, era claro que ninguém mandava em ninguém. Dedicação daquele tipo só sai de graça de mãe para filho, quando sai, ou quando se gosta muito do que está fazendo. Eu só me dedicava mesmo ao meu próprio drama, que sempre parecia infinito do meu ponto de vista.

Não tinha também ninguém para reclamar das que não faziam nada. Das que por dias não saíam de suas celas, nem de quem passava o dia inteiro na sala de banho ou amassando pão na cozinha. Ninguém parecia se importar com o que se fazia ou não se fazia. Mesmo assim, a maioria era adepta de algum tipo de trabalho. Ficar à toa demais no monastério podia enlouquecer o mais sereno dos seres humanos e não enchia a barriga.

A Senhora do Isqueiro vivia sempre à frente das atividades na cozinha, e aparentemente ninguém questionava. Era ela quem coordenava a divisão da comida. Era sempre generosa, dentro do possível, na divisão do arroz e da farinha, que parecia receber o milagre da multiplicação em certos dias. Com a habitual limitação de alimentos, eu desconsiderava o fato de que ela parecia não gostar nem um pouco de mim. Aceitava qualquer comida que a Senhora do Isqueiro me entregava, e fingia que a cruz com o Jesus triste no pescoço dela não me lembrava a crueldade da minha avó.

Eu fazia o que podia para ajudar as que cuidavam das galinhas e do celeiro, mas era por interesse e não porque eu gostasse de ir até lá. O estábulo era o lugar mais escuro e fedido de todo o prédio. Acontece que um pedaço de queijo de cabra era a melhor coisa que havia para comer naquele mundo. Tirar baldes e baldes de cocô de bode passou a ser como uma ida a sessão de laticínios do supermercado.

O resto de nós fazia o trabalho que aparecesse, na hora em que aparecesse, sem nenhum compromisso preestabelecido, a não ser com o estômago e com a temperatura. Ambos nos moviam a cortar lenha, trabalhar na horta e no pomar, carregar tachos de água e fazer qualquer serviço que fosse preciso para encher o estômago e não congelar. Mas se eu resolvesse não levantar da cama e passar o dia sem fazer nada, também ninguém se manifestava. Sabiam que eu não demoraria a voltar a me mexer. A fome e o frio eram, no final das contas, quem mandava e desmandava.

Várias coisas me intrigavam sobre a velha Cega, mas eu me mantinha sempre longe. Só sabia que era ela chinesa. Devia estar perto dos noventa anos, andava e se movimentava como se tivesse cinquenta, e isso era uma das coisas mais estranhas que eu vi, e não eram poucas naquele lugar. Ela tinha mais agilidade do que eu, o que não era grande coisa, mas também era muito mais ágil que as outras, novas ou não. A Cega, como passei oficialmente a chamá-la, gastava pouco de seu tempo com qualquer uma de nós. Eu observava de longe aquela mulher que tanto odiei. Ela nem olhava na minha direção. Às vezes eu achava que ela tinha esquecido que eu vivia entre elas.

De vez em quando eu a via caminhando com outra pelo jardim, em aparente silêncio, mas dava para sentir que se comunicavam. Nessas horas eu ficava curiosíssima sobre o que conversavam, mas vivia brava demais com minha recepção nos três primeiros meses para tentar novas interações. A raiva também me enchia de um orgulho idiota, que me impediu de ir atrás dela de novo. Por muito tempo concentrei na Cega o ódio que carreguei dentro de mim, porque precisava de outro alvo para ele que não fosse só eu mesma.

A vida era claramente individual ali, a própria disposição física do lugar era feita para o isolamento. Mas mesmo no silêncio pequenos grupos se formavam, afinal, eram mulheres. Algumas se juntavam pela etnia, outras pela idade, outras por fatores que eu não saberia reconhecer sem entender o que diziam. A voz era uma moeda rara e não usada. Era inexplicável como elas podiam passar tanto tempo próximas umas das outras sem dizer uma palavra. Inexplicável e irritante, como todo o resto.

Dentro de mim, eu as dividia. Inventava categorias, generalizava as aparências, tentava dar lógica e padrão àquilo que não tinha. Criei minha própria comunidade de estereótipos, herdados da sociedade de onde eu vinha. As velhas e as novas, as bonitas e as feias, as simpáticas e as desagradáveis, as brancas, as amarelas, as marrons, as negras, as muito loiras, as menos loiras, a albina, as duas ruivas. As que usavam hijab eu chamava de islâmicas; as de olho puxado, asiáticas; as branquelas que não sofriam com o frio como o resto, eu chamava de russas. A vida individual e única contida dentro de cada uma delas não estava acessível para mim e eu só podia ver as capas dos livros que elas não abriam.

A certa altura, eu as dividi entre as Purpurinas e as Chuvosas. O primeiro grupo era composto por aquelas que pareciam saber alguma coisa irritante sobre a vida, algo que eu nunca saberia. As Purpurinas olhavam o mundo com olhos de paz, de aceitação e de entendimento e me tiravam do sério. As Chuvosas eram as que eu imaginava que, como eu, viviam ali contra sua vontade. Duas categorizações tão superficiais quanto as outras que eu criava para dar algum tipo de ordem a meus pensamentos. Nada realmente explicava a diferença que havia no semblante de cada uma, nem o que faziam ali, nem porque não saíam, nem o que elas tinham em comum, nem como as categorias podiam se inverter de uma hora para outra, dependendo da fase da lua e do nível dos hormônios. Das novinhas, a expoente era a deslumbrante menina indiana, que nomeei Deusa de Bollywood e que não devia ter nem dezoito. Andava cercada por outras parecidas com ela, sorridentes e generosas, e toda vez que eu as via no jardim eu me sentia com quatorze anos de novo. De todos os níveis de alegria presentes ali, o da Deusa de Bollywood e suas groupies era o mais extremo, exatamente o oposto do que eu sentia. Mesmo mantendo o silêncio, elas riam o tempo todo e pareciam sempre encantadas com alguma coisa que eu era incapaz de ver. Não sabia se eu as admirava pela sua felicidade despreocupada, ou se as empurraria da ponte na primeira oportunidade que tivesse.

Eu tentava aprender a controlar minha inveja, principalmente a inveja que eu sentia das Purpurinas. Era uma inveja primitiva, sem razão nenhuma de ser, pura raiva mesmo. Raiva por nunca me sentir feliz daquele jeito, por achar que aquele tipo de satisfação com a vida não era reservada para gente como eu.

Quando julho chegou, a neve em volta do prédio finalmente derreteu. A única coisa que as três com quem eu pretendia escapar me disseram durante os meses de inverno foi que eu comesse, que eu me exercitasse, e que tratasse de ficar forte até a chegada do verão. Não fiz nada daquilo, e o resultado apareceu claramente na véspera da nossa empreitada, enquanto eu me aventurava, pisando em pedras escorregadias e segurando numa corda atrás da Ponto. Como prometeu, ela me levou para conhecer um lado do prédio que ficava oculto pela neve a maior parte do ano, antes que eu me despedisse daquele lugar.

Eu estava tão em forma como alguém que acabou de sair de um longo coma. Minha pele, toda rachada e machucada do frio e do constante contato com as pedras das paredes, resultado das noites em que meu corpo se esfregava nelas para se acalmar dos pesadelos. Meus ossos e músculos não tinham recuperado quase nada de sua pouca força, nem da disposição para agir. A Ponto tinha aquele sorrisinho no rosto. Aquele que ela sempre mostrava quando me via fazendo um esforço imenso para parecer controlada quando ela sabia que eu queria agir como uma besta. Ela me via de um jeito diferente das outras. Mesmo com toda minha ira e desprezo pelo mundo, ela enxergava algo em mim que me fazia querer ser melhor do que aquilo que eu acreditava ser.

A Ponto foi me instruindo devagar na descida, indicando o que eu fazia certo, que não olhasse para baixo, que só faltavam alguns metros. Meu súbito silêncio entregou o nível do meu medo. Ela se divertia de me ver fingindo ter paz de espírito. Quando me dei conta, tinha caído na sua provocação executada sem nem uma palavra. Funcionou. Comecei a descer com pressa, enquanto continuei retrucando comigo mesma, porque o pouco que a Ponto me respondia era com o olhar ou as sobrancelhas. Desci o que faltava do paredão reclamando de quase tudo que existia e de tudo que não existia também. A raiva traz muitas coisas ruins, mas às vezes ela também vem com uma adrenalina que ajuda. Foi com ela que consegui terminar de descer. Eu não usava nada desde que pisei ali, mas não ia falar pra ela que continuava sonhando dia e noite com uma última viagem da flor. Isso eu deixava só para mim.

Descemos o equivalente a uns cinco ou seis andares. O destino era outro corte plano da montanha, logo abaixo do prédio, escondido por um paredão em curva, no lado esquerdo, abaixo da ponte. Quando terminei de descer e virei para trás, dei de cara com um bosque bem maior e com diferentes verdes do jardim lá de cima. Meu humor estava péssimo, mas a visão daquele verde à minha frente conseguiu melhorar um pouco meu estado de buldogue velho. Até então, o único espaço onde eu achava que era possível andar era o que eu via dentro da área do prédio e do jardim. Meses vivendo lá em cima e eu não sabia da existência de outro pedaço de terra acessível. Foi bom descobrir que havia um pouco mais de chão para pisar. Me esforcei para ficar quieta de verdade. Fiquei olhando para as árvores e para as plantas, tentando absorver aquele verde como se ele fosse um perfume.

A Ponto seguiu margeando o lado esquerdo do paredão, ao lado da escada natural que tínhamos acabado de descer, até que ela me apontou e sorriu olhando para as banheiras naturais logo à frente. Pequenos e redondos poços esculpidos em diferentes tons de rosa e turquesa, perfeitos demais para terem sido criados por mãos humanas, brilhavam sob os raios de sol como bolhas gigantes encravadas na rocha da montanha. Pareciam mini jacuzzis esculpidas nas pedras, dezenas delas. Borbulhavam águas frias e quentes, de duas nascentes diferentes. Eu e a Ponto não éramos as únicas apreciando a atração, várias outras já se banhavam quando chegamos. Vi as peles de tantas cores, muitas com marcas que não eram de nascença, todas se expondo ao sol enquanto suas risadas eram abafadas pelo som das quedas. Como elas, a água seguia sem reparar na minha chegada, passando por nós e entornando em pequenas cascatas no desfiladeiro, e depois sumindo no precipício.

Adiei minha entrada na água e virei as costas para reparar o bosque. "Talvez depois", falei para a Ponto, mas estava falando realmente para mim. Ela desceu de cima de uma pedra e seguiu, me puxando pelo braço. Entramos na trilha para o bosque do outro lado da descida, e percebi que, entre aquelas árvores nativas, existia também uma horta e uma pequena plantação. Depois avistei uma macieira cheia, parei e fiquei olhando como se fosse uma criança. Eu nunca tinha visto uma macieira carregada de maçãs na minha vida. Nem sem maçãs. Lembrei dos desenhos que eu fazia na infância, e do quanto a árvore à minha frente não parecia em nada com as que eu costumava desenhar. Catei duas, das mais vermelhas, enquanto fui andando atrás da Ponto.

Ao fundo do bosque, o paredão deixava a maioria das árvores nas sombras. Foi nela que encontramos as três mulheres com quem eu planejava sair dali. Eu não sabia que elas estariam no bosque e a volta do meu mau humor foi imediata quando bati o olho nelas. Não disfarcei o mal-estar nem quando cheguei perto. Elas estavam deitadas, comendo maçãs também, em troncos retorcidos embaixo de uma árvore, e se levantaram ao me ver chegando.

A Ponto só me explicava o que achava relevante, com quase nenhuma palavra. O que era relevante para ela, obviamente era diferente do que era para mim, naquela estranha dinâmica sem comunicação verbal. Assim, ela me deixou com as outras e voltou para o lado das jacuzzis. Aquela era a conversa que eu não ansiava para ter, a mesma conversa que, só de pensar, fazia piorar a minha dor no estômago. Minhas mãos e pernas tremeram de nervoso, mas disfarcei como pude. A neve derreteu quase toda e sem aquele frio desumano talvez a gente conseguisse chegar até a primeira vila, que, de acordo com elas, ficava há uns quatro ou cinco dias de distância. Me olharam de cima a baixo e a menor delas me perguntou sobre os meus sapatos. As minhas meias de lá, agora costuradas com solas de couro e amarradas aos meus pés por cordões de palha, não convenceram ninguém Fiz que sim com a cabeça, mesmo sem saber direito onde arrumaria sapatos e perguntei quando a coisa toda seria. A resposta fez o chão fugir dos meus pés. "Amanhã à noite, se o tempo continuar firme". A Comprida nem terminou de falar e a Pequena interrompeu, me interrogando. "Você tem certeza de que tem condição de descer?".

Claro que eu não tinha, mal conseguia subir as escadas da cozinha correndo sem ficar tonta, mas precisava mostrar confiança se quisesse que elas me deixassem atravessar a ponte e descer para a civilização com elas. Eu estava tão desanimada com a companhia delas quanto elas pareciam estar com a minha, mas eram a minha única alternativa. "Vocês não têm que se preocupar comigo, eu me viro". Elas riram, aumentando o grau da minha irritação. Minha convicção claramente não convencia ninguém. Só queria que aquele momento acabasse e eu pudesse voltar para as banheiras. As águas quentes eram bem mais atraentes do que aquela conversa com elas. Eu podia não entender das sutilezas na comunicação entre as outras, mas entendia de gente puta com o mundo. Não era à toa que a Ponto decidiu nos unir.

"Pelo jeito que você anda, não vai ser fácil. Mas se atrasar, se enrolar muito, a gente te deixa para trás". Não respondi. A Pequena e a Comprida falavam de detalhes da irresponsável operação de descida enquanto a Mais Forte olhava para mim. Tinha um olhar de pena. Ela parecia mais devagar no pensamento que as outras e até ela sabia que eu não tinha condições de descer aquela montanha.

Fiquei quieta sentada na grama comendo minha maçã até as três irem embora. O sol ficou encobertado pela geografia e só a área das jacuzzis recebia luz. Andei de volta na trilha sozinha, catando quantas maçãs eu conseguia colocar no bolso. Precisava dar um jeito de levar água para a caminhada, mas garrafas eram outro item em falta naquele mundo. Subi na pedra onde a Ponto estava, mas ela tinha sumido, como de costume. As banheiras brilhavam vazias, não vi nem as ninfas da alegria, nem minhas amáveis companheiras de fuga. Olhei para aquele pedaço de paraíso dentro do meu inferno e decidi entrar na água. Podia ficar aqui para sempre, foi um pensamento tão rápido que minha mente fingiu não ouvir. Tirei as roupas, depois as amarrações nos pés e entrei num dos buracos de água quente. O calor das termas só permitia um rápido mergulho, mas ele valia cada segundo. Mergulhei a cabeça e gritei debaixo d'água. De prazer, de medo, de ansiedade, de cansaço. Grandes bolhas de ar. Se tudo desse certo, eu nunca mais veria aquelas banheiras.

Julho – Portão

O silêncio nos corredores durante a madrugada era maior. Encontrei as outras três na entrada da ponte. Sabia que os sinos denunciariam nossa saída assim que esticássemos as cordas. Até que as primeiras acordassem e chegassem no muro, já estaríamos atravessando. Ninguém do lado de cá faria nada para nos impedir, pelo menos eu esperava que não; como de costume, era impossível ter certeza de qualquer coisa.

Não vi a luz da fogueira na torre. A Ponto não apareceu para se despedir e achei melhor assim. Ela me deixou suas botas, como prometeu que ia fazer. Aquelas botas eram o jeito Ponto de me desejar boa sorte. Nos posicionamos ao lado das roldanas de metal. Duas a duas, ao mesmo tempo, giramos as pesadas manivelas que esticavam as cordas e levantavam a ponte, fazendo a travessia menos perigosa. A Pequena, ágil e mais rápida que nós, seguia na frente. Era a única segurando uma pequena tocha. Mesmo com uma mão só, ela atingiu o outro lado da ponte antes que as outras mulheres aparecessem no jardim, acordadas pela barulheira dos sinos. Só olhei para trás uma vez durante o percurso, quando passei pelos restos do corpo de Rosa lá embaixo.

Avistei a Senhora do Isqueiro. Não vi a Ponto, nem a Cega. Nem a Deusa de Bollywood, nem a séria e silenciosa mulher que me alimentou muitas vezes, com sua estranha cruz de tatuagem na testa. Minhas companheiras sem nome no cárcere. Nem a lua, nem as nuvens apareceram, e o céu limpo era de um negro absoluto. Os pontos brilhantes seriam nossos únicos guias até a vila. A Mais Forte apontou para o alto, mostrando a estrela que deveríamos seguir.

"Não interessa a merda da estrela agora, continuem andando". A Comprida falou, antecipando o tom da jornada que nos esperava lá fora. O jeito dela me fez sentir falta do silêncio que ficava para trás. Seguimos ouvindo os sinos, enquanto a Pequena do outro lado gritava, ansiosa com nossos passos lentos. A tocha que ela carregava antes esperava encaixada em uma das pedras, iluminando o lugar por onde deveríamos subir. Mas o vento logo apareceu de novo, soprando forte, balançando a ponte e nos deixando no escuro. Só terminei de atravessar porque a Mais Forte me segurou pelos braços e praticamente me carregou até o outro lado. O portão era tão alto que eu precisei tombar a cabeça completamente para trás para vê-lo inteiro ali de baixo. Escalá-lo pela lateral era a única opção que tínhamos. O tronco que o fechava por dentro não daria para ser levantado só por nós quatro, nem com a ajuda da Mais Forte. Minha cabeça não conseguia calcular todas as coisas que poderiam dar errado, mas minhas mãos tremiam como se soubessem. Enquanto as outras duas conversavam baixinho, a Pequena alongava o corpo em posições que eu só atingiria se despencasse no ar. Pensei na minha mãe e no que eu diria para ela se pudesse me ver. Na conversa que enfim teríamos. Ela talvez estivesse disposta a me ouvir, considerando que eu estava próxima de me encontrar com ela, caso qualquer uma de nós levasse o menor escorregão que fosse.

Talvez agora eu vá ver meu bebê, falei com ela sem emitir nenhuma palavra, como se rezasse. Talvez eu possa mostrar meu filho, ou minha filha para você. Será que estão todos no mesmo lugar? Você, Jaime, ele... falei com ela, falei com minha mãe depois de muito tempo, mas ele invadiu a conversa, como fazia antes. Não. Eu não quero falar com ele, pare de insistir. Mas era tarde, a ideia da morte me deu coragem para me dirigir a ele. Você nunca foi meu pai, você era um monstro e eu não te devo satisfação nenhuma. Não, não vou ter que explicar para você meu comportamento promíscuo em Londres. Sim, eu te chamo de "você" agora, senhor padrasto. Nem vou justificar a junkie que eu virei na Índia, nem me envergonhar deste cadáver que está prestes a pular o muro. Se existir outro mundo depois, você é quem tem de se explicar. Você e todos os outros como você. E ela. Os pensamentos se aceleraram quando vi as três se posicionando para subir na lateral do portão.

Eu não sabia se a mãe de Jaime estava morta, mas desejei que estivesse, para ter certeza de que ela não estaria matando ninguém. A ausência dela no mundo seria mais relevante do que a minha falta. Esse foi meu último pedido.

A Pequena subiu rápido as pedras, se apoiando na Comprida, agressivamente usando os quase dois metros de altura dela como escada. Pisou nos ombros dela, depois na cabeça, e se jogou para o outro lado do portão, sem pedir desculpas, nem olhar pra trás. A Comprida se desesperou tanto com o ato da outra, que começou a gritar e a subir desgovernadamente atrás dela, mas escorregou logo acima de mim e quase me levou junto ao cair do precipício. A Mais Forte gritou para Alá e para as duas, em árabe, como se não tivesse entendido que elas não voltariam. Tentou subir em uma das pedras, mas escorregou também e desceu deslizando. Caiu no estreito pedaço de chão que separava a ponte do portão, onde eu me encolhia tremendo. Olhei lá para baixo e tentei ver onde o corpo da Comprida caiu. A Mais Forte chorou alto, bateu os braços nas pedras com raiva e eu não sabia o que fazer com aquela criança que parecia um grande lutador de sumô. Dentro daquele corpo alguém frágil e sensível pulava e gritava para o seu Deus e, apesar de eu não entender uma palavra do que ela dizia, sabia que ela falava da Pequena. A Mais Forte vivia atrás dela como um cachorro e agora sofria como tal pelo abandono da dona. Eu só não queria que ela caísse no precipício também. Agarrei a mão dela, puxei forte e ela acabou se deixando tombar e sentando no chão comigo. O vento corria tão violento que podia nos derrubar se continuássemos de pé tão perto da beirada. Do outro lado, uma neblina forte cobria as mulheres que nos esperavam de volta. Só levantamos quando amanheceu e eu pude enxergar a ponte inteira de novo.

A Cega e a Da Cruz na Testa sempre andavam juntas pelo jardim e, apesar do silêncio, eu sabia que elas trocavam além do que eu era capaz de ver. Quando encontrei com a minha séria amiga na cozinha e pedi um favor, ela não me respondeu na hora, nem depois. Mas no dia seguinte a Cega mandou me chamar antes do sol aparecer.

Fui esfregando meus olhos pelos corredores escuros e me perguntando como as pessoas sem visão sentem a diferença entre o dia e a noite. Imaginava que tipo de monstros uma pessoa cega de nascença enfrenta, se eram os mesmos tipos que os meus, se os cegos também eram aterrorizados pelo que não viam. Nunca achei que fosse o caso de tirar minhas dúvidas com a anciã de olhos puxados. A mulher que, mesmo naquele fim de mundo, sempre parecia ter acabado de sair do cabeleireiro. Morria de vergonha de pensar o que ela achava de mim. A louca descabelada. Ainda me preocupava com isso, com o que achavam ou deixavam de achar de mim. Quando cheguei, ela me aguardava sentada numa cadeira no canto mais escuro do quarto, e eu vi apenas um vulto.

Eu vivia dentro do terror do acontecido na ponte. Depois de passar dias trancada no quarto, decidi que não repetiria outra tentativa daquela, que precisava sair de outro jeito. O único jeito de não ter que descer aquilo tudo sozinha seria com as pessoas que entregavam os alimentos. Eu não sabia quem eram, mas sabia que acontecia uma vez a cada estação. O desespero me empurrou para falar com a Cega. Algo insistia em me dizer que aquela mulher podia fazer mais por mim do que já tinha feito.

"Ana Lúcia da Rocha". Me assustei quando ela me recebeu, falando o meu nome completo. As três palavras que me deram para me representar quando eu nasci. Não ouvia fazia tanto tempo que quase me esqueci dele. Era um nome comum no Brasil, mas na voz dela soou diferente. Não respondi e ela repetiu duas vezes. "Sim, sou eu". Respondi com a entonação de quem esperou tempo demais para escutar três vezes a mesma coisa. Ela sentiu a minha impaciência, fez um som que me pareceu uma risada, mas não deu para ter certeza sem avistar direito o rosto que falava comigo. Eu era mais cega do que ela naquele escuro.

"Faça logo as perguntas que você tanto quer fazer", disse calma, mas sem nenhum sinal de empatia. Ouvi-la foi como apertar meus piores botões. Minha voz de novo saiu num tom bem mais agudo do que eu gostaria. Se ela não tinha tempo, eu não tinha nenhuma paciência, se é que alguma vez eu tive. Fiz as perguntas básicas, as mesmas de sempre. Que lugar era aquele? Como eu fui parar ali? Por que me prenderam por três meses naquela cela? Ela respirou, fez uma pausa que só piorou a minha dor de estômago, e respondeu com a mesma complexidade das minhas perguntas.

"Você está aqui porque implorou para estar. Este é um lugar para quem não quer estar em nenhum outro. E, desculpe desapontar você, mas aqui ninguém é especial. Todas passaram pelos primeiros três meses do mesmo jeito que você passou".

Se aquela conversa tivesse acontecido assim que cheguei, eu provavelmente teria pulado no pescoço da velha cega ali mesmo. Mas me esforcei como pude para não parecer outra vez uma louca na frente dela. O silêncio que veio depois me irritou mais do que todos os outros silêncios dos últimos anos juntos. Continuei achando que ela tinha outras respostas. Mas também não confiava nos meus instintos, com a minha lógica sendo constantemente deturpada. Dei outro passo em direção a ela com o meu rosto tomado pela ira, a mesma que eu andava me orgulhando de ter domado. Ela esticou o braço num gesto brusco, e me estendeu um papel amassado.

A luz era fraquinha, mas infelizmente foi o suficiente. Olhei de perto e vi a estranha grafia das letras escritas em nepalês, a impressão de má qualidade em preto e branco no papel comum, e nele um xerox da foto do meu passaporte. As letras de MURDERER, a única palavra em inglês, em caixa alta, atravessava meu rosto.

Sentindo o meu silêncio e a minha confusão, ela continuou. Disse, com seu inglês cheio de sotaque e certeza, que eu estava escondida atrás de um monte de lixo, na última vila, no caminho para aquela parte da montanha, quando a família que traz os mantimentos me encontrou. Que eu alucinava, toda suja de sangue, e mesmo assim ainda acendia a pipa enquanto pedia ajuda. Enquanto ela falava, eu murmurava para mim mesma que tudo aquilo era mentira, que ela não sabia do que falava, que nada daquilo podia ser verdade.

"Ouça, garota". Ela continuou contando e eu esfreguei os olhos com as mãos enquanto ela falava. Contou dos gritos dos policiais acordando a vila. Da violência na voz deles. "A família teve medo do que eles fariam quando te achassem". Não. Não. Não. Eu só repetia baixinho. "A garota pediu ajuda, implorou tanto que a colocaram na carroça e depois teve que ser amarrada nas mulas para atravessar a última parte da montanha. Trouxeram a garota até aqui, escondida, no meio dos sacos de farinha e arroz. E nós a recebemos como recebemos qualquer outra".

Continuei negando até que as últimas palavras que saíram da boca dela naquele dia me silenciaram de vez: "A garota veio fumando durante todo o caminho, usando o que tirava dos bolsos. Quando chegou, era inconsciente como uma pedra em cima da pobre mula e, mesmo assim, a doutora teve de usar de muita força para arrancar a pipa dos seus dedos".

Joguei o papel embolado no chão, virei as costas e voltei para minha cela, ignorando a presença da Ponto, que me esperava do lado de fora com dois copos de chá. Como se adivinhasse que eu precisaria dela depois daquela conversa infeliz. Mas eu não queria saber de ninguém. Rejeitei o chá e a atenção, fechei a porta e mergulhei na cama. Abracei a Gorda, me enrolei nela, suando frio, e de dentro dela gritei como não fazia desde os primeiros meses. Gritei abafando o grito naquela colcha velha que me fazia o papel de mãe. De tanto gritar, engasguei e perdi a voz. Fiquei quieta, segurando a garganta com as duas mãos, até que ouvi meu nome. Sem som, era aquela outra me chamando. A que eu quase nunca escutava. Me dividindo entre a que ouvia e a que chamava. Me abracei com ela no escuro.

Julho – Dois anos depois

Olhei lá de baixo. Tentava não pensar enquanto colhia buchas. A Ponto me ajudava e o dia estava bonito demais para me apegar a pensamentos tristes. Me concentrei no que fazia. Minha pele estava cheia de rachaduras do último inverno e eu precisava de um dos óleos que só as romanis fabricavam. Uma parte de mim calculava a quantidade de buchas que precisaria para trocar pelo óleo que eu queria, enquanto a outra tentava afastar a lembrança do desaparecimento da Pequena e da morte da Comprida.

A Ponto olhou para mim, depois olhou para o lado da ponte onde a Comprida desabou. Parecia telepatia, só podia ser. Eu caía sempre, e acabei falando o que pretendia não falar. "Às vezes, quando olho aqui de baixo para a ponte, tenho uma visão diferente das coisas". Continuei sussurrando bem baixinho, sem querer incomodar as outras que também estavam por perto, colhendo quase tudo que o bosque ao lado da Arethusa produzia no verão. "Nunca entendi como a Pequena sumiu daquele jeito".

Minha amiga continuou segurando as buchas para mim enquanto eu cortava os ramos como aprendi, deixando intactas as outras partes da planta que serviam para muitas outras coisas. A troca por algumas gotas cheirosas precisava de uma quantidade enorme de buchas. Quando achou que era o bastante, ela tirou a blusa, revelando que a sua pele excessivamente branca estava repleta de manchas vermelhas naquele sol quente. Mesmo no verão, a Ponto era uma das mais branquelas do monastério. Colocou todas as buchas dentro da blusa e amarrou as mangas com um nó. Saiu carregando o saco improvisado em direção às banheiras de água. Meu lugar favorito no monastério tinha nome. Foi um dos poucos nomes que não tive que inventar na minha cabeça. Fonte de Arethusa. Ou só Arethusa. O pedaço do mundo onde a vida era menos dolorosa, dois ou três meses por ano.

Me estiquei em pé para alongar as costas e vi a Da Cruz na Testa colhendo folhas num cesto feito de outras folhas maiores. Sempre em silêncio, fazíamos barganhas de legumes recém-colhidos em troca do tempero dela na hora do almoço, ou para um ou outro favor que eu dava um jeito de fazer quando era para ela que, como a maioria, vivia sempre sozinha. Sabia que ela nasceu na Etiópia, e que morou grande parte da vida em Israel, onde se casou e teve um filho. Pai e filho estavam mortos. Informações que consegui arrancar dela, um dia que estávamos sozinhas na cozinha, na base do acerto ou erro, fazendo perguntas que ela só negava ou confirmava com a cabeça, nunca emitindo uma palavra. Tão bonita e sempre tão séria. Nunca entendi aquela tatuagem. O desenho era tremido, primitivo, e meio esverdeado, contrastando com a pele negra. A tatuagem parecia mais velha que ela, imaginei que devia ser uma coisa de infância. Mesmo no silêncio, tinha uma paciência comigo que não tinha com as outras, e eu nunca soube o motivo. Sorri para ela, coisa que nenhuma de nós duas costumava fazer. Ela não chegou a sorrir de volta, mas algo na sua expressão também me cumprimentou, o que era o suficiente.

Com o passar das estações, fui aprendendo a lidar melhor com os dias. Mesmo assim, a escuridão na cela depois que o sol ia embora continuava sendo um seriado quase sempre de terror, com a velha sequência de insônia, pesadelo, tremores súbitos e calafrios inexplicáveis, mesmo no verão. Meus terrores tinham perdido seus títulos de demônios, eram só meus pensamentos mesmo, mas ainda alimentavam uma gastrite no meu estômago, que a Doutora tentava curar com diferentes chás e exercícios de respiração.

Mesmo sem me caber bem entre aquelas paredes direito, a minha raiva exagerada de quase todas as coisas diminuiu bastante. Não tinha de quem ter tanta raiva, além de mim mesma, e até essa raiva também, eu fui cansando de ter. Também não tinha para quem voltar. Me sentia condenada à minha própria história, independente de onde eu estivesse. Sobrevivi à ponte na primeira vez por pura covardia. Na segunda, por bom senso. Não era muito, mas existia. Chega de me arriscar daquele jeito, eu finalmente pensei. Não era a ponte que me prendia, nem ninguém, era só a realidade mesmo. Não tinha condições de fazer aquela descida sozinha, mesmo se quisesse. Depois que vi o cartaz da polícia, aí sim não tive nenhum incentivo para querer sair. Eu não me encaixava no alto daquela montanha, mas também não estava interessada em morrer, muito menos em ir para outro tipo de prisão.

Com o dia a dia árduo do lugar, meu corpo ganhou alguma força, mas minhas articulações viviam doloridas. Eu caminhava igual as mulheres que tinham o triplo da minha idade. Durante o dia, eu me entregava aos trabalhos que nunca faltavam, e procurava me integrar como podia. Nos dias que a minha cabeça me dava um tempo, eu conseguia encerrar minhas funções achando que tinha superado tudo. Mas era de noite, no escuro absoluto, porque vela não era para ser acesa como se aperta o botão da eletricidade, que o tempo parecia não ter passado, e que o terror que me levou tão longe continuava no mesmo lugar.

O monastério era um labirinto de corredores e portas. Portas antigas, portas renovadas inúmeras vezes, portas que nunca se abriram para as respostas que eu procurava, nem para as que eu achava que procurava. E eram todas iguais. Uma das primeiras regras do lugar, não ditas, mas por mim subentendidas, foi a de manter a porta de cada quarto totalmente aberta, sempre que quem a habitasse não estivesse presente. A princípio, me irritei com a prática, como me irritava com qualquer ideia de controle, mas depois entendi que ela só existia como segurança. Uma porta aberta de madrugada era sinal de que alguém vagava lá fora.

As poucas celas que não eram habitadas ficavam sempre escancaradas para evitar o mofo e a traça nos velhos colchões. Os segredos e sofrimentos que aqueles cômodos escuros e vazios guardavam pareciam vibrar de dentro deles. Eu não entrava nas outras celas, só olhava de fora a tristeza que tinham. Ou talvez fosse só a minha tristeza refletida neles. A Ponto, por exemplo, não tinha cela fixa e dormia onde lhe dava na telha. Eu não. Desde o dia que voltei de cabeça baixa com a descoberta da ponte, fiz da minha cela o meu canto. Pelo menos aqueles pedaços de parede me eram mais familiares, eu reconhecia a textura de cada pedra e sabia exatamente onde o sol fazia sua rotação na parede de manhã. Eu necessitava de uma base, algo que eu pudesse saber exatamente como era, que permanecesse sempre no mesmo lugar e do mesmo jeito, e pelo menos para isso, a cela serviu.

Com as minhas constantes andanças pelos corredores, veio enfim a descoberta de outro salão, o dobro do tamanho do salão de banho. Demorei para saber que ele existia, mesmo sendo um cômodo enorme, no corredor central do segundo andar, ocupando o equivalente à área de umas vinte celas. A decoração dele era o seu próprio chão, o teto e as paredes. Todos os cômodos do resto do prédio eram de pedra escura, cimento e madeira. Aquele salão parecia ter sido feito para nos lembrar das outras cores naquele mundo que, na maior parte do ano, não passava de tons de branco e cinza. Era o único ambiente que possuía reboco. As paredes eram impecavelmente lisas e pintadas, reproduzindo a flora, a fauna e a paisagem local. Um desenho único, com cores vivas e realistas, reproduzindo da grama ao céu, quase tão belo quanto o design original do lado de fora. Além do espetacular painel panorâmico não havia absolutamente mais nada naquele salão. Nenhum mobiliário, nem objeto, só uma lareira no centro, com um buraco alto no teto por onde subia uma chaminé. Na primeira vez que entrei, o salão estava vazio. Passei um longo tempo admirando os detalhes da pintura e me distraindo com a novidade. Apesar de ter achado o salão bonito, não demorou para os meus gatilhos serem novamente ativados. A cada coisa nova que eu descobria, minha pequena e breve satisfação era logo contaminada. Cada novidade era um lembrete de tudo que eu ainda desconhecia.

Como e por que eu cheguei no alto daquela montanha eram as perguntas mais presentes no meu dia-a-dia. Passeava com elas pelos corredores tentando encontrar as outras respostas. As rústicas decorações que eu conseguia ver de fora das celas das outras não explicavam nada. Algumas viviam tão vazias e sem vida quanto a minha. Outras já não escondiam os indícios da vida que ocorria dentro delas. Objetos utilitários ou decorativos, produzidos com o material que a natureza em volta oferecia. Palha, lã, barro, madeira e, claro, muitas pedras. Com o tempo, também passei a colecionar algumas. Pedrinhas coloridas da Arethusa, uma pedra grande para amparar meu pote de água do lado da cama, e duas pedras redondas que eu podia esquentar no fogo e trazer para o quarto para aquecer meus dedos.

Nada era trazido de fora do portão que não fosse a comida ou itens relacionados a ela, como os isqueiros, que cada uma tinha o seu. O resto era quase tudo feito ali mesmo. Potes de cerâmica, acessórios de couro, catadores de sonhos feitos de galhos, mesinhas de pedaços de tronco, cordões pendurando outros objetos feitos de cordões, móbiles de flores secas... cada uma se rodeava do que conseguia, do que lhe dava força. Me impressionava ver a quantidade diferente de ídolos e figuras, que eram separadamente endeusados, dentro de cada cela. A única coisa que aqueles objetos me diziam era que eu não era a única a sofrer com a solidão. Todos os deuses do mundo pareciam estar naqueles altares.

A imagem de Jesus, claro, foi a primeira que eu reconheci; a cabeça da gente procura aquilo com que tem familiaridade. Porém, aos poucos, fui reconhecendo as outras. Deidades africanas das quais eu tinha ouvido só o nome, mas não podia identificar qual era qual, divindades hindus azuis e vermelhas que pareciam bonecas, budas gordos e magros em meditação, shivas musculosos e com dreadlocks, falos em tamanho super extra, cobras com coroas, tridentes com cor de fogo, dragões com e sem asas, virgens de branco e véu, seres de muitas cabeças e inúmeras imagens de mulheres que eu não conhecia, mas que pareciam versões variadas de nossa senhora ou Iemanjá. Cada uma tinha liberdade e segurança para acreditar no que queria, e pela decoração das celas era explícito que continham dentro de si um mundo completamente diferente da outra. O que eu sabia sobre os deuses do mundo era limitado pela minha criação e pelo meu próprio desinteresse no assunto. Mas estavam todos lá, em diferentes formatos e credos, acompanhando as mulheres que os reverenciavam, e convivendo pacificamente uns com os outros.

As imagens, que eu via sempre de longe, tentando reparar sem ser invasiva, eram todas feitas e esculpidas ali mesmo, em um dos cômodos mais interessantes do lugar. Duas tibetanas trabalhavam no ofício dia e noite. As duas confeccionavam, sem nenhum preconceito, as imagens que as outras solicitavam, de acordo com as crenças de cada uma. Eram artesãs dedicadas e criavam os ídolos com a cera que retiravam das colmeias que elas mesmas cultivavam no monastério. De vez em quando eu levava comida para elas, que raramente pisavam fora daquela cela-ateliê, a não ser quando uma das imagens ficava pronta, e elas saíam com todo cuidado, carregando as peças até a cela de quem encomendou. Eu gostava quando conseguia acompanhar pelo corredor uma entrega do último modelo de Jesus ou de Krishna, sempre muito solicitados para elas. Era por causa do trabalho constante das duas que as celas de quem adorava algum deus tinham mais personalidade do que as outras.

Fazia um tempo que eu não usava as paredes como ouvintes. Mas quando a coisa apertava dentro de mim, era com elas que eu falava. Parei de conversar com a amiga imaginária da cela ao lado depois que descobri que ela sempre esteve vazia. Achei macabro. Quem cantou para me acalmar enquanto eu estava trancada nos primeiros meses foi a Deusa de Bollywood; pela voz que ouvi muitas vezes depois cantando pelos corredores, só podia ser ela. A cantoria dela me acalmou naquele dia, mas me irritou em outros momentos, em dias em que o meu mau humor era demais para aguentar músicas românticas ecoando depois que ela passava. Não parecia, mas no fundo eu gostava da garota indiana, só não dava conta de ficar perto da bolha de açúcar que ela parecia viver. Também acabei desistindo de me aproximar de outras, além das poucas que eu conheci. Com a lei do silêncio, não havia sentido forçar monólogos com outras pessoas. Volta e meia eu falava com as pedras mesmo, que tinham sido minhas ouvintes desde o princípio, mas naquele dia nem elas estavam me aguentando.

Era cedo, ninguém tinha descido e o sol pincelava algumas pedras das banheiras. Tirei as roupas como se os restos da minha vida anterior estivessem nelas. Senti que precisava ficar nua para tentar me ver. Quis olhar cada ponto do meu corpo, sem nada por cima, para ter certeza de que algo ainda me pertencia. Eu era uma pessoa. Não um trapo, não um lixo, não uma coisa quebrada, não uma assassina. Eu era simplesmente eu. Ossos, músculos, sangue e gordura. Cinquenta e poucos quilos que não valiam aquele sofrimento todo.

Setembro – Só eu mesma

Quando cheguei em Londres, não vi motivo para gastar tanto dinheiro no aluguel de um apartamento que mal caberia a minha mala e eu. O albergue era barato, me deu um emprego na lojinha de souvenirs e a sensação de segurança que eu precisava. As drogas entraram logo depois do primeiro bimestre do curso de Inglês. O tempo passou rápido, e minha indiferença pelo mundo e meus hábitos narcóticos não me deram motivo para arrumar outra acomodação.

Quando o curso terminou, deixei o albergue sem ter ninguém de quem me despedir. Só falei tchau e obrigada para a Judy, da recepção, que eventualmente morava também no albergue quando brigava com o namorado. Ninguém além de mim se hospedou por muito tempo no movimentado hostel ao Sul de Camden Town e eu saí dele tão vazia quanto entrei.

Não me lembro quem deu a ideia de ir para a Índia. Deve ter sido um dos Los Johns, depois da conversa com Sir Moore, porque foi procurando por eles que eu me perdi no tumultuado Heathrow, sem saber direito em que companhia pegar meu cartão de embarque. Ian, Jean e Jonas me esperavam eufóricos num Starbucks lotado, prontos para provar as bebidas grátis do freeshop.

Depois de um ano saindo com eles, eu não passava um dia sem usar alguma das infinidades de drogas disponíveis no aplicativo que eles me passaram. Eu não tinha preferências naquela época, qualquer uma que me tirasse do meu estado natural de depressão e dor, e que eu pudesse pagar. A única coisa que não experimentei foi heroína. Eu guardava péssimas lembranças com injeções por causa de uma virose na infância e talvez por isso nunca me aproximei do ópio na sua forma sintética; essa, sim, talvez tivesse me matado antes. Mas naqueles dias, se não fosse na veia, tudo era bem-vindo. A maioria em forma de comprimido mesmo. O meu trio de amigos compartilhava os mesmos gostos que eu e juntos fazíamos um time especializado em escapar da realidade com o que servissem no cardápio das noites. Foi com eles que peguei meu cartão de embarque para Delhi no guichê do aeroporto.

Não posso dizer que era realmente amiga de nenhum deles. Mal nos encontrávamos no curso e nossa relação era apenas para longas noites, de dois ou três dias. Era conveniente para todo mundo. Eles me chamavam para compartilhar das drogas, que eu pagava muitas vezes. Eu aceitava a transação só para ter companhia para sair, e fazer o que eu quisesse fazer em segurança, que os três eram enormes, e com eles eu me sentia protegida e sem ter que dar nenhuma satisfação para quem ousasse me pedir. Londres era mais seguro que Juiz de Cima, ou São Paulo, mas uma mulher sozinha, à noite, se sente vulnerável mesmo no primeiro mundo e nisso eu não era diferente das outras. Ter três guarda-costas que me faziam rir e que não davam nenhum palpite na minha vida foi, por um curto tempo, o arranjo perfeito.

A distração com Los Johns na sala de embarque foi beber das minigarrafas e ouvir sobre as experiências que eles queriam ter na Índia. Claro que eu pensei em encher minha bolsa de comprimidos diversos antes de sair, mas fazia poucos dias que o filme "Expresso da meia noite" tinha passado na noite de clássicos do lounge do albergue e a lembrança dele estava fresca quando arrumei as malas. Muitos dos meus medos também me salvaram. Os Los Johns eram atenciosos comigo, mesmo que do jeito superficial e pouco interessado deles. Pelo pouco que contavam, também viviam num universo paralelo ao que tinham deixado em seus países de origem. Passamos as horas antes do voo experimentando diferentes garrafas em miniatura e inventando nomes de incensos. Depois só sei que o voo deles atrasou e eu segui sozinha, tão bêbada, que só me dei conta mesmo da ausência do grupo depois de desembarcar, num sol de 42 graus em Delhi.

Se talvez naquele momento eu tivesse me assustado um pouco, como ouvi dizer que tantos se assustam quando chegam na Índia, talvez eu tivesse prestado alguma atenção. Podia ter percebido o caminho sem saída e sem chip de celular em que eu me metia. Mas claro, eu não percebi. entenas de tuk-tuks aguardavam na minha frente, um bando de motoristas falava alto e gesticulava a minha volta, as ofertas eram gritadas no meu ouvido em inglês e hindi ao mesmo tempo, era como uma sinfonia de apitos zunindo no meu cérebro ressaqueado. Com as nove horas de voo, eu só queria um banho e uma cama para dormir. O céu, apesar de sem nuvens, parecia coberto por uma tampa transparente e fosca. Uma camada de poluição cinza amarelada apertava o ar fazendo pressão sobre a panela que eu carregava em cima do pescoço.

Na porta daquele aeroporto lotado, a minha confusão mental era tão grande quanto o número de pessoas me oferecendo serviços. Um dos motoristas de tuk-tuk usou o isqueiro para acender meu último cigarro do maço e, diferente dos outros, manteve uma distância razoável e respeitosa do meu corpo. Foi o suficiente para eu aceitar sua oferta para me levar até um hotel no Main Bazaar, a área turística mais barata de Delhi, até que meus amigos chegassem e arrumassem um jeito de entrar em contato comigo. Eu desconhecia até mesmo o nome do hotel que Los Johns tinham reservado para nós. Esse era o tipo de viagem que eu paguei para fazer. A minha aparente calma era resultado do choque, do cansaço do voo e da ressaca. Me dei por satisfeita por ter meu passaporte, meu dinheiro e cartão de crédito comigo na mochila. Segui atrás do motorista, com a boca seca e os olhos semiabertos. A dor de cabeça e o jet lag me puxando para baixo como duas crianças famintas. Caminhei aliviada do peso da minha mala, que ele tirou dos meus braços e saiu carregando à minha frente.

Atravessamos lentamente o enorme estacionamento em busca do veículo de três rodas que estava parado do outro lado da avenida, em frente ao aeroporto, junto com centenas de outros.

Agarrei com força o cano de metal verde descascado na lateral do velho tuk-tuk e respirei quando ele arrancou. O vento quente e poluído grudava no meu rosto enquanto atravessávamos a milenar cidade indiana, navegando naquele tuk-tuk por um oceano de trânsito à nossa volta. Eu abria e fechava os olhos, como se ainda sonhasse no avião, até chegar em Main Bazaar. Um emaranhado de hotéis baratos, lojas para turistas e cortiços super povoados. O motorista me deixou com a mala em frente a um prédio caindo aos pedaços nas laterais, mas com a fachada original escondida por vidros azuis espelhados, de onde, apesar do dia claro, um letreiro luminoso escrito "Hare Hare Guest House" piscava ensandecido.

A combinação de fatores na recepção do hotel foi traiçoeira e eficiente. Como se estivessem me esperando, encontrei Hanu e Asha. Provavelmente estavam. Golpes em turistas recém-chegados e exaustos são clássicos e eu devia ter "idiota" escrito na testa. Os dois esperavam, no sofá de couro velho ao lado do balcão, por qualquer um que fosse distraído o suficiente para não perceber a furada. Ele, magrelo e com a camisa para dentro do cinto, pele muito escura que parecia deixar maior os olhos grandes e carismáticos. Se apresentou muito simpático e me ajudou com a mochila assim que me viu. Ela, impressionantemente bonita e estrategicamente sorridente, só olhava. Um olhar explícito de desconfiança e interesse por trás das lentes de contato verdes que eu fingi não notar. A informação do recepcionista traduzida rapidamente por ele. Disponível, só um único quarto duplo com ar-condicionado funcionando. A coincidência. "Se vocês quiserem dividir". Tudo se encaixou para a minha entrada na Índia ser também a minha saída do mundo. Meu olhar estava fixo na pipa dourada de metal na mão dela, a pipa que arrancava sorrisinhos e suspiros dos dois, e que tirou o resto da minha dignidade. A vida que eu conhecia antes desapareceu no trajeto até o quarto com eles. "A turista bonita nunca experimentou o sabor dos deuses. Vem com a gente que você vai ficar de boa, baby". Eu achei que eles falavam sobre fumar um haxixe ou charas, a maconha local em forma de caramelo. Meu plano era dar uma bolinha para relaxar com eles, tomar um banho, dormir e arrumar um quarto só para mim no dia seguinte. Encontraria de novo com Los Johns assim que me recuperasse da viagem. Foi só quando dei o primeiro trago e a fumaça desceu nos meus pulmões é que eles falaram a palavra mágica com tantos nomes. O óleo da meia-noite, o leite de Deus, a dama dos sonhos, a heroína de tantas canções, o tal do opium.

Dali para os meses que se seguiram foi um pulo. Os dentes foram escurecendo junto com meus dias. Acordava de tardinha em guest-houses que eles escolhiam numa rota interminável de vilas e cidades turísticas. Eu só saía dos diversos quartos que habitamos para matar a fome de vez em quando. Mal reparava nas diferenças entre os hotéis de estrada e guest-houses do caminho, desde que eles me mantivessem com a pipa cheia. Dei dinheiro enquanto tive na bolsa e depois acabei dando o cartão também, que para minha rara sorte o casal não conseguiu usar. A partir daí sempre me levavam junto quando precisavam sacar bolos de notas de rúpias da minha conta para pagar as despesas. Delhi, Manali, Kasol, Varanasi, os nomes famosos ficaram na minha mente. Outros, de vilas onde só parávamos para reabastecer o carregamento, eu não conseguiria pronunciar, mesmo dias depois de acordar nelas.

Minha memória daqueles meses era escassa e cheia de buracos. Sei que Asha sumiu logo depois que chegamos em Kathmandu e eu nunca soube direito o que aconteceu. Para mim, pouco mudou. Lembro de ter perguntado algumas vezes, mas Hanu parecia nervoso e triste quando eu falava dela, então deixei pra lá. Minha curiosidade foi bem fraca, pra ser sincera. Nós três compartilhamos o quarto por meses, e a cama algumas vezes, mas nunca chegamos a fazer um ménage, nem nada parecido. O vício foi me tirando o pouco da empatia que eu tinha. A intimidade foi só para economizar no preço da viagem, que durou os seis meses permitidos no meu visto indiano. Quando comentei sobre o visto, ele tinha a solução pronta e decorada. "Sem drama, Nalushi". Hanu falou que a gente ia até o Nepal, seguindo a rota dos turistas. Disse que depois de algumas semanas por lá, era só entrar de volta na Índia e receber outros seis meses de visto. Concordei sem questionar, como vinha fazendo há semanas.

Hanu vivia no celular, fumava dois maços de cigarro por dia e foi ficando obcecado pela falta da namorada. A última vez que perguntei sobre ela, ele me respondeu em hindi, como sempre fazia quando não queria que eu entendesse a resposta. Minha teoria era de que ela era bonita e esperta demais para ele, e que provavelmente arrumou um esquema melhor do que o dele. "Se eu gostasse de brancas talvez gostasse de você", ele falava e eu fingia que achava graça, enquanto esperava ele aquecer a goma e preparar outra dose para mim. Ele sempre parecia estar na espera de que Asha fosse aparecer a qualquer momento. Eu sentia muita atração por ele, dopada ou sóbria. Mesmo assim, em hora nenhuma nos conectamos além do vício, nem eu fiz nenhuma força para nossa relação passar disso. No fundo eu não confiava nele, como nunca confiei em homem nenhum, nem no meu marido. Também achava que a qualquer momento ela poderia voltar e não estava interessada em arrumar confusão com o casal. A pouca memória que restou do tempo que passei com eles foi consequência da minha paixão cega pelo efeito do ópio.

Setembro – Fome

Passei longos períodos no grande salão tentando me manter naquela posição dolorida e recomendada para meditação. O cômodo ficava vazio a maior parte do tempo. Eu sempre preferia quando não tinha ninguém, porque morria de vergonha da minha incapacidade de me manter quieta como elas. Eu olhava para as outras na tal posição de lótus, buscando entender o que elas realmente faziam de olhos fechados, com a coluna ereta daquele jeito duro de manter. Eu só imitava, sem alcançar grandes resultados. A paz, o sossego e a satisfação delas acabavam por me irritar mais. Eu inspirava inveja e expirava rancor. Tentava me manter concentrada, mas as outras vozes que habitavam meus pensamentos, quando percebiam minha tentativa de silêncio interno, convocavam festinhas na minha mente, se sentavam em sofás confortáveis, abriam garrafas de vinho e debatiam sobre a minha vida como se estivessem numa reunião de condomínio.

Era tarde da noite e a Ponto me encontrou sentada sozinha naquela posição dolorosa. "Você sabe que estou precisando ficar sozinha". Minha indiferença desde que ela apareceu no salão-jardim não foi o suficiente para ela me deixar. Olhei para ela e falei imitando sua voz grave aquilo que eu achava que ela falaria: "Eu não sei do que você está precisando, mas talvez você esteja precisando falar sobre o que não sabe que está precisando". Ela riu, eu balancei a cabeça, estiquei as pernas e tentei levantar, mas tive que esperar a cãibra passar antes de segui-la. Aquela posição não ajudava em nada.minhas tentativas de clarear minha cabeça.

Seguimos até a torre em silêncio. Acendemos o combinado que a Doutora me ensinou a fazer com ervas que cresciam pouco e devagar, e que eu mesma passei a colher e secar quando brotavam. Era uma combinação leve e sem gosto. Quando eu conseguia fazer um cigarro inteiro era uma festa. Eu compartilhava com ela e tentava retribuir todas as vezes que me acalmou com seus próprios enrolados. Morria de saudade do gosto do tabaco, às vezes sentia mais falta dele do que do ópio. Qualquer coisa que desse para acender, tragar e soltar uma fumaça ajudava.

A falta de apetite causada pela abstinência reduziu meu estômago e acabou me ajudando na adaptação da rotina de pouca comida. Mas não durou muito. Logo a minha necessidade básica de comer voltou e a vida ganhou outro ângulo ácido. A fome se juntou com o frio constante. A cota diária de farinha pra fazer o pão ou engrossar a sopa era o que, quase magicamente, nos sustentava. Mesmo assim, a vontade de ter mais o que comer nunca passava. Cenoura, repolho, milho, vagem, alho, ovo, mel. Era tudo sem muito gosto e contado. Me alimentei muitas vezes da ideia dos cardápios que eu comeria quando saísse dali. Tudo era tão distante e impossível, até as coisas banais. Quase todo dia eu pensava em banana, feijão, pão de queijo e suco de laranja. Nos dias difíceis eu pensava em strogonoff, no queijo derretido das pizzas, em hambúrgueres de três andares, e o menu imaginário de brigadeiros e bombons eu deixava para as noites de maior desespero, quando eu comia de boca fechada caixas e caixas, até a barriga estourar de chorar e dormir.

Em outra noite em que a fome noturna me arrancou do quarto, encontrei com a Ponto na torre e juntas compartilhamos o silêncio e duas maçãs. De repente ouvimos o som de passos e a luz de uma vela dançando pelas paredes. Quem apareceu no topo da escada foi a que chegou no monastério logo antes de mim. Nunca tive contato com ela, mas reparei que ela me olhava de longe algumas vezes. Claro que ela conhecia a Ponto. Tentei disfarçar meu incômodo com a presença de outra pessoa e dei um leve sorriso para ela. Minha amiga silenciosa, como sempre ligada, me olhou ciente da minha falsa simpatia e quebrou o gelo, passando o cigarro enrolado para ela. Sem nem esperar a fumaça terminar de sair da boca, ela me perguntou:

"Você é a do cartaz, sim?"

A fulana escolheu aquela frase para iniciar nossa interação. Olhei pra ela e fiquei quieta. Pela primeira vez eu quis que a regra do silêncio não tivesse sido quebrada. Ela continuou, quase se desculpando, com muita eloquência, num português carregado de italiano. Segurei qualquer reação enquanto recebia o cigarro de volta da mão dela.

Ela se parecia comigo fisicamente e podíamos dizer que éramos da mesma família. Pele morena clara e cabelos lisos, devia ser da mesma idade que eu tinha quando cheguei. Ou talvez estivesse virando trinta, como eu. Nossa semelhança começava e acabava na aparência. Me incomodou o jeito dela, confortável e autoconfiante demais. Me doía ver alguém com as mesmas características físicas que eu, mas que, ao contrário de mim, parecia tão satisfeita e confortável dentro do próprio corpo. "Não se preocupe, não contei para ninguém. A Cega me pediu para receber os mantimentos desde que eu pisei aqui. Quer dizer, desde que eu saí da minha novena. Acho que ela me acha forte o suficiente pro serviço, e eu não reclamei. Quem não ia querer, né? Acordar àquela hora da manhã e carregar sacos pesados fedendo a burro?", ela ria dela mesma enquanto falava. Eu tentava manter alguma compostura, em silêncio, enquanto outra parte de mim chutava as paredes. A figura continuou sua falação, ignorando a indignação do meu rosto. "Uns meses depois que você chegou, quando fui puxar um dos sacos para dentro da dispensa, vi um papel enrolado, enfiado na beirada, como se alguém tivesse deixado de propósito. Quando cheguei na cozinha, abri o saco e vi o pôster com a sua foto. Levei para a Cega no mesmo dia, e ela me pediu para não falar nada com ninguém". Não respondi e ela repetiu, querendo mesmo me confirmar o que dizia. "Nunca falei nada com ninguém além de vocês, podem acreditar".

Fiquei quieta e me segurando para disfarçar a raiva que suava dos meus poros, indignada da minha vida estar novamente na boca de outras. "Talvez ela quisesse te proteger, todo mundo aqui sabe que não é fácil pra você", ela enrolou um pouco a língua quando percebeu que falou demais. Mas a culpa era minha mesmo. Meus gritos me deixaram famosa entre elas. Não podia esperar nada diferente de um lugar guiado pelo silêncio.

"A propósito, meu nome é Cibele, não sou das que não se apresenta". Ela estendeu a mão cheia de anéis de prata com designs exóticos de pedras coloridas. Era a primeira vez em quase três anos que alguém se apresentava e me falava seu nome, e mesmo ela tendo me irritado com sua chegada indelicada, o ato inusitado de se introduzir me fez melhorar a cara pra ela.

Na vida de antes, o nome das pessoas surgia quase simultâneamente com a chegada delas. Chegavam como chegavam os olhos, a cor dos cabelos, a altura e o peso, sem precisar pedir, nem esperar para saber. Vinha com a voz orgulhosa ou tímida, mas sempre vinha. E trazia entonações que revelavam bagagens culturais, preferências religiosas, posições geográficas e até as manias e obsessões dos pais. Mas isso era antes.

Naquela vida, ouvir o nome de alguém era receber. Era mover uma casa num jogo em que sempre faltavam peças.

Cibele fez o que pôde para quebrar o gelo, depois da introdução tão sem sutileza. Claramente, ela gostava de falar. A regra do silêncio não devia ser fácil para ela, como eu achava que era fácil para todo mundo. Pareceu sincera quando disse não ter revelado nada a ninguém. Preferi acreditar nela para não piorar nossa falta de entrosamento. Ela falou mais do que eu tinha ouvido em um ano inteiro. Que era de uma família turca de joalheiros tradicionais, que nasceu e cresceu perto de Milão, mas que saiu de casa cedo, levando seu dote em caixas de joias, sem falar com o pai nem com a mãe. Depois contou que foi estudar antropologia em Roma e entrou em detalhes sobre um romance que teve com uma professora no segundo ano da Universidade. Contou tanta coisa irrelevante que eu me senti como se tivesse ligado um rádio de repente. Fazia tempo que tínhamos acabado de fumar o cigarro quando Cibele finalmente encerrou contando que antes de chegar no monastério fazia um master em Florença, onde conheceu a namorada. Parou de repente, com a voz meio emocionada, como se fosse obrigada a terminar por ali.

A noite até teria sido interessante se eu não tivesse ficado o tempo todo pensando no cartaz em nepalês, amassado com a minha foto. Quando ela se despediu e foi dormir, eu não tinha o que falar com a Ponto nem com ninguém. Incorporei de novo o humor de procurada da Polícia, da estrangeira desaparecida e criminosa. Assassina e foragida.

Eu me sentava em uma escrivaninha de madeira antiga. Na minha frente, um enorme livro de papel em branco, e todas as mulheres do monastério atrás dele, me olhando. Suava frio enquanto minhas mãos escreviam com uma pipa acesa entre os dedos. A pipa soltava uma fumaça negra, que foi ficando vermelha e se transformando em gotas de sangue, pingando e borrando o livro. As mulheres gritavam, me atirando frutas e legumes podres até que os alimentos se tornavam pedras que me soterraravam junto com a escrivaninha. Acordei com o corpo molhado de suor e tremendo como nos primeiros dias. Respirei fundo até acostumar os olhos na escuridão. Depois me levantei devagar e fui até a bica, em cima do buraco sanitário, mas naquela hora da noite nunca havia água nos canos. Acendi minha vela e andei pelos corredores com o corpo molhado de suor. A noite estava sem vento e aproveitei para ficar um pouco do lado de fora. Tinha medo de voltar a dormir e ter aquele sonho de novo.

Me deixei levar pelo nada dos corredores escuros. Sentei embaixo dos vãos abertos, de onde dava para ver o céu limpo. Eu estava assim, meio dormindo, meio acordada, fazendo companhia para o nada, quando escutei um barulho vindo do lado do salão de banho. Devia ser duas ou três da madrugada e o alerta me colocou em pé de novo. Era a Senhora do Isqueiro. Ela andava com uma toalha não usada embaixo do braço, dando passos duros e furiosos e fazendo o sinal da cruz repetidamente, como se tivesse acabado de encontrar com o diabo no banho. Me escondi para ela não me notar e, depois que ela passou, fui até lá. Queria ver com meus próprios olhos quem era o tinhoso para ela.

Abri a porta do salão de banho e cheguei perto das cortinas vermelhas. Só o som dos gemidos e do gozo coletivo foi o suficiente. Com tantas portas fechadas, e o silêncio que reinava, era impossível saber o que acontecia durante a madrugada na cela de cada uma. Já imaginava que algumas das minhas companheiras tinham encontrado mais do que conforto espiritual naquela geladeira de pedra em que vivíamos. Com a minha cabeça cheia demais e a falta de atração física que eu sentia pelo meu próprio gênero, nunca me interessei sobre o que deveria acontecer depois de certas horas naqueles corredores. O silêncio e a vida ali dentro não me excitavam em nada e sexo era uma palavra que, se acontecia, era dentro da minha cela, alguns dias por mês e olhe lá. O som dos gemidos me despertou um tesão que eu achei que estava morto há muito tempo. Fiquei parada, sem atravessar e sem me mexer. Não tive coragem de saber quem eram as que se divertiam tanto lá dentro. Não estava preparada para lidar com prazer no meio do meu lixão existencial. A capa de vergonha e culpa pesava sobre os meus ombros como sempre pesou. Voltei para o meu quarto sem deixar ninguém me ver, fechei a porta e deitei, me esticando sobre a Gorda, com cada poro do meu corpo arrepiado. Gozei até dormir, com a memória das mulheres gemendo no meu ouvido.

Outubro – Buraco

Estávamos as três na torre quando a outra chegou e só então entendi que ela e Cibele eram um casal. Como eu disse, era difícil de entender as relações naquele lugar e eu não era alguém que sacava as sutilezas da interação feminina. A namorada era do Egito, mas falava como quem foi bem criada na Inglaterra. Nunca conheci alguém do país dela e, diante da sua beleza e postura, pensei, com meus estereótipos, que poderia ser chamada de Monumento Egípcia. Era negra, com longos dreadlocks emoldurando seu delicadíssimo rosto, e parecia uma Barbie hippie. O idioma britânico lá em cima era uma mistura difícil de acentos, como o da Ponto, que eu raramente conseguia decifrar, mesmo porque pouco acontecia. Com a namorada de Cibele eu podia ouvir o inglês do jeito que ouvia em Londres. Mas a egípcia falava bem pouco, compromissada com o silêncio, como a maioria. Nos olhos, a mesma tristeza escondida que me fez amiga da Ponto. Não se apresentou, nem contou sobre sua própria vida, como Cibele narrou da própria com tantos detalhes, mas não demorou para a namorada falante chamá-la de Bella, enquanto a beijava no pescoço. Na ausência de nomes, a egípcia com cara de boneca virou Bella para mim também.

Nos últimos dias quentes do verão, pulava da cama antes do sol nascer e descia para ser uma das primeiras na Arethusa, quando as pedras esquentavam com os primeiros raios. As coisas simples passaram a ter um significado impressionante. Cada ação, cada objeto passou a ter um valor e gosto diferente do que antes eu achava que podia caber neles. O calor era o mais apreciado de tudo. Desfrutava de cada momento que podia no sol. Os paredões das montanhas em volta limitavam as horas de luz direta, e procurar por ela era a missão mais satisfatória de todas. Mas sempre parecia durar pouco. A mudança brusca de temperatura de um dia para o outro me pegou de surpresa e confirmou o que Cibele falou sobre fins do dia com céu rosado.

O sol da manhã ainda não batia na água, nem em nenhuma parte da montanha quando terminei de descer da corda. Mesmo a vida perto da Arethusa, sempre mais verde e quente por causa dos paredões e das termas, estava começando a morrer. Fingi que fumava com a névoa que saía da boca e do nariz. Queria mergulhar sozinha e lavar o cabelo na água quente antes que as outras descessem. Os fios estavam enormes e eu passava semanas com eles amarrados, soltando apenas para dormir. Nunca cogitei raspá-los ou cortá-los curtos como algumas faziam, porque no inverno eles me ajudavam a aquecer a cabeça e o pescoço. O resultado era que eu vivia a maior parte do tempo com um coque tão gordo que parecia um ninho de passarinho colado na minha cabeça. Olhei meu reflexo antes de entrar na água. Pensei em como era bom não ter espelhos.

Diferente dos outros buracos onde a água era quente demais para ficar submersa, a banheira onde mergulhei desta vez era bem funda e uma corrente gelada passava pelos pés, equilibrando a temperatura da água. Naquela mistura de água fria e quente eu podia ficar quanto tempo quisesse. Essa era uma das coisas que eu não teria descoberto se a Ponto não tivesse me mostrado. Eu morria de aflição de chegar até a beirada, mas com o tempo fui superando aquele limite também e aproveitando o lugar que a natureza desenhou como nenhum outro. Cantarolei uma música da minha adolescência e logo mudei para outra porque não consegui me lembrar da letra. Passei a vida decorando muita coisa inútil na escola e na faculdade, mas nunca aprendi a cantar as letras inteiras das músicas que eu gosto. Como o resto das minhas lembranças, da maioria eu só sabia o refrão. Repetia vezes e vezes as partes que eu lembrava e inventava letras para o resto. Em certo ponto eu teria trocado tudo o que sabia sobre a história do Brasil por outras duas ou três canções que eu soubesse cantar do começo ao fim. Eu estava assim, boiando dentro d'água, lavando o cabelo e pensando numa frase para encaixar na parte que eu não lembrava da letra de "Você não entende nada", do Caetano, quando um estrondo, mais alto que o de um trovão, me fez achar que a minha despedida do mundo tinha finalmente chegado. O som que veio debaixo da terra fez tudo à minha volta tremer. Depois de anos lidando com minhas próprias crises de tremedeira, desta vez era a terra mostrando a sua poderosa abstinência para mim. Nunca tinha presenciado um terremoto e, durante os segundos de tremor e barulho, tive certeza de que a montanha inteira ia desabar.

Provando novamente minha ignorância, quando tudo se aquietou de novo, quase nada aconteceu. Pedras menores e soltas rolaram em volta das banheiras, as folhas das árvores próximas caíram dos galhos, um bando de pássaros cruzou o céu acima da minha cabeça, e sem que eu tivesse tempo para encher os pulmões, meu corpo foi puxado por um deslocamento de ar no fundo da água e tragado pela corrente gelada vinda dos meus pés.

Não sei se meus olhos ficaram fechados ou abertos, mas não enxerguei nada por um longo instante. Fui sugada para dentro das rochas e para baixo da água, me arranhando em pontas cortantes enquanto despencava num tubo de pedras. Quis que fosse um dos meus pesadelos. O instinto protegeu a cabeça, depois senti meu esqueleto ser jogado no ar, no escuro absoluto que vive dentro da terra. Depois, outro golpe, e a pele ardeu como se tivesse tomado um tapa de gigante. Afundei de novo. A água queimava de tão gelada. Não sabia onde era o fundo, nem onde era o topo. Girei várias vezes o corpo até que o instinto me fez seguir um ponto de luz. Impulsionei o corpo com o resto de força e emergi, empurrada pelo desespero da falta de ar nos pulmões. Fui tossindo e cuspindo aquela água gelada, enquanto me arrastei para a margem.

Me apalpei para ver a gravidade dos machucados. A pele estava tão gelada que eu não sentia os cortes. Vi o sangue que escorria nas pernas e nos braços e de um corte na testa, mas nenhum deles era profundo. Olhei em volta. Não sabia dar nome ao que sentia. Era uma mistura de frio, cansaço, alívio e ira. Comecei a rir histericamente; uma gargalhada que só parou quando machucou também a garganta. A vida parecia determinada a testar minha sanidade. Eu também tinha que rir dela. Se existia uma força ou inteligência maior controlando a minha história, ela deve ter achado que o enclausuramento involuntário que eu vivia era pouco. Precisava de mais. A cela, o monastério, a distância do mundo, nada parecia ter sido suficiente. Fechei os olhos e abracei os joelhos naquela posição familiar, minha posição fetal de desespero.

A associação com minha primeira noite na cela foi imediata. Eu estava presa de novo. Sozinha. Ninguém nunca me acharia. A ladainha de autolamentação trouxe seu coral pronto, mas a outra, que também era minha, me lembrou que muita coisa tinha se passado e que eu não era a mesma que chegou naquela montanha infernal. A sensação de estar ficando esquizofrênica era o menor dos meus problemas naquele momento.

O sol entrou de uma vez só pela grande abertura da caverna, alaranjando tudo. Lá embaixo, um lado inteiro da montanha que eu nunca tinha visto. A imensidão da natureza e a beleza do vale me deixaram inebriada por um bom tempo. Aquela visão me fez sentir ainda menor. Cheguei perto da beirada, da boca da cratera, um buraco que dava para passar um ônibus. Do lado de dentro da caverna, as duas correntes de água fria e quente se encontravam, e depois se derramavam juntas por aquela boca, babando toneladas de água por minuto. O monastério não tinha nenhuma abertura para o lado sul e era a primeira vez que eu realmente podia admirar aquela amplitude escondida de nós pela posição estratégica do prédio, cercado pela maior cordilheira do mundo. Deu vontade de pular dali mesmo. De completar o serviço que o terremoto não conseguiu. A liberdade de voar e de ignorar o chão. Daquela altura a queda duraria o suficiente para pensar em muita coisa. Teria tempo para me arrepender algumas vezes, antes de me estatelar no abismo. Lá debaixo a morte me olhava junto com todo aquele esplendor. Andei de costas e dei a volta, tomando todo o cuidado possível entre as pedras.

Eu vou sair daqui, FODA-SE ESSA CAVERNA... erna, erna, erna! Minha voz ecoou, fazendo os morcegos dançarem lá no alto. Decidi que iria achar uma saída, que devia ter uma passagem de volta que não fosse o buraco no teto por onde eu tinha caído. Eu não podia ser a primeira pessoa a pisar ali.

A confirmação veio enquanto eu pisava no chão, descalça, e cortei o pé num pedaço de cerâmica quebrada. O caco me animou tanto que eu mal senti o corte. Reparei no chão e vi pequenos pedacinhos de madeira queimada. Segui para o lado do fundo da caverna, olhando, desta vez, para o paredão de estalactites acima de mim. Dezenas, talvez centenas, com suas formas espiraladas que pareciam ter saído de uma praia de bailarinas obesas, posando de cabeça para baixo. Os raios do sol bateram na água e refletiram nelas, fazendo o teto todo dançar. Eu nunca havia entrado numa caverna daquele tamanho. Pra ser sincera, só entrei numa pequena caverna na minha vida inteira, nos arredores de Juiz de Cima, numa excursão organizada por um professor de geografia. Eu era adolescente e passei a maior parte do tempo bebendo vodca com Fanta Laranja, escondida no ônibus com os garotos da turma mais velha que a minha. Aquela caverna tinha a mesma beleza fantasiosa da Arethusa.

Continuei procurando uma saída enquanto pensava no meu inútil diploma de administração. Em como os quatro anos de faculdade nunca me prepararam para nada naquele lugar. Como a maioria das coisas que eu passei tanto tempo estudando era inútil ali. Segui apalpando as paredes. Avistei uma sequência de cortes nas rochas ao fundo que pareciam uma escada. Cheguei perto e a confirmação me fez levar as mãos à cabeça. A possibilidade de uma saída me encheu de adrenalina de novo. Minhas pernas se moveram mais rápido. Apalpei os pequenos degraus esculpidos no paredão. Cada degrau era tão estreito que só cabia metade do meu pé. Respirei fundo antes de subir com todo o cuidado, tentando não arranhar mais a minha pele. Contei mais de cinquenta degraus enquanto subia, até que também fiquei com medo de continuar contando e parei. Segui dali sem olhar para baixo, abraçando a parede, até que avistei o que parecia ser uma porta.

Era um compensado grosso de madeira sem nenhuma maçaneta, fechadura ou indicação de como abri-la, mas era obviamente uma porta. Aquele mundo antigo tinha, na simplicidade, a inteligência dos seus mecanismos secretos. Encostei as duas mãos na porta e arrastei para os lados. Ao tentar o esquerdo, ela deslizou sem ranger tanto. Foi o suficiente para os morcegos surtarem, há menos de dois metros da minha cabeça. Continuei empurrando e forçando o batente enferrujado, até conseguir passar. Do outro lado, mais escuro ainda. Não reconheci nada e continuei parada sem saber se atravessava ou não.

O olfato, depois de alguns anos no escuro, assim como todos os outros sentidos, se purifica e volta a ser eficiente. Um cheiro típico e gorduroso apontou o caminho. Depois de colocar tanta água para fora, meu nariz respirava mais limpo do que nunca. Estiquei o braço e toquei em algo que parecia um corpo. Pulei para trás, quase caindo. Também sem pensar, estiquei de novo o braço e toquei, para ter certeza. Era só um dos sacos de farinha ou arroz. Eu estava mesmo perto da cozinha, nos fundos da dispensa, no depósito onde a nossa vida ficava guardada.

Só consegui acompanhar a entrega dos sacos uma vez. Chegavam em cima dos lombos de burros, trazidos pela tal família que a Cega citou quando me contou do cartaz. Nos primeiros meses, eu planejava que, se estivesse na ponte na mesma hora que chegavam as mulas com os carregamentos, poderia atravessar o portão e descer de volta para o mundo com eles. Sabia que eram as mesmas pessoas que, de acordo com a Cega, tinham me transportado um dia escondida entre os sacos. Mas desisti da ideia depois de passar várias madrugadas congelando sozinha na torre, em datas que eu imaginava serem as certas, mas que nunca foram. Só consegui ver a transação uma vez então, numa noite de lua cheia em que perdi o sono e resolvi procurar a Ponto na torre de madrugada, e dei de cara com elas, umas vinte, aguardando dos dois lados da ponte enquanto dezenas de sacos pesados esperavam em fila, a caminho do depósito. Nunca fui solicitada para ajudar e não estranhava a resistência que a maioria mantinha comigo. Todo mundo sabia que eu estava ali contra a vontade. Mesmo não reclamando, nem gritando, não conseguia me sentir parte da loucura coletiva que elas compartilhavam.

Difícil dizer o que eu senti trancada dentro do armário com aqueles sacos. Do osso até a pele haviam camadas de diferentes graus de dor e tristeza. O que era aquilo que o universo me esfregava na cara e eu, tapada, não via? Apalpei os desgraçados que trouxeram aquele cartaz para o monastério. Imaginei a foto do passaporte rindo de mim, me apontando, nua e toda molhada, sangrando na testa, agachada no fundo do armário atrás da cozinha, e enterrada naquele prédio que provavelmente não aparecia em nenhum mapa.

Uma mistura de desânimo e desespero aguardavam no escuro comigo. Esgotada com os eventos do dia, acabei me deitando e me esquentando entre os sacos, e fiquei assim, esperando até que o silêncio fosse completo do outro lado. Não queria que ninguém me visse. Entendi onde ficava a porta, mesmo assim, seguindo uma lógica que só era lógica para mim, quis passar um tempo sozinha no escuro do armário, deitada sobre o arroz, me escondendo daquele dia que amanheceu com um terremoto. Fiquei quieta ouvindo o sussurro dos estômagos vazios esperando pela comida do outro lado. O som tilintando entre um nada e outro na colher. O balé em volta do fogo. A preparação silenciosa da comida. Os instrumentos vivos cortando, picando, temperando, mexendo nas panelas, tirando os cabelos suados do rosto, tocando a sinfonia universal das fomes de qualquer lugar do mundo. Afundada num dos sacos e abraçando meus próprios braços, fiquei ouvindo a respiração que sai do mastigar, os suspiros que vêm das mazelas que a comida não sacia, a água limpando o resto de vida que vai junto com as louças. Fiquei porque o som daquela cozinha era a coisa mais próxima que eu tinha de uma mãe.

Subi as escadas para a minha cela e, quando cheguei no corredor, vi as chamas das velas tremulando. As sombras que elas desenhavam na minha frente eram Ponto, a Da Cruz Na Testa, a Doutora, e a Deusa de Bollywood. Meus olhos se encheram d'água quando entendi que as quatro me esperavam. Quando me viu, a Ponto veio correndo com a minha colcha na mão e me enrolou nela, enquanto a Doutora deu início a um exame de pé. A Da Cruz na Testa e a Deusa de Bollywood, assim que me viram chegando, me trouxeram uma muda de roupa seca. A Doutora limpou meus ferimentos e passou uns unguentos que ardiam tanto quanto os cortes. A Ponto trouxe um pote frio de sopa, que tomei num gole só. Depois que viram que eu estava aquecida, deixaram uma vela acesa na beirada da minha cama, fecharam a porta e saíram. Ninguém me perguntou nada, e naquele momento eu achei bom que fosse assim.

Novembro – Oco

Passei dias sem me mexer. Não trabalhei, não fui ao salão de banho e só pisei na cozinha de novo porque não tinha jeito, precisava comer. Queria ficar sozinha, estava exausta e tentava entender o que tudo aquilo significava. Esperei que a Ponto, ou qualquer outra, fosse entrar, segurar a minha mão e me perguntar o que aconteceu. Mas era o monastério do silêncio. E ninguém veio perguntar nada, até que cansei de ser boba e esperar por outra ajuda. Depois de uns dias, tomei coragem e fui até a torre. Lá estava ela. Silenciosa, irritantemente bem-humorada e remexendo no fogo. A velha raiva que vivia como uma árvore plantada dentro de mim sacudiu suas folhas. Mas eu precisava me distrair, nem que fosse com o silêncio da Ponto. Ela estava sozinha desta vez, e eu fiquei aliviada por não ter que compartilhar com outras aquele estado de espírito que eu tanto lutava para abandonar, o meu famoso estado de espírito-cão.

Comentei que minha cabeça doía da queda, para quebrar o silêncio, que sempre ficava pesado para mim. Assim que falei, percebi, pela primeira vez, que era eu quem não queria conversar. A Ponto seguiu a noite sem perguntar nada sobre o acontecido. Me serviu um chá, que era só uma água quente meio adocicada, no pote que ela estava usando, e eu me esforcei para não continuar amarrando a cara.

"Se você estiver com muita dor, posso pedir para a Doutora". Ouvir a voz dela era sempre uma surpresa boa, mas agradeci e respondi que não, que não queria nada, que não iria adiantar mesmo... e terminei a frase com o tom que eu tentava esconder. Eu queria sim, queria mais do que qualquer outra coisa naquele momento. O laboratório da Doutora era bem provido dentro do possível e do que a natureza oferecia, mas não teria a única coisa que eu ainda gostaria de usar, e se tivesse... bom, na realidade faria todo sentido que uma médica tivesse doses de ópio naquele lugar tão primitivo, que só usava de chás, cremes, óleos e unguentos para qualquer tipo de tratamento. Mas, desde o dia que descobri a existência do laboratório dela, me convenci de que não tinha ópio ali dentro, porque descobrir o contrário seria perigoso para mim e para a outras, porque nem todo ópio do mundo seria suficiente. A Ponto colocou as mãos no ar como se medisse a temperatura com os dedos. Não esbocei reação e ela fez algo que nunca fez antes, comentou sobre o assunto mais banal de todos: o clima. Eu devia estar mesmo com uma cara triste para a Ponto puxar uma conversa de elevador como essa. "Está agradável aqui fora. Nem parece que o outono chegou". Vi a tentativa e o esforço nas palavras dela, mas não consegui reagir. Minha dificuldade em me comunicar piorou depois do terremoto. Não era culpa da lei do silêncio. O problema era eu mesma.

Cair naquela caverna foi a gota d'água. A constatação bem tardia de que havia, sim, alguma coisa muito errada comigo. O tremor de terra me tirou o chão, e eu esperava que, pelo menos vivendo ali, nada de pior ainda pudesse acontecer. Pensei em espelhos e balancei a cabeça para espantar a ideia. Minhas unhas viviam pretas e sujas, mesmo depois de passar horas tentando limpá-las debaixo d'água. Meu cabelo estava bem comprido, para me proteger do frio, porém, mesmo lavando quando dava, os fios sempre tinham a textura parecida com a de um pincel que secou sem tirar a tinta. Vaidade, estética, sonhos, futuro, essas palavras desapareceram. Só as coisas que me machucaram mantinham seu prazo de validade. Um punhado de bolas de papel queimado que eu fui diariamente engolindo enquanto pegava fogo. O buraco que sobrou na minha garganta se fechou depois da queda na caverna. As pessoas nunca falam a verdade. Eu também não sabia como. Gritei por meses trancada naquela cela, mas não gritei quando devia ter gritado, quando deveria ter berrado, esgoelado, bradado e vociferado aos quatro cantos do mundo. Era tarde, não tinha mais pra quem gritar. A minha verdade não era relevante pra ninguém. O lixo continuava emergindo, como nas margens do rio depois da enchente.

A mais velha de nós raramente aparecia para comer com as outras. Quando cheguei na cozinha e vi que ela tomava sua sopa no centro da mesa, meu corpo se colocou em alerta. O silêncio com ela na mesa era outro tipo de silêncio. Na presença daquela que eu chamava de Cega, cada uma parecia se esforçar, como se fosse preciso não só segurar as palavras dentro da boca, mas calar os pensamentos também.

A Deusa de Bollywood apareceu nas escadas, com o costumeiro sorriso duplo no rosto para todo mundo, e eu respirei um pouco aliviada. Sua presença interrompeu a tensão do jantar. O som das suas pulseiras chacoalhando nos braços e nos tornozelos desviaram a atenção do que estava pendurado na ponta da minha língua. Mesmo com toda a vontade de me comunicar, falar já não era o verbo que costumava ser. A reação era a mesma sempre que eu ou alguém começava. Ninguém reclamava, ninguém fazia cara feia e ninguém respondia. Simplesmente se retiravam. Era isso que ia acontecer se eu resolvesse abrir a minha boca de novo na frente delas.

Uma parte de mim queria manter a caverna em segredo, como uma vingança por tudo que elas nunca me disseram. Mas a outra parte era um pouco generosa e decidiu que aquela notícia tinha que ser compartilhada.

A cozinha foi se esvaziando. Demorei esperando espaço no forno para assar meu pão. Quando me sentei com meu prato, só tinham algumas de nós. Eu torcia para alguém fazer um barulho que fosse com as colheres, ou que o vento aumentasse lá fora para diminuir o embaraço. Manter o silêncio em grupo era outra história. Só consegui tirar o olho do prato e reparar à minha volta quando terminei de comer. Era a primeira vez que eu conhecia todas as presentes. A Ponto, a Da Cruz, a Doutora, Bella, a Deusa de Bolly e a Cega. Se é que se poderia dizer que conhecia alguém de verdade ali, mas pelo menos não eram totalmente estranhas, como a maioria das outras.

"No dia do terremoto, encontrei uma caverna embaixo do prédio". O impacto das minhas palavras foi maior do que o esperado. Ninguém se mexeu, exceto a Cega, que levantou a cabeça e me olhou com aqueles olhos brancos e intimidadores. Segundos infinitamente longos ocuparam o espaço.

Antes que eu pudesse continuar, as quatro que cuidavam do galinheiro apareceram no topo da escada carregando os tachos com ovos para o dia seguinte A Cega aproveitou a interrupção inesperada delas e se levantou da mesa com a agilidade de uma criança. As outras se apressaram em segui-la. Antes de atravessar o portão, ela parou por alguns segundos no alto da escada, virou a cabeça levemente na minha direção e depois continuou. Não disse nada, mas entendi que a nossa conversa não tinha terminado.

A Ponto e a Cega foram as únicas nascidas ali, e as únicas que não enfrentaram os três primeiros meses de enclausuramento absoluto, como todas as outras. Fiquei irritada quando soube, claro. Os anos passaram, mas eu não esquecia o terror dos três primeiros meses. Questionava sobre a crueldade daquele rito de entrada sempre que surgia uma chance. A velha de cabelo impecável fez questão de jogar na minha cara que todas passaram pela mesma iniciação no inferno. Me julgou fraca por reclamar de um sofrimento que ela mesma não tinha experimentado. Hipócrita, pensei. Mesmo negando, entendi que ter nascido e crescido naquelas condições eram provações suficientes. Mas a raiva ofusca o entendimento da gente.

Das três que quiseram fugir comigo, só sobrou a Mais Forte. Ela seguia isolada depois da perda das companheiras. Demonstrava uma ligeira afeição por mim de vez em quando, mas também não era de conversa. Eu temia que ela fosse a próxima a matar a fome dos corvos um dia. Depois da fuga, a Mais Forte que, apesar do tamanho, agia como uma criança nervosa, piorou. Era raro encontrar com ela, que andava se alimentando de leite diretamente das cabras e de ovos crus no estábulo. Um dia perguntei à Doutora se ela achava que a enorme mulher com fogo nos olhos estava em risco. Ou se nós estávamos em risco ali, com a presença dela. Ela não respondeu, mas quando eu ia saindo, falou baixinho: "o risco é sempre maior onde a gente não está reparando".

Pensei que não devia ter contado sobre a minha descoberta no dia do terremoto para ninguém. Ou talvez eu devesse ter contado só para a Ponto ou para a Da Cruz, que eram as duas ali em quem eu confiava. Mas, no fundo, eu queria alguma reação de alguém e isso eu não teria tido de nenhuma das duas. Na minha necessidade de chamar a atenção, acabei envolvendo outras pessoas na história sem nenhuma certeza de que elas deveriam fazer parte, simplesmente porque não consegui segurar minha boca. Mas não contei nada sobre a passagem que existia até a cozinha. Omitir essa parte me deu uma fútil sensação de controle, e eu achei que merecia me iludir um pouco.

Queria manter a água quente, a vista maravilhosa, o verde, cor de verde do Brasil, tudo só para mim, afinal, há tanto tempo não tinha nada que fosse só meu, além da minha cama e da Gorda. Foi um egoísmo que não durou. Depois que a gente fala certas coisas não tem como fingir que não falou.

Nunca me acostumei com o fato de ser uma pessoa procurada pela polícia. Não contemplei que manter meu silêncio poderia estar custando a minha liberdade. A liberdade tinha virado uma utopia, o Deus de uma religião que não existia. Enquanto isso, o perigo e o seguro trocavam de lado na minha história como se fossem dois amigos. Eu não tinha um plano. Só a certeza de que não queria passar o resto da minha vida naquele monastério gelado, mas também não existia uma vida lá fora que me inspirasse a querer sair. Mesmo sofrendo naquele fim de mundo, me convenci que ele seria melhor do que o presídio em Kathmandu.

A Senhora do Isqueiro bateu cedo na minha porta e segui o sinal dela para caminharmos juntas até o jardim. Ela nunca abriu a boca para falar comigo, mas me ajudou muitas vezes com a comida e eu tentava retribuir como podia, trabalhando na horta e na plantação de legumes, nos meses que a neve deixava alguma coisa viva do lado de fora. Assim que sentamos no muro de frente para a ponte, ela checou se não tinha ninguém por perto, depois ficou me olhando de cima a baixo por um bom tempo. Eu não gostava dela, mas sabia que era melhor não contrariá-la se não quisesse passar aperto com a fome. Não entendi o que ela queria comigo, mas também não perguntei. O sol batia no peito dela e fazia brilhar no metal um Jesus crucificado com cara de muita dor. Nunca entendi os símbolos que as pessoas escolhem endeusar a ponto de carregá-los pendurados no pescoço. O crucifixo brilhou de novo com o sol e me fez fechar os olhos por conta do reflexo. Mantive as pálpebras cerradas por um momento, para aliviar o embaraço da situação. Continuei calada, como se manter o silêncio fosse uma coisa fácil para mim. Depois de tanta confusão, não era com ela naquele jardim que eu ia quebrar a regra de novo. Levantei e fingi que alongava minhas pernas no muro. Eu sabia que ela gostava de conversar, e era uma das que vez ou outra deixava escapar um comentário, como sempre acontece nas cozinhas de todo lugar. Sobre ela, eu só sabia que falava espanhol e que veio do México. Chegou no monastério com a Doutora canadense há quase duas décadas Que era uma católica fervorosa ninguém precisou contar. A cela dela era decorada como um mesa de aniversário de criança com variados tamanhos de cruzes e imagens do filho de Maria. Mas ela não falou nada naquele dia. Continuou me olhando mais um pouco, depois se levantou, olhou para o precipício para ter certeza de que ele estava no mesmo lugar, e foi saindo. Falou só uma frase, de costas para mim, antes de voltar para a cozinha. "Es por la boca que sale el demonio". Não retruquei nada de volta. Se ela queria mesmo chamar minha atenção, tinha usado as palavras e o jeito errado. Aquela altura não era esse tipo de fala cuspida que me impressionava. Cresci com aquele tipo, deixada pelas costas, sem olhar no olho. O povo da minha cidade era fluente nela. Fofoca, mesquinharia, maledicência, disse-me-disse, essa língua eu entendia bem. De gente que gosta de invocar o diabo, e que coloca na boca dele as falas que não tem coragem de assumir. Voltei para minha cela mais uma vez sem saber o que estava fazendo entre aquela gente.

Aproveitei as semanas seguintes para ajudar nos reparos que faziam em uma parte do muro que caiu depois do terremoto, enquanto o clima permitia. Eu fazia o que podia, carregando quantas pedras meu corpo aguentava por dia. Era um trabalho duro e exaustivo, mas me mantinha aquecida e sem forças para pensar, o que, no meu caso, era uma benção.

Eu estava sem paciência nenhuma e ignorei quando Cibele tocou no assunto do cartaz de novo, me perguntando em voz mais baixa que o seu normal, se eu já tinha me lembrado do que aconteceu. Não respondi e o silêncio ficou pesado, como ficava tantas vezes quando estávamos juntas. Torci para a Ponto nos tirar da situação, mas foi a Bella que me salvou. "O inverno envelhece a gente". Cibele não se conteve de satisfação ao ouvir a voz da namorada. Puxou a outra para perto e a encheu de beijos no rosto e no pescoço, e depois sussurrou no ouvido dela para ninguém ouvir sua babação. Eu não entendia o que ninguém fazia naquele lugar, muito menos as duas. Nem a Cibele, que gostava tanto de falar, nunca explicou como chegou. Disso ninguém falava mesmo. A paixão delas me irritava além do que eu deixava transparecer. As duas, com personalidades tão diferentes, desfrutavam de algo que nem nos meus melhores dias eu cheguei a experimentar. A relação delas escancarava a falta que eu sentia de sentir algo parecido. Aquela vida sem homens mudou tudo o que eu achava que sabia sobre mim e sobre o mundo. Mesmo assim, era inegável – e muitas vezes insuportável – a falta que faziam o corpo, o cheiro e o jeito masculino. Não sentia saudade de ser amada por um deles, porque não podia ter saudade do que nunca tive.

Jaime amava a ideia de uma esposa, não a mim. Mas sentia falta de poder sonhar com aquele tipo de amor que Bella e Cibele tinham. Era uma esperança muito bem escondida no fundo da bolsa. Desde que cheguei, nem bolsa tinha. Sonho e esperança eram luxos que não chegavam lá em cima.

Eu tinha certa implicância com Cibele, mas era ela quem trazia alguma animação para o nosso grupo. Sem pedir licença, ela cortou minha lamentação interna com um assunto prático. "Precisamos de mais lenha do que isso para o inverno…". Ela continuou falando sozinha. "Eu não volto na Arethusa este ano. Não vou correr o risco de descer de novo, não com as pedras desse jeito", a teatral italiana esfregou o pé no chão com sua bota de couro parecendo nova, e fingiu cair para ilustrar o drama, seguindo com a sua cara de pau. "Mas alguém tem que ir".

Mesmo querendo ficar quieta, uma inexplicável disposição para fazer quase qualquer coisa que me ocupasse tomou conta de mim naqueles dias. Trabalhar subindo e descendo cestas de capim e galhos ocupou grande parte do meu verão. Na manhã seguinte, eu estava lá, com o sol meio dormindo, segurando na corda e descendo de novo, pela última vez naquele ano. As três lá em cima desapareceram da minha vista. Elas teriam que esperar um bom tempo até que eu enchesse o cesto com lenha. Quase toda a lenha disponível em volta do prédio já tinha sido armazenada para o inverno.

Os cortes que vinham das árvores do bosque, ao lado da Arethusa, eram intocáveis. A função de cortá-los e estocá-los durante os meses sem neve era a atividade mais constante e pesada que existia. Ficavam reservados exclusivamente para a cozinha e para as noites de tormentas. Esperavam pela sua hora de queimar num dos maiores cômodos do prédio, destinado exclusivamente para eles, no andar de baixo, na parte central do edifício. Usar um pedaço de madeira que fosse para acender o fogo na torre era fora de questão. Para não passar seis, quase sete meses, sem poder clarear as ideias sob o céu lá fora, valia o esforço que eu decidi fazer sozinha.

Joguei uma Ana Lúcia primitiva no trabalho árduo de lenhar sem serrote, nem machado. Foi o gatilho perfeito. Não demorou e invoquei a velha raiva, e ela não demorou a surgir para me ajudar. Me arranhava e xingava enquanto brigava com as toras secas e galhos mortos. As árvores do bosque estavam peladas e pareciam me olhar sem entender o motivo de eu torturá-las daquele jeito. Não sei se elas me ouviam, mas em certo ponto eu falei com elas. Expliquei que iam crescer de novo, que eu também precisava arrancar muita coisa de mim. Admirar e conversar com a natureza aos poucos se tornou tão normal quanto o silêncio numa cozinha lotada de mulheres. Pelo menos com as árvores, as plantas, as nuvens e as flores eu não tinha que me explicar e podia falar o que quisesse em português mesmo. Quando acabei, horas depois, eu era só sujeira e suor misturado com lama. Valeu a pena. As três precisaram puxar as cestas juntas, de tão pesadas que ficaram com as lenhas. O sol apareceu de repente, um vento inesperado deixou o céu limpo e eu não pensei duas vezes.

Entrei no buraco mais raso de todos. Nele, eu podia colocar os pés no fundo e ter certeza de que não despencaria de novo chão adentro. O sol refletia os cristais dentro d'água e tudo em volta parecia a parte boa de um conto de fadas. Na força do hábito, minha cabeça procurava um lugar que estivesse escuro. A caverna logo abaixo me chamava. O útero escondido na montanha se revelou para minha existência estéril, e era difícil esquecer dele. Desde o dia da queda, eu me perguntava se outras caíram ali também. Se entraram na caverna como eu entrei, por acidente, por infortúnio, por um erro da natureza. Me perguntava se ela tinha realmente aberto seus segredos para a pessoa errada, me debatendo novamente num diálogo chato entre Anas e Lúcias que eu não queria mais ouvir. Me afundei na água gelada até o fôlego acabar. Depois, saí de um pulo só, tremendo de frio, e deitei nas pedras quentes para me secar. Foi quando veio uma lembrança que não me trouxe nada novo, mas me encheu de nostalgia e arrependimento. A memória de Asha discursando no terraço, numa tarde quente em Varanasi.

A namorada de Hanu gostava de se exibir para os clientes e se contorcia toda balançando os quadris e a barriga enxuta, decorada por um enorme piercing de ouro no umbigo. "Quando machucam a Popi, ela chora". Seus movimentos acompanhavam sua polêmica exposição sobre as qualidades da papoula, no palco improvisado para um grupo de turistas e viciados, no terraço da guest-house. Asha seduzia e lucrava ao som dos músicos locais, que pareciam fazer parte do pacote. A melodia dos instrumentos indianos também era alucinógena e me irritava tanto quanto ela.

Varanasi tem mais de seis mil anos. É uma gigantesca favela horizontal de construções ancestrais, construída às margens do Ganges, num dos trechos mais poluídos do rio. Das arquibancadas sagradas, milhares de indianos e turistas acompanham todos os dias as mulheres se banhando com seus saris coloridos e a cremação diária de dezenas de corpos a céu aberto. Nas vielas de chão de pedra, na parte mais antiga da cidade, os de fora se amontoam com os locais em busca de encontros místicos, fotos para postar, experiências transcendentais, comidas de comer com a mão e drogas baratas. As ruas são estreitas demais para os carros, mas nelas passam cachorros, ratos, macacos, galinhas, vacas, carroças, motos, noivos, viúvas, crianças carregando outras crianças menores, cortejos de gente de branco, de laranja, de preto, de rosa, procissões com homens pelados cobertos de cinzas e monges que mal saíram das fraldas. As correntezas de gente se cruzam e se esbarram para desaguar nas águas do rio que é considerado uma mãe. Quando se cansam, os estrangeiros buscam refúgio da confusão nos pátios das pousadas e em cafés nos terraços das construções, que se amontoam umas sobre as outras.

Asha mantinha bem ensaiado seu discurso de pré-venda, e sabia seduzir os indecisos. Até os turistas que, a princípio, não estavam interessados, às vezes acabavam experimentando a onda, depois de cair na lábia cheia de curvas dela. Com um buquê de papoulas frescas e coloridas na mão, e muito jeito com os homens, sempre tinha gente querendo comprar com ela.

"As lágrimas da Popi ficam grudadas, como caramelos, na pele dos bulbos ainda verdes. Deve ter sido o Deus dos homens e não das plantas quem criou essa flor, bendita e maldita, a Popi, a que sente todas as dores do mundo, a que alivia os estragos embaixo da pele dos humanos". Ela mudava seu discurso de acordo com a receptividade da mesa. "Ou seria talvez a Deusa mãe quem a inventou? Parece coisa de mãe, não? Uma flor que dói tanto por dentro, que dói com tanta força, dói da semente até a raiz e dói até que acaba se transcendendo na alquimia de si mesma, de tanto doer... depois seu choro sai, exalando o anestésico mais eficiente de todos, o remédio cor de âmbar que amortece as crucificações da alma que a humanidade mesma se dá, desde os tempos em que não existiam nem médicos, nem farmácias, nem nada que não fosse ela para aliviar as lacerações da nossa carne, os traumas de nossas mentes, os suplícios dessa vida sem rumo que nos deram aqui! Virou, sem querer, morfina, aspirina, codeína e todos os outros nomes que deram para ela. Mas a flor, a flor... e não eles! A abusada flor continua colhendo a má fama!". Terminava o discurso muitas vezes deitada em cima da mesa, oferecendo um trago da sua própria boca. Asha queria vender pra gente que nunca provou da pipa, esses sim pagavam caro pela experiência com ela. Apesar da aparente paixão pela flor que produzia, ela usava bem pouco do seu produto. Vivia, sim, interessada nos euros, nos dólares ou nos ienes que tirariam da carteira quando ela terminasse sua exposição. Hanu gostava bastante e, por isso, era menos eficiente que ela. Atrás dele apareciam os viciados típicos, os que sempre querem desconto. Eu via o que acontecia na minha frente como se estivesse assistindo um filme. Meu senso moral estava tão anestesiado quanto o resto. Moramos juntas por meses, sem realmente saber nada uma sobre a outra. Com ela não existia lei de silêncio. Só desinteresse mesmo. Como em muitos casamentos, dormíamos na mesma cama, mas não sabíamos nada do que se passava dentro da outra. Talvez fôssemos iguais, talvez fôssemos mesmo diferentes, mas naqueles meses o destino nos colocou juntas, vivendo com Hanu uma vida que tenho certeza que nenhuma de nós duas sonhou em ter. Enquanto eu subia pela última vez o paredão e me despedia da Arethusa, desejei que Asha estivesse melhor do que eu, fosse lá onde ela estivesse.

Novembro – Caco

Quando a Ponto apareceu no meio da madrugada, eu tentava acender o fogo do fogão principal. Estava tudo gelado naquela cozinha e eu quis deixar pra lá a história de entrar na caverna de novo. Mas eu sabia, ela não ia nem ouvir minhas desculpas. Me empurrou logo para a direção da dispensa e me apontou as diversas portas até que eu concordei indicando qual era.

Eu disse a ela uns dias antes, que se ela me contasse algo que eu não sabia sobre ela, eu a levaria na caverna. Ela não me contou nada, claro, mesmo assim resolvi levá-la porque queria ter alguém para compartilhar da minha descoberta. Como qualquer relacionamento, o nosso nem sempre era justo.

O excitamento dela ficou claro, mesmo no escuro dentro da dispensa. Fiquei satisfeita por poder proporcionar alguma novidade para ela, e não o contrário. Andamos apalpando a parede e desviando dos sacos até o fundo. A curiosidade dela era igual à de criança. Uma criança muda, no caso, porque apesar da empolgação, ela continuava sem emitir palavra. Empurrei a porta e ela se moveu mais facilmente que da última vez. Sinalizei para ela deixar uma fresta aberta para facilitar na volta e, antes de mim, ela acendeu seu isqueiro pendurado no pescoço e passou na minha frente, descendo as escadas molhadas com a mesma destreza que costumava fazer tudo.

Segui devagar atrás dela com um arsenal de perguntas na minha cabeça que não concordavam entre si. O que eu estava fazendo ali de novo? Por que eu estava me colocando em risco só para agradar a Ponto? E se outro terremoto nos soterrasse para sempre. Por que você não deixa as coisas do jeito que estão? Os morcegos deram boas-vindas e eu me agarrei ainda mais à parede. Era melhor descer logo do que ficar parada com aqueles bichos voando em volta da minha cabeça junto com meus pensamentos.

Depois da grande curva no paredão, a luz do dia nos esperava lá embaixo. O imenso salão da caverna foi se abrindo nas nossas costas e, mesmo sem olhar pra baixo, deu para sentir a satisfação dela em admirar um cenário novo. Àquela altura, eu sabia que a Ponto tinha passado um bom tempo no mundo de fora. Eu só descobria o que sabia dela nas entrelinhas do pouco que ela falava. Mas ela nunca me contou onde viveu, fora daquele lugar, ou o que fez lá fora, nem porque resolveu voltar. Olhei de novo da escada e ela andava de um lado para outro, com os braços abertos, sorrindo para cada pedra e planta que achava.Parei no meio da escada para aproveitar a vista, antes de chegar ao nível do riacho. Quis reparar o que não reparei da outra vez, talvez pelo choque, talvez pela queda brusca, talvez porque reparar as coisas boas nunca foi fácil para mim. Ver que a outra se divertia tanto trouxe uma mistura de inveja e inspiração que eu mantive escondida. Terminei de descer e fiquei sentada numa pedra, descansando. Os primeiros raios de sol do dia aqueceram o ar e completaram a perspectiva fabulosa à nossa volta.

Ao lado do rio que nascia de um dos paredões, outra nascente menor, de água quente, jorrava quase paralelamente, se misturando com a água fria no poço antes de descer montanha abaixo. Eram as mesmas águas que enchiam as banheiras da Arethusa. Dava pra ver o gelo se formando nas partes onde a corrente quente não alcançava. O barulho das quedas ecoava dentro da caverna. Tive que gritar para a Ponto me ouvir e me esperar. Não queria que ela visse tudo antes de mim. Senti um ciúme ridículo de todo o lugar, querendo de novo que ele fosse só meu. Mas ela tirou a roupa e, soltando gritinhos de alegria, se jogou no poço onde eu despenquei semanas antes.

Deixei a Ponto pra lá e me deitei ao sol do outro lado, perto da boca aberta da caverna. Com tanta coisa para olhar e todo aquele ar fresco vindo do vale, lembrei da minha pipa de ópio e do cheiro da fumaça que saía dela. O vício também gosta de lugares bonitos. Se eu pudesse, faria a viagem perfeita ali mesmo, para nunca mais voltar. Me deitaria naquelas pedras arredondadas, olhando para o céu, e morreria feliz no útero da montanha. Nada neste mundo nunca me convenceu de que eu tinha mesmo a ver com ele. Nem mesmo todo o amor que eu senti pelo ser que cresceu por poucas semanas na minha barriga. Nenhum cenário compensaria sua ausência. A natureza esfregava na minha cara como seria o contrário da feiura que se passava dentro de mim. A exuberância das possibilidades. A Ponto estava do outro lado, dentro d'água, e não viu. Arrastei uma tora pesada no chão para sentar e o movimento brusco e barulhento no lugar que parecia intocado há séculos teve reação imediata. Os paredões de estalactites em volta devolveram o impacto espalhando uma esquadrilha de helicópteros silenciosos e coloridos. Borboletas amarelas, laranjas, vermelhas e rosas, todas lindas e delicadas como só as borboletas conseguem ser. Não consegui esconder meu sorriso dessa vez. Um caminhão invisível de pétalas de flores pareceu tombar no ar. Os insetos coloridos saíram às centenas, talvez milhares, dos buracos nas rochas, coloriram a caverna de pedras escuras por alguns segundos e seguiram em direção ao raio de sol, voando como se boiassem nas águas de um rio transparente. Aquela caverna podia ter sido um paraíso, se não estivesse dentro do inferno. Por causa da temperatura quente perto da água, as texturas e os tipos de plantas que nasceram ali eram completamente diferentes dos de fora. Tinham um verde forte, mais parecido com o verde que eu conhecia no Brasil, o que me deu saudade das matas e das florestas e de tudo de bom que existia no meu país e que eu nunca nem reparei.

A Ponto continuava explorando a água e se divertindo com ela mesma do outro lado. Ela tinha o dom de apreciar quase tudo e, por algum tempo, me diverti também, admirando aquela satisfação constante. Acontece que, especialmente naquele dia, alguma coisa nela, ou em mim, fez as coisas mudarem. Não sei explicar exatamente o motivo. Meu sentimento virou de um momento para o outro. O jeito da minha amiga, que até instantes antes me inspirava, passou a pressionar os meus gatilhos. Depois de todo aquele tempo sendo a melhor versão de mim que eu podia ter perto dela, a velha raiva virou sua mira para a Ponto. Fui para o outro lado da caverna e continuei explorando para disfarçar meu incômodo, não sabia o que fazer com ele. Andei com cuidado para não cortar meus pés de novo com os cacos de cerâmica enterrados no chão. Só via pedacinhos bem pequenos, busquei algum caco maior que pudesse ser aproveitado. Qualquer objeto novo seria bem-vindo lá em cima. Tentei me distrair revirando um a um os pedaços de madeira e os caquinhos de cerâmica crua que eu achava no chão, até que encontrei um que dava para aproveitar porque não estava totalmente quebrado. Devia ter sido um bule um dia. Fiquei feliz com o achado e segui, segurando o pedaço de bule, olhando para o chão e procurando outros pedaços de qualquer coisa. Havia uma caverna cheia de cascatas de águas termais e pedras esculpidas pelo tempo à minha disposição. Mas me dediquei a cavucar o chão enlameado de terra escura perto do rio, como se ele pudesse me dizer alguma coisa se eu cutucasse o buraco certo. A Ponto chegou de repente por trás de mim e, com o susto, soltei a peça que eu salvei pra decorar minha cela, e ela se espatifou no chão.

Ela riu do meu susto, mas não se desculpou, nem falou nada. Foi o suficiente. Quando ela voltou para o lado do rio, sem esperar minha reação, fui andando atrás dela, como se fosse uma ex-mulher traída. Bombardei-a de novo, lançando uma atrás da outra, as perguntas que eu fiz tantas vezes e que ela nunca respondeu. Estava furiosa, achando um absurdo que ela me tratasse daquele jeito, que não conversasse comigo como uma pessoa normal. Como se eu fosse uma pessoa normal, retruquei para mim mesma enquanto falava. Mas não deu tempo de ouvir aquela voz. Continuei despejando acusações de que ela fazia hora com a minha cara, se divertia com a minha ignorância, falava pelas minhas costas. Ela ficou quieta, ouvindo meu ataque ecoar pela caverna. Só reagiu quando perguntei como eu podia continuar confiando nela, se até então eu nem sabia o seu nome. Foi quando ela me olhou e balançou a cabeça, como se não quisesse acreditar no que eu disse. Vestiu a roupa com o corpo molhado e subiu de volta pela escada sem me esperar.

Me estatelar no precipício parecia mais confortável do que viver naquele prédio depois que virava dezembro. O frio, e não a fome, era a coisa mais difícil de lidar. Não existia fartura de nada no monastério, mas sempre era possível acalmar o estômago com um copo de sopa rala ou uma casca de maçã seca. Não havia escapatória dos dias congelantes. A pele, os músculos e até as minhas entranhas passavam tanto tempo contraídas, que só debaixo da água quente voltavam para o lugar certo. Mas até o banho era raro nos dias mais gelados.

Estava longe de amanhecer quando me sentei na cama e olhei para a parede escura. O vento lá fora ocupava tudo. Não sabia onde usar o pouco da vida que ainda pulsava nas minhas veias. A Gorda e a escuridão da cela me faziam companhia. Desde a discussão na caverna, não procurei pela Ponto. A gente se encontrava de vez em quando na cozinha, mas eu não tentava mais me aproximar e tentei focar na minha experiência sem a companhia dela. Precisava saber que eu podia passar por todas as provações daquele lugar, sem ela me socorrendo. Era óbvio que ela não ia ser o tipo de pessoa com quem eu descobriria as coisas que eu tanto achava que precisava descobrir. Fui me convencendo de que a solidão era a única forma de viver a realidade. Com ela eu sempre podia contar. Ninguém podia sair do prédio durante meses, mesmo ocupando a cabeça com as tarefas que ainda eram possíveis de ser feitas, o inverno era como estar vivendo dentro de um relógio quebrado. O tempo não passava de jeito nenhum. Eu continuava contando, como se tivesse um prazo a cumprir.

Por mais que eu agisse como quem não se interessa por mais nada, havia muito que me intrigava naquele mundo. Uma parte de mim queria entender certas coisas, e a outra não queria de jeito nenhum. Tinha medo de investigar direito aquele lugar e acabar descobrindo que alguma das minhas teorias mórbidas de quando eu estava presa fossem verdade. Que aquelas pessoas estivessem ligadas a algum líder, seita ou religião secreta. Com a criação que tive, e as minhas referências, eu não conseguia dissociar aquele tipo de vida do contexto religioso, ou do que eu achava que era religioso. Me calei naqueles anos, por achar que a ignorância no meio daquele silêncio acabaria me protegendo. Mas ficar calada se tornou cada vez mais difícil. Eu sabia que se não fizesse alguma coisa logo, ia acabar voltando para o mesmo estado de cachorro raivoso de quando cheguei. O trauma da morte das minhas companheiras de fuga me tomou tempo demais. O terremoto, a caverna e tudo em volta me dizia que eu precisava fazer alguma coisa.

Procurei a Da Cruz na Testa. Ela não ia falar nada, eu sabia. Mas, talvez mesmo sem falar, ela conseguisse me dizer alguma coisa. A sopa dela estava pronta, e três outras circulavam em volta do fogão, cozinhando seus tachos. Os dois outros fogões estavam apagados. Entrei e fui cortar meus legumes, porque não adiantava tentar falar com ela enquanto alguém estivesse por perto. Assim que me viu, apontou a sopa no tacho. Agradeci pela milésima vez e sentei. Quantas vezes naqueles anos ela me salvou com a sua comida e eu ainda a chamava daquele jeito, "Da Cruz na Testa". Fiquei torcendo para as outras terminarem logo, mas foi a Da Cruz quem terminou primeiro e foi lavar a sua louça. Acabei de comer rápido, acompanhando o ritmo dela, e fui ajudar. Queria ter um minuto que fosse só com ela. Ficamos as duas de pé na pia, uma ao lado da outra, e claro que ela sacou que eu a rondava. Quando terminou, olhou para mim e, quando percebeu que eu ia abrir a minha boca, falou no meu ouvido quase sussurrando que eu fosse logo falar com Cega.

Dezembro – Vela

A cela dela era a última porta do bloco esquerdo do prédio, no segundo andar. Era madrugada e mesmo assim cheguei pronta para fazer o barulho que precisasse. Eu sabia que ela ficava acordada a maior parte do tempo. Depois de muitas noites de insônia e meses de ponderação, eu estava indo conversar com aquela mulher que tanto odiei, determinada a arrancar dela as respostas definitivas para minha vida. Eu achava que existia tal coisa e que devia estar com alguém que ostentava cabelo branco.

Andei pelos corredores como sempre: morrendo de frio e desejando que a temperatura estivesse pelo menos trinta graus acima do que estava. Para parecer mais forte, não levei a Gorda. Séria e determinada. Pronta para bater na porta dela e brigar o quanto fosse preciso. Sem nenhuma surpresa, nem para ela e, para ser sincera, nem para mim, a porta se abriu no momento exato em que eu cheguei. Ela me esperava, claro. Me olhou da penumbra e me mandou entrar logo, "Feche, feche, garota, vento muito cruel hoje, muito cruel". Estranhei ouvir tão facilmente a voz dela.

Tinha uma vela acesa, uma cadeira, uma mesa, um pente de madeira, uns vidrinhos de óleo, uma cabaça com folhas de ervas secas e outros dois objetos que eu não soube identificar, mas que pareciam dois vibradores de pedra polida. Da única outra vez que estive ali, quando ela me mostrou o cartaz de procurada pela polícia, não consegui reparar em nada, enfurecida demais para ter atenção com alguma coisa que não fosse meu umbigo. Desta vez eu queria reparar em tudo o que pudesse. Eu estava na casa da bruxa do andar de cima, mas pelo cabelo, quem realmente parecia uma bruxa era eu. O dela estava, como sempre, impecável, de estilo Chanel, sem um fio fora do lugar, como se tivesse acabado de desligar a chapinha. Chegou ao meu lado, perto da mesa, acendeu outra vela e me desmontou sem precisar dizer muito.

"Hoje é aniversário da garota, sim?", tocou no meu braço, um tipo de toque quente, quase um carinho, e sinalizou com a mão para eu me sentar. Aquela não parecia em nada com a criatura que eu estava pronta para atacar quando entrei. Ela repetiu o final da frase, como depois fez ao fim de quase tudo que falou durante aquela noite. "Aniversário da garota". O jeito engraçado dela, totalmente inesperado para mim, rachou minha armadura. Trinta anos. Olhei para aquela vela e pensei no último aniversário que passei com a minha mãe. Ela nunca cozinhava, e mal acendia o fogão lá de casa. Nossa cozinha foi substituída na minha infância pelo refeitório da escola, de segunda a sexta. Mas naquele ano ela falou: "Desta vez eu vou te fazer pelo menos um bolo". Minhas comemorações até então eram compartilhadas com a de outros alunos, no bolo mensal patrocinado pela associação de pais. Soprei muita vela de bolos alheios, antes de terminar de cantar "Parabéns", só para não ficar sem os meus pedidos, que eu achava que eram de acordo com as chamas das velas. Na adolescência, comecei a pensar que era por isso que nenhum deles nunca havia se realizado. Roubar pedidos do bolo dos outros não podia funcionar. O aniversário com cobertura de chocolate e confetes vermelhos foi o último que eu comemorei com a presença materna. Olhei para a vela e me deu muita vontade de chorar, mas segurei. Me senti como um cachorro buldogue rabugento com um chapeuzinho de cone e um apito na boca. Eu também odiava aniversário, claro.

Alguém bateu na porta e a Deusa de Bollywood entrou trazendo um prato com flores secas rosadas e dois pães recém-assados. Me perguntei se ela e as outras também sabiam que era meu aniversário. Pensei se aquela era mesmo a data, era muita coisa para pensar. Agradeci com as mãos e ela saiu quieta como entrou, deixando só o som de suas pulseiras ecoando atrás.

A Cega se sentou na cama e me olhou de um jeito diferente. Tinha mais paciência, pena, talvez, um pouco de frustração e um jeito carinhoso, do tipo que eu sempre quis ter com uma avó. A cegueira dela não diminuía a expressão daqueles olhos brancos, pelo contrário. Aquele olhar embaçado me deixou novamente sem reação. "Ah, garota, tem muito o que crescer. Não precisa se incomodar com tudo, sofrer com tudo, ter vergonha do passado, o passado passou, agora a garota tem que parar de carregar". Ela disparou a falar, me chamando de garota a cada sentença. Por um lado, me incomodou um pouco, por outro, era exatamente como eu me sentia na frente dela.

"A garota se condenou ao fogo sozinha; olhos fixos em outro caminho, para frente, se quiser". Fui acompanhando a conversa como pude. O sotaque chinês complicava o inglês dela que já não era nada fácil de entender. Também não esperei que ela fosse me receber falando tanto. Era como se meus ouvidos estivessem desacostumados de processar as palavras que não saíssem da minha própria cabeça. Queria falar sobre tantas coisas, foi difícil escolher. Tentei articular uma frase, mas não consegui. Que sequência de letras, verbos, sujeitos e interrogações podia me dar a resposta que eu procurava? Que pergunta ia trazer o porquê final de tudo, a explicação definitiva da vida, a resposta para todas as minhas misérias? Antes mesmo de começar a falar, me dei conta de que seria inútil. "A garota quer sair, mundo lá fora chama a garota". Depois de um longo gole no chá quente que ela serviu para nós duas, as minhas cordas vocais funcionaram. Respondi, com um inglês engasgado e inseguro, disse que sim, que queria sair dali, que vivia com elas há três anos, e, no meio da minha fala, me consertei para quatro, quando contei de novo. Respirei fundo e continuei mais lentamente, me esforçando para não ficar nervosa. Expliquei que mesmo depois de tanto tempo eu ainda não sabia que tipo de lugar era aquele, nem o que era aquela vida para elas. Falei que elas me tratavam bem, mas que eu não me encaixava entre elas de jeito nenhum. Não queria ser rude, nem que ela se ofendesse comigo. Eu tinha medo de que, de um momento para outro, ela quisesse encerrar a conversa. Continuei amenizando como podia o tom da minha voz, que variava como uma adolescente cheia de hormônios. Fiz as mesmas perguntas de antes: Que lugar era aquele? O que elas faziam ali? O que elas tentavam provar com aquela vida? Qual era o propósito daquilo tudo? Assim que acabei de falar, me senti uma idiota. Aquele chá me deu uma clareza que eu nunca experimentei antes. Eu estava conversando com ela, e com outra de mim ao mesmo tempo. A vida era sem propósito em qualquer lugar do mundo e eu não precisava dela para me confirmar isso. "Nós tivemos esta conversa antes".

O chá obviamente não era só um chá de ervas frescas. Minha língua se desprendeu e eu disparei, fluentemente, como se o inglês fosse o meu idioma. Falei que eu me sentia morta ali, andando de um lado para o outro, fingindo estar numa aventura ou numa viagem de ópio, mas a realidade é que eu estava sóbria até demais. Que a minha divagação não ia parar se alguém não me explicasse direito sobre a vida que eu vivia sem querer.

Mesmo com minha fala clara e firme, eu não estava tão sóbria quanto achava naquele ponto. Ah, o chá. De uma hora para outra meus pensamentos ficaram afinados e eu me senti estranhamente comunicativa. Ela mudou o tom completamente, sentou na cama, cruzou as pernas elegantemente, e deu outro gole na bebida como se estivesse num café de rua movimentado. "Verdade. Falou alguma verdade. Vamos conversar, do jeito que a garota pensa a conversa. A garota, pelo jeito, pensa muitas coisas".

Mesmo depois de tanto tempo querendo que aquela conversa acontecesse, eu não estava preparada para ela. A velha do cabelo cor de neve na minha frente era mais habilidosa do que eu imaginava. "A garota me olha como se Yuk Li fosse de material diferente, mesma coisa, olha", e apontava para nossos corpos. "Yuk Li e a garota, a mesma coisa, a data de nascimento, sim, diferente, Li mais antiga". Eu achei graça e ela continuou. Yuk Li. Explicou que era com Yuk Li que eu iria conversar, se tratando dali em diante em terceira pessoa, do mesmo jeito que continuava me chamando de garota a cada sentença.

Contou que nasceu naquele quarto onde estávamos, e que Yuk Li gostava de conversar mais do que a garota, no caso eu, queria conversar. A revelação inesperada do nome dela, e da personalidade tão diferente do que eu captei antes, me tirou da linha de pensamento raivosa e indignada em que eu vivia. Fiz o que pude para me desarmar e tirar proveito da conversa. Elogiei o nome dela e a relembrei que o meu ela sabia. A foto do cartaz que ela guardou há tanto tempo também continha o xerox da capa do meu passaporte estampado, com todas as minhas informações básicas espalhadas pelo Nepal. "Do Brasil. Sim, sim. Yuk Li sabe pouco do país da garota. Quente, falam. Bonito, também". Concordei, meio sem graça. Percebi que eu agia como uma adolescente conversando com a bisavó do vizinho, aquela conversa de gentileza superficial e por obrigação. Mas Li também via além dos olhos. Não demorou, e ela se virou para lados mais reais. "No país da garota, o homem maior é o chamado Yeshuah sim?". Não reconheci o nome e ela me ajudou, explicando. "O Cristo… o que morreu na cruz, muito famoso, sim, muito famoso, Nepal também conhece". Tive que rir e respondi que ela não podia imaginar o quanto ele era famoso. Era uma piada me referir a Jesus como se ele fosse um ator de um seriado de sucesso.

Eu achava que não nutria opinião sobre o assunto, mas contei que, na minha família, a minha avó e o meu marido, que eram de religiões praticamente inimigas, falavam o tempo todo sobre Jesus. Contei que no apartamento onde morei com Jaime não existiam símbolos representando a figura dele, como o que Dona Vitinha carregava orgulhosamente no peito e, às vezes, na estampa da camiseta, mas que Jaime deixava uma bíblia em cada cômodo do apartamento. Cada grande volume ficava marcado com post-its amarelos nos capítulos que ele achava importantes, para ter certeza de que eu não teria desculpa para não ler. Contei para ela que eu escapava como podia. Não era o caso de desrespeitá-lo, mas também nunca aceitei a pressão que ele fazia durante os anos de casamento, para que eu me convertesse àquela crença que não era minha. Ela me perguntou do meu marido, e eu respondi que era viúva e contei do acidente de Jaime. Ela percebeu meu incômodo em volta do assunto e explicou que era por isso, por causa da religião, que não existiam livros ali. "Livros! Bons, booons e... terríveis! Por causa deles destruíram quase tudo! Livro, religião, não. Enquanto Li estiver de pé, não. Livros crescem, ficam grandes, viram armas, garota! Armas para controlar quem não encontrou suas respostas". Baixou a voz e resmungou que nem todas concordavam com ela. Me surpreendeu saber que ela sofria oposição ali dentro. Imaginei quem seriam as corajosas. Ela olhou para a porta como se a porta soubesse do que ela falava. Finalmente relaxei com a ideia de que vivia há anos em alguma seita ou culto escondido. Quem carregava uma bagagem religiosa naquela conversa não era ela.

"A garota agora pode escolher, pode chamar Li, ou pode chamar Cega mesmo". Ela deve ter sentido o calor que emanou de mim, de tanta vergonha. Riu de novo do meu embaraço. Eu nunca tinha visto ela sorrir antes, e agora ela ria de quase tudo. Aquele chá era o melhor presente de aniversário que eu podia ter ganhado nas circunstâncias. "Ah garota, muitas vezes Li se aborreceu, Li chorou, quando Li se aborrecia por pouco. A menina Cega, a mulher Cega, a China Cega, a Velha Cega... muito poder nessa palavra. Cega". Ela repetiu a condição dos seus olhos em várias outras línguas. Depois voltou pro inglês. "Hoje Li gosta. Sussurram o nome, antes de Yuk Li entrar. Xxxiiii... A Cega...", e imitou alguma de nós que eu não soube dizer qual, mas ela parecia saber exatamente quem. Rimos as duas juntas pela primeira vez. Senti meus lábios se esticando durante o sorriso. O tempo no monastério tirou o resto da minha graça, que nunca foi farta. Rir com ela me fez mexer com músculos que eu desconhecia no meu rosto. Dava para sentir a pele da minha boca se espichando para mostrar os dentes e fiquei pensando que diabo de chá era aquele.

As perguntas que eu achei que faria não saíam, e outras foram ocupando os rápidos espaços de silêncio. Ela falava, às vezes para mim, às vezes com ela mesma. Falava de homens e mulheres. "Nem tudo que se diz mulher, é mulher, e nem tudo que se diz homem, carece do sentido de mulher". Eu tentava não pensar nos maus exemplos que eu tinha. Ela falava e mudava de assunto, numa sequência que não me dava tempo para ir tão fundo quanto eu acho que poderia ter ido. As legendas estavam cada vez mais difíceis de fazer.

A mãe de Yuk Li chegou grávida no monastério, muitos, muitos anos antes, e ela parou para lembrar o ano em inglês: 1907. Depois continuou dizendo que Yuk Li nasceu no monastério para não ser morta lá fora. Quando entendi direito a data que ela falou, quase engasguei com o pedaço de pão. Gaguejei depois de ter feito as contas na minha cabeça. Como podia? Falei que eu achava que ela talvez tivesse uns oitenta, e parei a frase no meio quando vi que ela não gostou do rumo do meu comentário. Como uma mulher de trinta não se satisfaz quando lhe falam que parece ter vinte e oito. "Uma, duas, dependendo da lua, mas todo dia, sem falhar, Yuk Li leva as mãos no fogo sagrado. Aqui, garota, anos não passam". Ela viu a minha cara, de quem não tinha certeza se entendeu o que ela falava. Apontou de novo, fazendo um triângulo com os dedos entre as pernas, e só então a minha lenta ficha caiu. A mulher de cento e onze anos me contou que seu segredo de beleza e juventude era se masturbar com a mesma frequência que a minha avó costumava rezar o terço. "Ah… a garota tem vergonha, muitas têm. Um lado quer saber, outro lado prefere não". Ela balançou a cabeça indignada e falou mal das sociedades, todas controladas pelos homens e de todo o mal que vinha com elas. Se alterou dizendo que eles, ao contrário da maioria de nós, não têm vergonha nenhuma de se satisfazerem, em lugar nenhum. "Mulher, muito complicada", e de novo resmungou algo em chinês que eu não entendi, e depois voltou para o inglês, falando seriamente que quando as mulheres se tocam, a maioria é escondido até de si mesma, e o prazer tem que ser rápido quando não é sujo, é inferior, é pecado, é doença, é vício, é feio, e outro monte de coisas ruins que ela acreditava terem sido inventadas pelos homens. Nessa hora ela ficou séria de novo, a Cega que eu estava mais acostumada, como se precisasse me convencer. Insistiu que a fonte de todo poder da mulher foi pervertida pelo domínio do homem, a ponto da própria mulher esquecer o que era. Depois esticou o braço e me pediu que buscasse mais chá como se falasse com a bartender.

De repente ela se abateu um pouco, baixou o tom de voz e falou que lutou por mais de um século, e de várias formas, para abrir a cabeça das que chegaram, e passar para elas os ensinamentos de antes, os que a mãe dela transmitiu para ela, e antes da mãe, tantas outras, por gerações e gerações, não só ali, mas em tantos outros lugares como aquele, em outras partes do mundo. Citou nome de mulheres da história que eu conhecia, e outras que não. Foi a primeira vez que ouvi falar de Tecla, mas não perguntei quem ela era. De alguma forma Yuk Li parecia estar tão necessitada de falar quanto eu, e também não era fácil interrompê-la. Sem intervalo para analisar as palavras dela, as horas foram se passando como minutos. De repente ela mudava o rumo da conversa e eu tinha que me adaptar; quando percebi, ela falava de orgasmos novamente.

Me perguntou com a seriedade de uma juíza criminal se eu acreditava mesmo que aquilo que nos criou tinha colocado um cosmos inteiro se explodindo no meio das nossas pernas apenas para procriarmos. Ela deu outra risada, mas depois se fechou num pensamento. Franziu um pouco a testa e ela mesma respondeu afirmando que não precisava, que mulher é mulher, e que mulher cuida até quando não sabe, nem quer cuidar. Continuou sem respirar, me lembrando que, quando é preciso, a mulher amamenta até o filho de outras e deixa sangrar seu bico com bebês que nem saíram do seu ventre. Que não era para isso que existia aquele êxtase todo dentro do gozo feminino, que ele era um lembrete de que o universo nos pertencia, e não a campainha da porta do berçário. Eu seguia calada, porque não surgia uma palavra que fosse para discordar dela.

"A garota duvida do que Yuk Li fala. A garota tem religião na testa". Me mexi toda na cadeira quando ela falou isso. Depois, sem me dar tempo de revidar, me perguntou se eu sabia que muitas mulheres passavam a vida sem conhecer um orgasmo de verdade, mesmo tendo parido um monte de filhos. Pelo menos aquilo não era surpresa. Infelizmente. A maioria das mulheres da geração da minha mãe e antes dela passaram a vida criando filhos e rejeitando o prazer, achando que qualquer coisa relacionada a sexo era a porta de entrada para o inferno. "Ah, ah, gao chao uma coisa, procriação outra. Os homens, os culpados, disso também, sim também". Demorou, mas entendi que gao chao era orgasmo em chinês. Às vezes ela repetia a palavra duas vezes, não sei se para ela mesma ou para mim. Ficou brava, depois riu de novo como se não se importasse. Depois, voltou com tudo, dizendo que o homem faz qualquer coisa pelo poder. Que o poder para o homem é somente o poder para dominar o sexo, qualquer sexo.

De repente Yuk Li ficou mais amável ao falar dos homens, quase se desculpando por eles, me explicando, como seu eu nunca tivesse vivido com um, que os coitados vivem dia e noite para satisfazer seu membro sagrado e que precisam tanto de gozar que chega a doer quando não gozam. "Se não tem, tomam à força, pegam esposas como pegam galinhas. E mais e mais filhos, e tudo se repetindo outra vez". Olhei para os olhos cegos dela e pensei no tipo de vida que eles viveram para tirar aquelas conclusões. "O prazer da mulher, assim, assim, inimigo da mulher". Li sentia quando eu olhava muito para ela. Mas continuou como se não me notasse, falando mal das religiões, praticamente de todas, citando nomes e fatos que eu desconhecia e dizendo que a culpa de quase tudo era delas. Que Yuk Li não gostava de culpa, mas que as religiões dos homens roubaram, com seus livros e deuses, o poder que existe naturalmente dentro de uma mulher. Concluiu com ela mesma que o mundo ia continuar como estava por causa disso.

Depois de todo aquele desabafo contra o patriarcalismo, Yuk Li se calou um pouco, levantou o pote de chá como se quisesse brindar, e falou outros nomes que eu não conhecia para o orgasmo. Tentei aprender com ela, mas não sabia repetir. Ela ria de mim enquanto eu tentava imitar. Não eram exatamente palavras, mas efeitos sonoros que imitavam o som do êxtase.

O chá fazia efeito de várias formas e, às vezes, minha mente ia pelas esquinas das histórias e eu me perdia no que ela falava. Perguntei sobre a regra do silêncio. Se eu não aproveitasse aquela chance para arrancar isso dela, achava que nunca iria entender realmente por que aquelas mulheres escolheram deliberadamente uma vida onde não podiam falar. A resposta dela me fez perder o pouco do chão onde eu achei que pisava. "Isso que a garota chama de regra do silêncio não existe. A garota entendeu, mas entendeu tudo errado". Diante do meu silêncio demorado e espantado, ela seguiu explicando que não era sobre o silêncio, e sim sobre o que sai e o que não sai da boca, sobre o que passa na cabeça e é tomado como verdade, sobre o que pode criar e destruir, sobre as verdades que a gente cria e depois acha que tem que transformar nas verdades dos outros também. Não entendi bem o que ela dizia, ou tive vergonha de entender, e me senti caindo de novo no buraco.

Repetiu que nenhuma ali nunca esteve proibida de falar com a outra. Fiquei em silêncio e ela repetiu de novo, notando meu choque. Acho que eu não quis entender porque doeu. Me senti completamente idiota e retardada. Completou dizendo que sentia por mim, mas se até então eu não tive boas conversas naquele lugar, era porque as boas conversas não tiveram vontade de chegar onde eu estava. Como na primeira vez que entrei naquela cela, eu não quis acreditar no que ela me dizia. Ou precisaria admitir que vivi mesmo muito doente até então, se deixei que a minha falta de empatia com o mundo fosse tão grande a ponto de o ter silenciado para mim daquela forma. Que toda aquela lei do silêncio era só a minha incapacidade de me relacionar. Fechei os olhos, abaixei a cabeça e tive vontade de sair do quarto e acabar com a conversa. Não podia ser que eu tivesse criado aquilo tudo na minha cabeça. Quis largar a conversa e sair correndo, mas se o que ela falava era verdade, largar aquela conversa pelo meio não ia melhorar minha situação. Ela continuou, e o que ela explicou depois me fez soltar o ar preso no peito. Eu podia não ser a pessoa mais social, mas também não era tão louca como pensei.

Antes de explicar melhor, ela me disse que eu não devia me abater com nada tão fácil assim, que eu tinha tempo suficiente para fazer as coisas do jeito que eu quisesse dali pra frente. Fiquei mais à vontade e insisti que ela explicasse direito o porquê de tanto silêncio. Qual a razão de todas se retirarem quando alguém falava. Vi essa atitude com outras também, não era só comigo, eu não podia ter inventado tudo aquilo. Ela disse, então, que me contaria, mas que eu devia ter entendido por mim mesma. "Conversar pode, garota, só uma com a outra. Duas, três, muitas, não". Continuei só olhando para ela e ela de novo viu que eu era lenta para entender e continuou explicando que, se uma quisesse falar com a outra, podia falar. Mas só enquanto a outra quisesse ouvir, enquanto tivesse paciência para ouvir. "Uma a uma, sim. Bando, não. O poder do grupo. Poder, garota, difícil, ruim, argh!". Ela continuou com seu inglês esquisito, dizendo que a tentação de manipular os outros acontecia ali como no resto do mundo, e que já tinha quase destruído aquele refúgio muitas vezes. "Não, não aqui, se a Cega estiver viva, ó". Deu uma banana para o ar e se inclinou para trás rindo de novo.

Era por isso que nunca vi mais de duas pessoas conversando. Nem eu, nem ninguém nunca esteve proibida de falar, mas sim de falar com várias ao mesmo tempo. Respirei fundo. Aquela pedra estava mais dura de engolir que as outras. Mas naquele momento decidi que não ia perder o tempo daquela conversa me lamentando com as explicações que eu finalmente recebi, fossem elas fáceis de digerir ou não. Queria sim deixar que ela falasse tudo o que quisesse. Eu teria bastante tempo na cela para pensar sobre as coisas que ela contava e para me lamentar sozinha. Consegui o milagre de jogar meus pensamentos e conclusões na gaveta e permaneci no momento.

Notei que ela cansou. Falei que, se ela quisesse, podíamos parar. Ela balançou a cabeça e disse que não, que não queria parar, que nossos rumos se cruzaram e agora precisávamos daquele alinhamento antes que fosse tarde. Alinhamento? Ela esticou os braços para o alto, se alongando como uma adolescente faria. Não sei se era o chá ou a minha carência, mas tudo o que aquela mulher fazia me fascinava naquele momento. Não era só o fato de ter um século e tanto de experiência na minha frente, Li tinha uma certa mágica que nunca vi ao vivo em ninguém. Me explicou, desta vez com bastante paciência, quase como se falasse com uma criança, que toda mulher cruzava com outra para ter um alinhamento no futuro ou no presente. Algumas seguem seus próprios caminhos sem nunca se cruzarem de novo, outras podem passar a vida tendo suas linhas cruzadas formando bonitos bordados. "Yuk Li e a garota têm alinhamento pra fazer. E o chá. Bebe, garota". Perguntei o que tinha no líquido e ganhei outra bronca bem-humorada. "Garota, as perguntas que importam, as chaves, as chaves, não as fechaduras".

Às vezes eu ouvia um movimento do lado de fora da porta e me lembrava de onde estava. Depois voltava correndo minha atenção para aquela cela pouco iluminada e desejava que as horas não passassem. O dia estava na metade lá fora e eu queria continuar. A certo ponto ela parecia adivinhar cada pensamento meu. Disse que não poderia me responder por elas, as outras. Que cada uma era dona de sua própria vida. Que alguém poderia compartilhar algo comigo, se achasse que eu merecia, se eu fosse boa ouvinte. "Talvez depois de hoje", acrescentou como se amenizasse. Continuei quieta, ela percebeu meu abatimento e me devolveu a pergunta: "O que a garota acha que todas estão fazendo aqui?". Ela acentuou bem a palavra *todas*. Falei sinceramente que não sabia, que não imaginei nenhuma explicação que fizesse sentido para mim. Ela ficou me olhando, esperando que eu entendesse a resposta contida nas minhas dúvidas. Explicou, sem dar detalhes, que cada uma teve o seu motivo para desistir da vida lá fora. "É sempre o mesmo motivo, a garota não vê?". Sequer cogitei a hipótese mais provável de todas, de que as outras estavam ali exatamente pelo mesmo motivo que eu estava, não por devoção ou adoração a algo, mas porque não podiam ser quem eram fora dali.

Tive certeza que o ópio causou algum tipo de lesão grave no meu cérebro. Se tudo era tão simples e óbvio, por que diabos nada ficou claro para mim por tanto tempo?

"Escute, garota, e tente escutar fundo. Muitas épocas, outras épocas, não do jeito dos livros da garota". Ela ficou passional em vários momentos daquela noite, e aquele foi um deles. Contou sobre uma época em que as mulheres sabiam seu poder; porque seguiam uma linhagem inquebrável de exemplos, exemplos que se mantinham vivos, passando sempre de uma para outra. Falou de coisas e tempos que eu não alcancei.

"O poder do cálice", ela repetia muitas vezes. "A sabedoria registrada com o sangue de si mesmas", e apontou entre as pernas de novo, encostou na própria vagina como se encostasse numa criança e continuou falando da sabedoria de cada ciclo, da filha, da mãe, da avó, depois falou das linhas, das receitas, dos cheiros, dos caprichos. Falou dos cantos, bordados e tecidos, tudo que as mulheres desde o início dos tempos passavam uma para outra, sem que os homens tivessem olhos para ver. "Uma vez por mês, garota, a força da criação da mãe". Depois suspirou dizendo que até isso eles levaram, e que o sangue da mulher hoje era tratado como lixo. Perguntou, como se uma plateia à sua volta estivesse lá, quantas de nós hoje entendíamos o sangue. Lamentou que a mulher não era só por si mesma, que passamos a ser apenas contrário do homem, e que os homens não gostavam de aceitar contrários. Parecia uma líder feminista vencida num palanque abandonado. Queria ter tido uma câmera para filmar aquela cena. Por vezes eu não sabia se Li falava sozinha ou se respondia aos meus pensamentos.

Quis interromper para perguntar sobre o que ela falava, mas interrompê-la não era uma tarefa fácil e em vários momentos eu tive que deixar minha curiosidade de lado. Desejei que ela estivesse falando em português. Parte do que ela falava se perdia enquanto eu buscava as equivalências no meu cérebro. Ela percebia tudo, e quando era relevante, dava voltas em seus laços, e voltava como quem não queria, explicando melhor o que já havia dito antes. Foi então que eu perguntei a ela sobre livros. Queria saber por que ela era contra. Não existia nenhum pedaço de papel ali e isso nunca fez sentido para mim. "Muitas tentaram, chegaram, cada uma com o seu. Meu livro mais importante de todos. Não, meu livro mais importante de todos. Assim, assim, cada uma, o livro mais importante. Esse é o livro! Ah, todos os livros dos livros dos homens. Ahhhh, não passaram daquela ponte".

Yuk Li continuou falando e me explicando que depois que os homens destruíram a biblioteca milenar, quase cem anos antes, com os ensinamentos e as histórias que ela me contava, as que sobreviveram decidiram que nem os livros, nem os homens entrariam novamente. Era a primeira vez que eu entendia o porquê da falta de conversas e debates. O silêncio era a única forma de garantir a igualdade, a certeza de que ninguém ia dominar ninguém. Num mundo onde a violência física não existia, a dominação verbal tomou outras proporções. Era radical até para mim, mas, nas circunstâncias, concordei com ela. Se durante meu tempo ali alguém tivesse tentado me converter com algum livro sagrado debaixo do braço, aí sim eu teria arrumado coragem para pular daquela ponte. A fé que eu gostaria de ter não moraria em nenhum livro.

Ela comentou que eu parecia tensa e preocupada. Às vezes eu duvidava da cegueira dela. Me pediu que relaxasse, que tomasse outro gole de chá, que nem tudo era tão terrível como eu pensava. Acrescentou, sem mais nem menos, que teve namorados no tempo que passou no mundo, e que, ao contrário do que eu devia estar imaginando, ela não era uma velha virgem. Eu não pensava nisso exatamente, mas continuei ouvindo. Aquele era o melhor aniversário que eu podia esperar naquele lugar. Ela falou que os anos que passou fora foram os melhores da vida dela, mas que seu destino era tomar conta do monastério, que ela chamava de casa. Concluiu, quase para ela mesma, que não importava que tivesse deixado um grande amor para trás, que a história continuaria em outra vida, em outro lugar e, antes que eu pudesse concordar ou discordar, ela me perguntou quantas vezes eu morri nos meus trinta anos.

Eu teria que ter parado para contar nos dedos, mas não respondi. Achei que era tarde e perguntei se ela precisava descansar. Ela ajeitou melhor as costas na cama, me lembrou do tal alinhamento, que, pelo jeito dela, ainda não tinha acontecido. Mas pediu que eu pegasse uma jarra de cerâmica embaixo da mesa, que levasse para a Doutora e trouxesse de volta com mais do chá.

A jarra de cerâmica pintada era diferente das outras peças de plástico, alumínio ou de cerâmica crua que existiam no monastério. A pintura tinha um fundo azul e flores roxas com folhas verdes, bonitas, mas nada espetacular. Eu sequer teria olhado para aquele jarro em outros tempos. Mas qualquer objeto diferente naquele prédio chamava a atenção. As únicas coisas permitidas de atravessar pela ponte eram os sacos de farinha, arroz e pouquíssimos objetos de utilidade da cozinha. Além da roupa e acessórios do corpo de quem entrasse. Os copos, pratos, vasilhas – assim como qualquer objeto – eram contados e escassos. O material era de alumínio barato ou plástico colorido. As mais velhas tinham um ou outro utensílio de cerâmica crua avermelhada, que pareciam muito antigos, feitos com argila que não existia naquela parte do terreno. Aquele jarro sem nada especial, que podia estar na estante de qualquer casa do interior do Brasil, era o objeto mais cheio de personalidade que eu via em anos. Com tanta informação nova na cabeça e o efeito do chá, andei pelos corredores viajando nos detalhes das flores roxas.

Eu precisava de um cigarro, mas há semanas não havia nada seco o suficiente pra fumar. Olhei pra torre e a única coisa que vi foi a neve branca que durante a noite anterior cobriu metade do jardim. Desci as escadas torcendo para encontrar a Doutora em seu laboratório, não queria congelar esperando do lado de fora. Minha sorte era outra naquele dia e ela estava lá, com o fogo também aceso, esquentando o seu pequeno e confuso ambiente de trabalho. Me viu chegando e reagiu com uma breve levantada de sobrancelha quando percebeu a peça azul na minha mão. Sem perguntar nada, colocou um bule com água para ferver.

Tentei acompanhar a receita enquanto ela separava os ingredientes que retirava dos potes nas prateleiras. Pela quantidade de coisas que ela misturava e filtrava, confirmei minha desconfiança: o tal chá que eu e a Cega tomávamos não era só para esquentar.

Achei bom que a Doutora não fosse de falar, naquele momento eu não podia iniciar outra conversa, teria sido demais para minha delicada sanidade. Ela era sempre paciente em seu jeito de lidar com os males de todas, mas nunca falava nenhuma palavra além do que o extremamente necessário. O treinamento de médica devia ajudar. Era mais uma a quem eu devia a minha vida ali, e de quem, mesmo assim, eu sabia pouco. Canadense, judia, sobrevivente de câncer nos dois seios. O pouco que eu sabia, descobri sem ouvir uma palavra dela. Parte da informação que chegava vinha dos banhos, quando a nudez expunha as histórias gravadas nas peles. Foi debaixo da água que eu aprendi o pouco que sabia sobre a maioria das mulheres. No banho ficava tudo exposto: joias de família, amuletos protetores, tatuagens, marcas de nascença, marcas costuradas, marcas de gravidez, de cesarianas, de doenças. Como um acessório popular e fashionista, quase todas tinham em comum marcas explícitas de violência. A Doutora era uma delas, com cicatrizes simétricas abaixo dos seios, meticulosamente feitas por profissionais, e outras que eu teria medo de perguntar quem era o responsável. No banho ficava claro que eu vivia num mundo de histórias mudas com o mesmo enredo. Se eu tivesse me preocupado menos com as palavras, talvez soubesse mais das pessoas que me rodeavam.

Ela preparou a bebida por quase uma hora, destilando, fervendo e consultando tabelas. Quando finalmente acabou, encheu o jarro e me entregou de volta, com um trapo embaixo para não queimar a mão. Antes de sair, a mulher que me manteve viva quando eu cheguei me deu um abraço que me pegou de surpresa, como tudo naquele dia, e falou que eu não perdesse a oportunidade. Voltei para a cela andando devagar, equilibrando o jarro pra não derramar nada e aproveitando pra esquentar as mãos com o calor do líquido.

"Acho que nunca fui virgem. Se fui, era pequena demais pra lembrar". De repente o silêncio entre nós mudou. Ela demorou para demonstrar alguma reação e logo me apavorei com o que tinha acabado de contar, como costumava ficar à noite no meu quarto, nos dias que minha mãe dava aula até tarde e eu ficava sozinha com ele em casa. Eu tocava naquele assunto. Mesmo estando tão longe daquele meu quarto em Juiz de Cima, tremi só de pensar naquele tempo.

"A garota nunca dividiu esse peso antes."

Tentei contar para a Valéria no último ano da escola. Estudamos juntas no segundo semestre, porque nos colocaram de dupla para preparação dos trabalhos finais. Depois de anos estudando e vivendo dentro do colégio, essa foi a única vez que achei que tinha conseguido uma amiga. O famoso Colégio Coração do Senhor. O melhor de toda a região, do jardim de infância ao vestibular, de acordo com um outdoor grande que ficava ao lado da rodoviária, na entrada da cidade. Talvez eu tenha sido mais sozinha naquele colégio do que fui dentro do monastério.

Valéria dormiu na minha casa um dia antes de ir embora com os pais pra Porto Alegre. Era a primeira vez que alguém conhecia o meu quarto, fora os meninos da escola. Dançamos de pijama na sala e bebemos uísque caro com guaraná. Me sentia tão bem ao lado dela que resolvi compartilhar o que nunca contei antes pra alguém. Quando terminei de falar, ela pediu licença, se levantou e foi ao banheiro. Quando voltou, estava pronta para ir embora, disse que não se sentia bem e que ia dormir em casa mesmo. Demorei para entender que o mal-estar dela não tinha a ver com a falta de comida e o álcool no estômago. Antes de sair, Valéria falou, com muita delicadeza, que eu não devia falar daquelas coisas para ninguém, que meu pai era um homem querido pela cidade toda, e que eu devia respeitar melhor a memória dele.

Li então me perguntou da minha mãe. Olhei pra ela e tive que pensar nos momentos da minha vida em que treinei anos pra não pensar. Eu me achava uma criança muito adulta, e a única razão era porque eu era mesmo uma criança. Foi num daqueles programas de humor onde o sexismo e a misoginia originam a maioria das piadas, que eu percebi que o que ele fazia comigo desde sempre era errado... Interrompi meu próprio raciocínio, que ficou difícil demais, e perguntei se ela já tinha visto televisão. Eu estava tão perturbada com o que não queria contar, que perguntei a uma mulher cega se ela tinha visto TV. Ela riu e disse que Yuk Li não tinha visto, mas já tinha ouvido muita bobagem na televisão, e me pediu que voltasse pro assunto que arranhava minha garganta como um caroço de pequi.

"A garota tem que falar dessas coisas, se ainda gasta tempo demais nelas. Pode vomitar o que está podre na sua barriga". Naquele instante, ela virou a avó que eu precisava ter tido. Segurei forte com as duas mãos no lugar que era o mais difícil de encostar. O chá ajudava, e aos pouco fui soltando o que vinha na minha boca. Contei que minha mãe ficou incomodada durante uma cena de sexo entre os atores da novela. Reclamou da falta de bom senso das emissoras, me mandou desligar a tv e ir para o meu quarto. Em seguida, disse que ia ao supermercado comprar comida para o domingo antes que tudo fechasse. Era sábado. Meu padrasto, que na época eu achava que era meu pai, dormia bêbado no sofá. Eu tive, de repente, um medo inexplicável de que minha mãe não fosse voltar, de que me deixaria ali com ele para sempre. Me agarrei na saia dela e disse que ia junto. Estávamos quase do mesmo tamanho, e ela ficou brava, sem falar comigo durante todo o trajeto até o Centro, no Uno velho da família. Na porta do supermercado começamos uma discussão feia por conta de alguma coisa que uma das duas falou, nem me lembro mais o motivo. Nós duas éramos normalmente quietas e ela foi ficando furiosa com a minha falta de modos no meio da rua. A discussão entrou com a gente no supermercado, até que disparei a falar alto com ela entre as prateleiras. Ela, como sempre, se calou em algum ponto, e só me olhava desapontada, com vergonha do escândalo que eu fazia. Não sei o que deu naquela menina de onze anos, mas sei que, em algum momento, acabei gritando para o supermercado todo ouvir, dizendo que meu pai pensava que também era meu marido. Yuk Li fez sinal com as mãos para eu me sentar ao seu lado na cama. Consegui chorar. Senti o quente do líquido inundando as minhas pálpebras e o momento exato em que a primeira lágrima atravessou a barreira dos meus cílios e escorreu para a fora, depois puxou um riacho que não parou de escorrer. Eu escorria junto. Contei que minha mãe teve um infarto, ali mesmo, no meio do supermercado. Soltou a mão do carrinho e caiu de joelhos e depois de costas, sem me dar tempo de explicar nada, nem de pedir perdão. Morreu em questão de segundos, entre a prateleira de sabão em pó e amaciantes. "O pior", falei para Li, "é que eu olhei para ela, caída morta no chão, e tudo que eu pensava é que teria que voltar pra casa sozinha".

Eu e meu padrasto, que eu ainda chamava de pai, chegamos em casa de madrugada. Fui direto tomar um banho pra tirar a inhaca do hospital, onde eles tentaram ressuscitá-la. Ele me viu chorando, tirou a roupa e entrou no box comigo e me mandou chorar de joelhos para ele. Depois que ele saiu, vi o meu sangue no chão. Essa foi a primeira vez que eu achei que ia morrer. Quando entendi que aquilo era a minha primeira menstruação, me senti com a força que a minha mãe nunca teve dentro daquele box. Foi quando prometi pra mim que jamais ajoelharia de novo, para quem quer que fosse. Gritei com ele que se ele me encostasse mais uma vez eu ia contar para a escola inteira. Na época, essa era a pior ameaça que eu podia fazer contra a vida dele, que só pensava em manter seu cargo de diretor e sonhava em se candidatar a vereador. Acho que ele ficou assustado e parou de me procurar daquele jeito... mas eu nunca tive coragem de contar pra alguém. Ele morreu dois anos depois. Foi um alívio tão grande que eu não consegui aparecer no velório.

Não contei pra Li que minha fama na escola piorou na sequência. Mas eu não estava nem aí. Gastei todo o dinheiro que minha avó mandou pra pagar a roupa nova dele pro enterro em garrafas de bebidas coloridas com nomes de outros lugares do mundo. Deixei o desgraçado ser embalsamado com as roupas tão velhas quanto o jeito nojento dele. Vi muita coisa na cara de Yuk Li quando terminei de falar, mas ficou óbvio que eu não contei nada que ela não tivesse ouvido muitas vezes antes e, assim que ela falou de novo, confirmei a minha impressão.

"Queria dizer para a garota: Yuk Li nunca ouvi isso antes. Ha! Quem me dera, quem me dera. Yuk Li perdeu a conta. A garota queria saber a razão deste lugar. A garota não vê?". Cada vez que ela terminava uma frase me perguntando se eu não via, eu me dava conta da ironia da situação toda.

Falou que, infelizmente, a coisa que todas ali tinham em comum era o desprezo pelos homens em geral. Que só eles foram capazes de fazer com que elas preferissem aquela vida. Por cima dela, se refletindo na cama, uma sombra de mais de cem anos cresceu. Era a nossa sombra. Olhei pro meu corpo encolhido na cadeira e me senti a adolescente idiota que não teve coragem de contar pro mundo a sua verdade. Antes que eu pudesse entender o que ela fazia, Li me disse pra levantar da cadeira e ajudá-la. "Puxe a cama, garota, puxe com força a cabeceira, vá, não pense". Puxei a cabeceira. Apesar de pesada, era de madeira, coberta de pedras só por fora. Debaixo do móvel, outra pedra aparecia levemente mais alta que as demais. Ela levantou a pedra e um vento gelado subiu revelando um buraco escuro que parecia sem fundo. "Minha mãe me criou neste quarto. Indo e voltando da caverna que a garota achou. Este foi nosso grande segredo. Agora a garota também sabe".

Ela continuou falando devagar e nessa hora eu percebi que minha companheira de chá ficou mais abalada do que queria demonstrar. Contou da época da primeira guerra e dos homens que chegaram com ela. Os homens que uma Yuk Li de treze anos não viu, mas ouviu enquanto eles queimaram tudo o que havia dentro do prédio, irritados por não terem encontrado o que procuravam. Contou dos gritos das mulheres durante horas e do silêncio cruel que veio depois. O som do estupro coletivo que se seguiu. Tomou um tempo para respirar, comeu um pedaço do pão e continuou. Foi falando como quem via o filme, sobre os homens que estouraram o portão, a mãe a mandando descer para a caverna pela última vez, os gritos lá fora, o horror, o som e a fumaça das armas de fogo. A invasão das celas e dos corpos. A violação antes da chacina. Tantas que ela sequer chegou a conhecer. Disse que a mãe se escondeu com ela na caverna, mas que não aguentou ouvir a gritaria das outras e quis sair para ajudar, mesmo sabendo que provavelmente não voltaria. Contou dela e das outras quatro que conseguiram sobreviver, quando eles finalmente foram embora depois de dias queimando e destruindo tudo. De como elas sozinhas mantiveram o lugar por décadas, até que outras chegaram lentamente, seguindo os poucos vestígios que deixaram, vindas de todos os lugares, de todos os credos, de todas as tragédias, nenhuma com uma resposta, todas sempre cheias de perguntas, todas sempre recorrendo a ela. Falou de novo da mãe, em seus últimos momentos, em como ela insistiu com a filha que nunca revelasse a entrada da caverna para ninguém, mas não teve tempo de explicar por quê. Que era o motivo da invasão no início do século passado e da morte de dezenas de mulheres. Por causa daquele buraco na montanha destruíram séculos e séculos de história. A nossa história. A história que viveu protegida e guardada no monastério, em livros que as igrejas dos homens não queriam que fossem lidos, histórias que não convinham de serem contadas. "Tudo morto", falou antes de se calar de novo.

Fiquei um tempo sem saber o que dizer, o que comentar. Era tudo muito. Muita informação, muita surpresa, muita novidade, muita coisa pra processar, pra aceitar, pra admitir. Mas Li parecia determinada a arrancar mais de mim também. Insistiu que o que eu não sabia não me fazia mal, mas aquilo que eu sabia e que fingia não saber, isso sim me envenenava. Me senti naquele pesadelo em que eu acordava pelada e sem dentes na sala de aula da quarta-série. Mas precisava terminar de contar o que me comia.

Contei que minha maior culpa foi não ter feito nada. Depois de passar duas noites na clínica que matou meu filho e tirou minha possibilidade de ter outros, peguei um ônibus pra capital e nunca mais voltei para aquela cidade horrorosa. Nem falei, nem encontrei com ninguém daquela família. Cheguei em São Paulo em choque, só queria sair do Brasil e nunca mais voltar. Não tive forças, nem coragem de denunciar. Fui embora sem botar a boca no mundo e sem brigar com a família da minha sogra, cheia de políticos e juízes. Só desapareci. Nada ia me trazer ele de volta, ou ela. Mas as vozes na minha cabeça me infernizaram durante anos, me torturavam por causa disso, gritando noite após noite que eu tinha que ter brigado, tinha que ter pelo menos tentado. Eu achava que, se não falasse sobre aquelas coisas, elas deixariam de ser verdade. Havia uma chance. O mesmo método que eu tentei usar com a pedofilia que acontecia dentro da minha casa. Mas não adiantou. Não falar só serviu pra me transformar na pessoa quebrada que fui por tanto tempo. Quando Li terminou de me ouvir, voltamos as duas para o silêncio, e o silêncio me pareceu um lugar novo.

Dezembro – A Capa

Quando fechei a porta, era madrugada de novo. O prédio estava escuro, não havia nenhuma vela acesa, mas ainda era meu aniversário. Me sentia bem e, pra ser sincera, mal sabia lidar com a novidade do sentimento. Não sei se era o efeito do chá, se eram as descobertas, ou o fato de que tive uma conversa de verdade depois de anos vivendo nas entrelinhas.

Cruzei com a Poli, olhei para ela e, como todas as outras vezes que a via, era difícil mesmo para o meu cérebro encaretado entender que ela nasceu e foi dada como homem. A Poli, junto com a Deusa de Bollywood, chamava Poli mesmo e era a criatura mais feminina e delicada naquele universo exclusivamente de mulheres, mas não falava nada de inglês. Foi na Arethusa, um dia de sol sem nuvens, que vi o corpo dela sem roupa pela primeira vez e entendi que aquela de nós tinha nascido com um pinto.

A Poli entrou no salão de banho com a delicadeza de uma orquídea tailandesa, com sua toalha nos braços, sorrindo para mim como se estivesse indo para a praia. Sorri daquela vez também. Confesso que me deliciava com aquele bom humor depois de todo aquele drama no quarto com Yuk Li. Tão diferente da carranca que eu vivia carregando. Segui andando pelos corredores, sem saber direito o que queria fazer. Estava excitada demais para voltar sozinha e ficar quieta na cela, depois de tudo que eu tinha ouvido, e mais agitada ainda pelo que falei. Me senti estranhamente calma depois daquele dia inteiro de conversa, mas dormir estava fora de questão.

Mesmo vivendo só entre mulheres, eu continuava associando o sexo aos homens. Na falta absoluta deles, e com escassez de fantasia na minha tela mental, eu me tocava com menos frequência do que na época em que passei trancada na cela. A mera associação com aqueles dias tirava o pouco de prazer que eu conseguia ter comigo mesma. Precisei de uma mulher centenária pra tirar de mim o cabaço de moralidade machista que eu mantinha. Eu sempre soube que era mais careta do que as minhas experiências múltiplas nos banheiros de Londres, ou o que meu recente passado narcótico insinuava. Me privava de novas experiências, alegando para mim mesma que o que eu precisava era de sossego para lidar com meus pensamentos e lamúrias, e não de piração, como se sexo só pertencesse ao lado complicado da vida. Antes da conversa com Li nunca me dei conta do quanto a minha criação me impediu de experimentar novas alternativas com elas ali, ou em qualquer outro lugar. De ver as coisas de outros jeitos.

Andei pisando firme pelos corredores, pensando o quanto meu ateísmo era da boca pra fora, o quanto minha bagagem era corrompida pelas malditas crenças do mundo onde vivi. Eu tinha comigo um mundo de preconceito, julgamento e moralismo simplesmente por ter sido criada num lugar cheio deles. O problema não era só as crenças que eu pensava ter ou não ter, mas as crenças secretamente embutidas nas minhas maneiras, as que eu achava que não tinha, as que eu nem via, essas, sim, eram as piores. Imperceptíveis e subliminares. As incontáveis e silenciosas crenças maçantes que sempre neguei ter. As crenças que moravam de graça na minha cabeça, sem pagar aluguel, com seus tijolos cimentados nas paredes da minha vida. Naquela noite, me deu vontade de derrubar aquilo tudo.

Voltei para a cela, mas não consegui dormir. Acendi a vela e desci as escadas. A maioria das portas estava fechada e não vi ninguém. Continuei andando, precisava gastar aquela energia toda. Foi só quando vi a Poli saindo de lá, com a cara explicitamente mais satisfeita do que quando entrou, é que eu resolvi parar de ser boba. Abri as primeiras cortinas e passei minhas mãos no veludo. Os gemidos e o murmúrio cheio de tesão vindo de dentro do salão tocaram meus ouvidos como uma música que eu não sabia que precisava ouvir. Com a iluminação fraca gerada pelas poucas velas, segui pela antessala escura e pendurei minhas roupas. Demorei pra me acostumar com o que acontecia lá dentro. Agradeci o escuro por disfarçar meu embaraço quando entendi que, no centro da orgia, no centro de outro centro, de seis ou sete mulheres – não parei para contar naquele momento –, era a Ponto quem conduzia com maestria uma sinfonia tocada pelos dedos das mãos, dos pés e de cada buraco do seu corpo.

Apoiada de quatro na pedra escura do chão do salão, ela também comandava o prazer das outras, que em volta dela pareciam ser um só corpo, todas se contorcendo e se entregando em ondas de gozo e excitação. Meus olhos se acostumaram com as cores e brilhos da cena, entendi que naquela roda central estavam todas molhadas, não só pela água quente e pelo suor, mas também pelo sangue que descia de uma delas. Sentimentos contraditórios me cruzaram. Meus olhos tinham menos pudor barato do que eu, e acompanhavam cada detalhe, ansiosos para participar. Em volta delas, outras assistiam e também se satisfaziam, algumas em pares, outras em trios, outras sozinhas, e o ambiente todo era um só vapor, uma só catarse, uma luxúria feminina delicada e sem restrições, num lugar onde a moralidade não encontrava um só homem para cobrá-la. Senti que a capa invisível não estava mais comigo. Meu corpo se afrouxou com o calor em volta, deixei o que era simplesmente bom tomar o lugar da cabeça e me desejei feliz aniversário com elas.

Janeiro – Surra

As paredes eram as mesmas de antes. A cama, o colchão e a Gorda, também. A diferença era eu mesma, que fui apresentada ao vácuo. O lugar onde não tinha a quem silenciar, onde o silêncio era puro e estranhamente confortável. Desapareceram as vozes na minha cabeça que me criticavam, me julgavam, me deixavam ora furiosa e irada, ora tão apática e indiferente com o mundo. Não havia perguntas, nem um porquê, a vontade de fugir sumiu, eu não pensava no passado. Dormia bem, deixei de acordar com os pesadelos. Sentia uma segurança que nunca experimentei antes. Foi como se eu tivesse deixado de ser eu.

Depois de quatro anos quebrando a minha cara, a conversa com a Yuk Li me acordou mais que o terremoto. Seja lá o que fosse aquele lugar, eu era como elas. A distância que eu sentia entre nós deixou de existir. Agora que eu sabia que podia falar com quem quisesse, não era exatamente bater papo que eu precisava. O único impedimento nas minhas relações foi eu mesma, não seria correndo para falar com cada uma que eu teria sucesso. Eu precisava me conhecer direito. Sabia de cor cada detalhe dos meus dramas, mas fora eles, eu sabia pouco sobre o que restava. Que Ana Lúcia sobrava.

No último dia do ano, a neve deu um intervalo e o céu abriu. No caminho para o jardim, encontrei o corredor agitado, as portas abertas, todo mundo seguindo na mesma direção. Assim que saímos para a área externa, meu nariz de brasileira entendeu rapidamente a movimentação. Ia ter churrasco no monastério. Todo mês, as que cuidavam dos bichos matavam algumas das galinhas para que a nossa alimentação, sempre tão rala, fosse um pouco reforçada. Mas naquele dia mataram uma ovelha e um porco, coisa que eu nunca tinha presenciado antes. Os animais eram assados ao ar livre, ao lado da horta, que naquele ponto só tinha repolhos meio soterrados pela neve. O cheiro da carne encheu cada canto da minha boca. Tanto na Inglaterra quanto na Índia eu praticamente virei vegetariana. Nos dois países achei mais fácil e mais barato me alimentar sem consumir os animais, sem contar que a carne nunca foi realmente boa como no Brasil. Mas quando senti o cheiro daquele churrasco, depois de tanto tempo vivendo faminta, tudo o que eu queria era mastigar aqueles animais até sobrar só osso, e depois comeria o osso também. A Ponto catava galhos secos para ajudar com o fogo e fui fazer a mesma coisa. Ficar perto dela voltou a ficar fácil depois que eu desentupi as minhas fossas com Yuk Li. A Mais Forte também estava por perto, cortando uma tora de lenha grande com toda a raiva que ela sempre parecia carregar debaixo daqueles músculos.

A Mais Forte claramente não gostava de pessoas, e eu nunca fui hipócrita de fazer nenhum julgamento dela por isso. Ela era apegada aos animais e passava a maior parte do seu tempo no celeiro com eles. Perder dois dos seus companheiros para a fome não agradou. Mesmo assim, ela continuava cortando a lenha, coisa que ninguém fazia como ela. Precisava de quatro ou cinco mulheres pra carregar o peso que ela conseguia carregar sozinha. Bastava o machado cantar uma vez na mão dela pra separar em dois um tronco inteiro. Mas, apesar da aparente braveza da minha ex-companheira de fuga, me afeiçoei a ela desde a noite na ponte. Nunca soube nada sobre sua vida antes dali. Nem mesmo que língua falava. Depois aprendi que era um dialeto originado do persa. Alguém um dia comentou que ela era do Tajiquistão. Assim como o monastério, eu também nem sabia onde o Tajiquistão ficava no mapa.

Não havia ninguém com quem eu quisesse realmente conversar além da Da Cruz ou a Ponto. Logo as duas, que falavam quase tanto quanto aquele pedaço de carneiro meio cru nas minhas mãos. Sem se importar com a demonstração de insatisfação da Mais Forte, a Senhora do Isqueiro e a Da Cruz serviram os primeiros pedaços para as mais famintas como eu, que se atreveram a esperar do lado de fora. Depois, o animal foi todo dividido na cozinha e ninguém ficou sem receber um bom pedaço.

Eu lambia lentamente cada canto dos meus dedos quando percebi que a Mais Forte não tinha comido. Levei o pedaço dela no meu prato lá fora e a encontrei resmungando sozinha na escada. Ela continuou resmungando na língua dela, mas aceitou o pedaço e saiu andando de volta pro celeiro. Mesmo com a tristeza pela morte do animal, a fome era igual para todas. Fui dormir bem alimentada naquela noite, e sonhei com Jaime e com duas crianças comendo churrasquinho comigo numa praia.

No fim de janeiro o inverno trouxe um terror diferente dos anteriores. A nevasca não foi uma visita esporádica, veio decidida a passar um longo tempo com a gente. Os dias voltaram a se parecer com as noites, mesmo nas horas em que o sol estava no topo de nossas cabeças, com temperaturas abaixo do que podíamos aguentar sozinhas nas celas. Não era só o frio que assustava, mas a raiva que o vento parecia estar do prédio inteiro há dias. O barulho das rajadas batendo nas paredes era como um pai dando uma surra de cinto no filho. A situação foi piorando e não teve jeito.

Uma a uma, as mulheres se reuniram pra escapar da morte no grande salão. Fecharam as portas. Pela primeira vez, desde que cheguei, estávamos todas juntas no mesmo ambiente. Éramos em torno de umas setenta mulheres no Monastério. Tentei contar o número exato muitas vezes, e agora também não era fácil, com a falta de iluminação e a confusão dos corpos amontoados no chão do salão. Todas continuaram caladas, mas o silêncio desapareceu. O que se ouvia era a fúria da neve e do vento batendo forte nas paredes, o som do crepitar do fogo e do tilintar das madeiras queimando, a vibração do medo dentro das barrigas enco- lhidas pelo frio e os alto-falantes da mente de cada uma se chocando no invisível. Uma escola de samba esperando pelo apito. Depois de dois dias e duas noites naquele tormento, só tínhamos água e cascas de frutas para comer. Não dava para descer para a cozinha com os corredores cobertos de neve.

Compartilhávamos o mesmo medo naquela sala. União parida da solidão coletiva. Eu estava só, elas também, e era isso que nos mantinha juntas. Eu nunca estive com todas elas no mesmo espaço tão fechado, nem por tanto tempo, e mesmo estando apreensiva pela tempestade e fraca de fome, me sentia estranhamente amparada e protegida. Depois de achar que iria morrer sozinha tantas vezes ali, a ideia de morrer em grupo não era tão ruim assim. Me esforçava para ser positiva, mas a verdade é que aquele silêncio todo não estava ajudando ninguém. Não deu outra. Bastou um furo pequeno para romper o balão. Não sei direito quem começou, só sei que meus olhos ainda estavam fechados, toda encolhida dentro da Gorda, quando ouvi o som das vozes que tanto quis ouvir antes. Vozes que eu ainda não podia reconhecer de olhos fechados. Nem Li, nem as outras mais velhas se mexeram para contestar. De um instante para o outro foi como se todo o silêncio de antes nunca tivesse existido. Custei a sintonizar meus ouvidos em alguma coisa que eu entendesse. Até então, era quase como se falássemos a mesma língua, mas quando as vozes saíram, o salão virou uma torre de Babel. Depois de anos escutando tão pouco, minha cabeça custou a se ajustar. Era excitante ver aquele salão se acendendo daquele jeito, mas não existia nada fácil ali. Poucas semanas se passaram desde a conversa com Yuk Li e até então não ouvi nada além da ventania e dos resmungos da Mais Forte. Me levantei pra esticar as pernas e beber um pouco de água e, enquanto eu passava pelas outras, ouvia e entendia pouco, e, o pouco que eu entendia soava como murmúrios de lamentação e impaciência. Sem perceber, eu procurava pelo português, mas nem mesmo o inglês era popular. Entendê-las naquele salão cheio de gente e coberto de fumaça continuou tão difícil como quando estavam caladas.

Procurei pela Ponto no meio dos grupos. Vi que ela estava encostada no outro lado do salão e não parecia interessada no que acontecia. Ela não era a única. Outras se mantinham quietas, talvez como eu, por não saberem exatamente o que falar, ou talvez porque não conseguiam ter um comentário diante daquela confusão toda. Voltei para onde estava, me enrolei na Gorda e sentei ao lado de Bella e Cibele, que conversavam baixinho, em italiano. Elas abriram espaço para mim, Cibele riu e falou da minha cara assustada. Sorri de volta sem graça e, como era meu costume, continuei fingindo entender mais do que eu entendia do italiano das duas.

Elas comentavam que, da última vez, pouco antes da minha chegada, tinham ficado trancadas na cozinha por quase um mês inteiro. Me perguntei há quanto tempo aquilo teria acontecido, e se elas também tinham quebrado o silêncio naquela ocasião. Antes que eu colocasse meu pensamento em palavras, ouvi uma das romanis falando comigo. Essa também podia ser minha bisavó, mas não era a mais velha do grupo delas. A mais velha das romanis era outra. Essa também nunca tinha falado comigo até então. Chegou perto enquanto eu tentava esquentar meus pés quase os enfiando dentro da brasa. Depois que se ajeitou, respondeu à pergunta que eu me fiz em silêncio logo antes. Viu a minha cara de quem não entendeu uma palavra da língua dela e traduziu para um inglês que também não foi fácil de decifrar. "Até a natureza explode". Não esperou minha resposta e me pediu para pegar água. As outras que sempre andavam atrás dela pareciam não ter gostado e, quando eu voltei, tinham ocupado meu lugar. Eu admito que me entretinha. Ouvir as vozes e as conversas à minha volta foi como se eu tivesse desligado o botão da minha cabeça e ligado uma televisão cheia de canais, sem legenda nem dublagem.

Se antes eu mal sabia me comunicar, depois de anos calada minhas habilidades sociais era quase inexistentes. A certa altura o meu constrangimento e falta de reação diante das conversas que eu não entendia ficaram evidentes e Cibele não deixou passar. Me perguntou se eu estava bem, num tom alto, em inglês, chamando a atenção de outras em volta. Senti uma enorme antipatia por ela, que claramente se divertia com a minha falta de jeito. Tinha algo no jeito de Cibele que gritava mesmo quando ela não abria a boca. Disfarcei dizendo que a fome me deixava sem assunto.

Depois da conversa com Li, me esvaziei. Perdi a vontade de falar do passado e não sabia o que falar sobre o presente. Mesmo naquele momento, com a oportunidade de perguntar e conversar sobre o que eu quisesse, todo assunto que eu pensei em puxar me pareceu irrelevante diante da situação. Mas Cibele insistiu em chamar a atenção para mim. "Logo você, que tanto queria falar". Quando vi, outras me olhavam também, esperando algum tipo de manifestação da minha parte, então tentei pensar em algum assunto que não fosse o frio ou a fome. Depois de tanto silêncio, não ia gastar meu tempo falando do que ninguém mais aguentava. Me lembrei da conversa com Li. Procurei nela algo pra dizer. Num mundo tão vasto de perguntas e assuntos para aquele momento, acabei perguntando algo que não fez nenhum sentido na hora, nem parecia ter qualquer relevância quando saiu da minha boca. Li citou vários nomes de mulheres na nossa conversa. A maioria eu não conhecia, mas pelo menos já tinha ouvido falar. Só um nome ficou agarrado na minha cabeça. Perguntei quem era Tecla. Bella, Cibele e as outras em volta ficaram tão surpresas com a minha pergunta quanto eu fiquei com a reação delas.

A Bella foi a primeira a ver meu constrangimento e me falou baixinho, em inglês. "Tecla foi uma das nossas que a história quis apagar". Outra que eu não reconheci falou atrás de mim, quase ao mesmo tempo. "A primeira mulher apóstola de Jesus, depois de Madalena". Outra replicou: "Santa Tecla? Ela ia se jogar na fogueira de novo se ouvissem vocês a chamando de santa". Não sei quem falou, mas todo mundo riu, menos eu, claro, que não sabia de quem se tratava.

Minha pergunta naquela tarde gelada virou o grande tema nas conversas, não só na nossa roda, mas em outras em volta também. Foi como se eu tivesse chutado uma casa de marimbondos. Cada uma fazia seu comentário sobre ela numa língua diferente. Não teria como prever que o assunto que eu tinha tocado – por falta de outro – daria tanto pano pra manga.

O nome dela não dizia nada para minha limitada cultura politeísta brasileira de todos os santos. Thekla, Tekla, Tecla, fiquei imaginando a grafia, mas só consegui associar o nome com controles remotos e pianos. Tentei lembrar da enorme lista de nomes de santos e santas que qualquer um no Brasil, cristão ou não, conhece ou já ouviu falar. Todos os nomes de bairros, cidades, ruas, times de futebol, escolas, universidades e hospitais que homenageiam as figuras que a religião nacional nos presenteou, a gente querendo saber deles ou não. Pensei em todos que eu lembrava, todos que eu conhecia dos letreiros dos restaurantes, das padarias, dos supermercados, dos cartórios e até dos açougues e matadouros. Todos São-alguma-coisa. Mas Santa Tecla eu nunca tinha ouvido.

Fiquei curiosa com a história, mas naquele momento minha curiosidade era sobre as presentes, vivas na minha frente, as que eu nem sabia o nome. Queria saber por que a mulher da Etiópia, que chegou de Israel, carregava uma tatuagem de cruz na testa, mas não demonstrava nenhuma outra indicação de ser religiosa; por quais países a Ponto andou quando saiu dali e por que tinha voltado; que cicatrizes horríveis eram aquelas que a Doutora tinha pelo corpo. Parecia sem sentido me concentrar na história de uma de nós que não estava presente, mas contar sobre si não era uma atividade apreciada no monastério, com ou sem tempestade.

A americana de cabeça raspada, de quem até minutos antes eu não sabia nada, nem nomeado internamente, surgiu do meio das labaredas e pediu licença pra contar os detalhes pra quem não conhecia, do jeito que, segundo ela, a história de Tecla existe, oficialmente. Fiquei vermelha e sem graça quando ela se posicionou especialmente perto de mim. Depois da conversa quente com Li, e da noite de prazer pós-aniversário, a última coisa que eu esperava era que a minha primeira escolha de assunto coletivo fizesse a conversa descambar para o lado do religioso. E lembrar que semanas antes eu tinha orgasmos múltiplos sozinha na minha cela só de pensar em voltar ao salão de banho. Agora estávamos ali, sem clima para nada sexual e, de novo, sem ver banho fazia dias. Era tarde demais, mas eu não ia demonstrar minha contrariedade naquela situação. Já existia constrangimento suficiente na minha conta e não tinha por que eu me negar a ouvir a Americana Careca com toda a delicadeza com que se aproximou de mim. Bella e Cibele também se sentaram perto e, quando percebi, estava no centro de uma roda ouvindo com elas.

Falando direto no meu ouvido, Bella me convenceu a escutar quando me contou que a história de Tecla fez parte de algumas das maiores religiões, mas que depois foi sendo apagada por elas. Que o pouco que restou da veneração a ela se encontra espalhado em lugares com conflitos armados, dominados ou pela Igreja Ortodoxa russa, ou por facções terroristas, em lugares de acesso quase impossível, principalmente para mulheres, no Egito, na Síria e na Turquia. Saber que as religiões patriarcais desconsideram a história que a Americana Careca queria contar aumentou um pouco a minha curiosidade. Não que houvesse escolha naquela situação.

Religião, política e futebol. Os três temas intocáveis do meu país. Sempre tive um grande descaso por tudo que era relacionado com esses assuntos. Uma convicção idiota de que, quanto menos eu me envolvesse ou soubesse sobre eles, menos eles teriam influência na minha vida. Até parece.

A Americana contou que era historiadora e sabia bastante sobre Tecla. Tinha jeito mesmo de professora. Começou deixando claro que Tecla é conhecida em quase todos os continentes do mundo. Que a estátua dela na cúpula da Basílica de São Pedro, em Roma, fica ao lado dos outros apóstolos e profetas. Muitas das outras não eram fluentes em inglês, nem se interessavam por aulas de história, assim como eu. Só que, naquela situação, qualquer coisa servia para passar o tempo e esquecer do que realmente estava acontecendo. O som dos sussurros e vozes simultâneas traduzindo o que se falava tomou conta do salão e um carnaval de sotaques dançou ao meu redor. A luz do fogo na lareira central confundia a vista, e do meu lugar no chão, na roda do centro, cercada por fumaça e sombras de labaredas, foi difícil saber quem falava o quê.

A Americana Careca, que também não se apresentou, se desculpou por mim, e explicou que provavalmente eu nunca ouvi falar de Tecla no Brasil por causa de um tal Papa Paulo VI. Que, nos anos sessenta, ele cancelou as celebrações ao dia de Tecla no mundo e no Brasil e a desconsiderou da lista de santos, por achar que a história dela carecia de provas de veracidade. "Como se os manuscritos originais que compõem a bíblia estivessem registrados em cartório e à disposição do público". Pelas diferentes reações em volta deu pra ver que as opiniões divergiam. Concordei com a Americana e pensei que podia ter me aproximado dela bem antes daquela situação. Era bem óbvio que ela gostava de conversar. Quis perguntar seu nome, mas não deu tempo. Ela queria mesmo era falar sobre Tecla.

Eu conto o que lembro, e sei que muita coisa ficou perdida nos cantos ocos da minha memória. Essa parte da história não é minha, mas devia ter sido. Talvez se eu tivesse ouvido a história de Tecla ao invés de saber sobre o Papai Noel, Pôncio Pilatos ou o coelhinho da Páscoa, a minha vida fosse diferente. Ou talvez não. Esse pensamento me entreteve. Fechei os olhos e me concentrei em cada palavra que ouvia na voz da Americana.

A história dela se passa em Icônio, na região do Mar Egeu, no século I depois de Cristo. Tecla estava prometida, aparentemente contra sua vontade, para Tamiris, um dos poderosos da cidade. Bonita e carismática, a jovem virgem vivia presa na casa do noivo, vigiada de perto pela mãe dela, aguardando o dia do casamento forçado.

Depois de um tempo ouvindo a história, entendi que o bafafá que a conversa trazia não era exatamente por causa de Tecla. Era, sim, por conta de outro personagem. Esse, sim, muito famoso para qualquer brasileiro, que divide a história do manuscrito com ela. Saulo de Tarso, mais conhecido como São Paulo.

Os Atos de Paulo e Tecla contam que naquele tempo o apóstolo Paulo trabalhava perseguindo novos cristãos. A Americana explicou para quem não sabia, olhando principalmente para mim, depois que viu o quanto eu estava perdida no assunto. Disse que Paulo se converteu a Jesus e às suas palavras, anos depois da morte e ressurreição do seu mestre, no meio de uma estrada, depois de supostamente ter presenciado uma aparição do próprio. A partir daí, Paulo seguiu viajando e pregando pelas vilas e cidades da região do Mar Egeu aquilo que aprendeu em seu suposto encontro com Jesus.

No caminho para Antiorque, um grande centro de poder da época, Paulo, que ainda era conhecido por Saulo, seu nome judeu, passou por Icônio, cidade de Tecla. Da janela de seu quarto, no andar de cima, a jovem Tecla ouviu pela primeira vez as palavras dele, que pregava para uma pequena plateia, no terreiro da casa ao lado. Tecla não podia vê-lo, mas se encantou com suas palavras. Paulo era um homem de mais idade, sem atrativos físicos, porém, com uma retórica sedutora para muitos ouvidos. A Americana então continuou explicando que Paulo pregava uma doutrina inédita e polêmica, com ensinamentos que depois seriam as bases de todo o Cristianismo da forma que o conhecemos. "Era pólvora acesa". Tomou fôlego e continuou. Disse que o que ele pregava naquele momento ia diretamente contra as bases da religião politeísta oficial e do judaísmo, que também dividia o poder com Roma. Muitas das ideias que ele inicialmente defendia iam diretamente contra os costumes locais, como o celibato. Paulo virou rapidamente inimigo público, num mundo em que o Império Romano crescia à base do número de filhos que cada casal podia gerar para servir às ambições do Imperador.

Tecla, que parecia ter suas próprias convicções espirituais e se via obrigada a se casar com Tamires, se encanta com as palavras de Paulo. A jovem para de comer e passa os dias seguintes sem sair de perto da janela, sem conversar com ninguém, inebriada pelo discurso do forasteiro. A mãe dela, obcecada pela consumação do casamento, pede a Tamiris, o noivo, para tomar providências.

Bella parecia querer que todas em volta participassem. Foi traduzindo aos poucos para o árabe – e para outra língua que não identifiquei – cada pedaço que a Americana contava. Eu não tinha como mudar de canal e precisava continuar escutando para esquecer da fome, do frio e da tempestade. Com as rajadas de vento e os raios que caíam lá fora, parecia que o monastério logo viraria história também. Ouvir a voz suave da Americana contando sobre algo tão distante era ignorar um pouco o medo daquele agora.

"Tamiris vai até o Governador e pede a prisão de Paulo. A notícia corre até chegar aos ouvidos de Tecla. Na noite seguinte, Tecla suborna o carcereiro com joias e consegue convencê-lo de deixá-la conversar com Paulo através das grades. O mesmo carcereiro a denuncia para Tamiris, que, em seguida, flagra a conversa dos dois e, furioso, leva Paulo e Tecla à presença do Governador. Paulo é curiosamente solto e liberado pra sair da cidade". A Americana Careca parou pra descansar, bebeu seu pote de água de um gole só e completou. "Para Tecla, o suplício continuou". Paulo foi solto e mesmo assim Tecla se recusou a casar com Tamiris em público. A mãe dela não aguentou a rebeldia da filha. Convenceu o Governador, na frente de todo mundo, a queimar a própria filha. Desta vez, foi Cibele quem interrompeu, ansiosa para entregar, ela mesma, os pontos picantes da história. "Queime! Queime a transgressora!", e representou com pouca graça a mãe da acusada, repetindo as palavras exatas que, segundo a Americana, aparecem nos Atos. A história continua e o Governador concorda em mandá-la para a fogueira, para evitar futuros maus exemplos, diante de um Paulo que não toma nenhuma iniciativa. Isso mesmo. A história conta que o santo Paulo deixa Tecla ali mesmo, no bate-boca com o Governador enquanto decidiam como queimá-la. No dia seguinte, Paulo parte da cidade para não ver o espetáculo que aconteceria no centro da fogueira.

Devagar surgiu dentro de mim uma indignação com aquele homem que dá nome ao meu estado natal e aparece na sigla de todos os meus documentos. Para mim, não fazia diferença se aquela história que ela contou era verdadeira ou não. Assim como a de Paulo ou qualquer outra na Bíblia. O que me incomodou foi ver como ele ficou famoso, como era respeitado, lembrado e relembrado há séculos, carimbando cada envelope do estado mais populoso do Brasil, enquanto o nome e a história de Tecla desapareceram por completo para a maior parte do mundo.

Se Jesus foi parar numa cruz, com dois ladrões, enrolado numa túnica, porque arrumou confusão com os poderosos, Tecla foi condenada à fogueira, nua e sozinha, porque não queria se casar. Dois mil anos depois, as duas histórias me pareciam mais prováveis do que nunca. Acontece que Tecla sobreviveu, mais de uma vez, com centenas de testemunhas para contar. A história dela cresceu e ficou perigosa. A crença em milagres e no inexplicável era a base para manter impérios e dominar nações.

O que o povo viu e saiu contando foi que assim que o fogo chegou perto dela, uma chuva forte desceu do céu apagando a fogueira, derrubando árvores e matando gente da plateia. A boca pequena era o meio de comunicação da época e Tecla não demorou a ficar famosa. Sorte ou milagre, os eventos continuaram quentes na vida dela. A Americana explicou que, na época, se uma pessoa sobrevivesse ao fogo, ela era considerada livre depois. Tecla então é liberada, sai da cidade e vai, de novo, procurar Paulo, o mesmo bendito Paulo.

"Tecla não sossegou e foi onde Paulo estava escondido, numa caverna fora da cidade. Foi pedir a ele para ser batizada e para cortar os cabelos". Desta vez foi Bella que interrompeu a Americana explicando que era comum durante muito tempo que algumas mulheres usassem o cabelo como os dos homens, e até barba e bigode falsos, para conseguir exercer as mesmas funções que eles. Que, aos poucos a História tem revelado que várias descobertas, invenções e obras de arte importantes, desde sempre creditadas a autores do sexo masculino, foram, na verdade, realizadas por mulheres que os cercavam, ou mulheres que sacrificaram tudo para manter em segredo sua identidade feminina. Depois que ela contou isso, comecei a ver Tecla em cada uma de nós. A Americana seguiu contando que Paulo não concordou com nenhum dos pedidos dela, porém, como eu esperava e torcia enquanto ouvia, Tecla corta o próprio cabelo e começa a passar seus próprios ensinamentos e segui-lo, independente da aprovação dele.

Na entrada de Antiorque, os dois passam por um mercado de leilões de escravos. Alexandre, um magistrado ligado ao representante do imperador, vê Tecla ao lado de Paulo e se encanta por ela. Logo se oferece para comprar a jovem de Paulo. O futuro apóstolo responde que Tecla não era sua e acrescenta que ele não tinha nada a ver com ela. Continuei ouvindo e sentindo meus gatilhos sendo armados.

Alexandre age com a naturalidade típica de um homem de sua época ao se deparar com uma mulher que viajava sozinha sem a proteção de um pai ou marido. Ele agarra Tecla à força, ali mesmo no mercado, e na frente de um inerte Paulo. Mas Tecla não só reage como lhe dá um empurrão, o derrubando no chão e rasgando sua túnica. Em sua reação, Tecla comete também, sem querer, seu pecado mais grave: derruba o arco da cabeça dele, o símbolo do Império Romano. O embaraço do Magistrado na frente de todo mundo leva Tecla a julgamento de novo. Desta vez, diante de um representante do imperador, e, novamente, sem nenhuma interferência de Paulo.

Eu não era a única super incomodada com os detalhes sobre Paulo. Outras também viraram o nariz. A princípio, ninguém falou nada, mesmo ficando claro pelos resmungos e suspiros que as opiniões eram divergentes. Não acho que exista alguma história totalmente justa para contar. A Americana percebeu a tensão em volta e tentou ser imparcial, coisa de professora mesmo. Continuou, bem calma. Contou então que Tecla foi condenada pelo Governador a lutar com as bestas de Alexandre na arena. Tecla, que às vezes também acertava, usou seu poder de virgem, altamente considerado, para solicitar ao sacerdote que a preservasse até o dia de sua execução. O sacerdote concorda e Tecla fica sob a proteção de uma nobre, uma viúva rica chamada Trifena, que era ligada ao imperador em Roma, e que fica responsável por Tecla até o dia do julgamento. Durante os dias que Tecla passa em sua casa, a anfitriã se afeiçoa tanto a ela que cede suas próprias leoas para acompanhá-la até a arena no dia de sua execução. Num mundo onde eu não duvidava que mais nada fosse impossível, leoas como animais de estimação faziam tanto sentido como qualquer outro animal. Foram as leoas de Trifena que, durante a luta na arena, defenderam Tecla dos leões de Alexandre. Paulo, obviamente, não viu nada disso, porque some da cidade de novo. Tecla então sobrevive aos outros animais disponíveis para os jogos da época, se livrando do ataque deles depois de muita aflição da plateia, onde as mulheres espectadoras passam a torcer desesperadamente por ela. Tecla, exausta e despida de suas roupas, como era o costume dos acusados, vê o poço das bestas aquáticas. Era a água necessária para batizar a si mesma antes de morrer. Ela se dirige ao poço, mas a natureza interfere de novo e, antes de se jogar no poço, um raio eletrocuta a água e mata os animais. Tecla pula na água nua e se batiza na frente de todos. Trifena passa mal na bancada de onde assistia e Alexandre, com medo de futuras represálias pela proximidade dela com o imperador em Roma, pede ao sacerdote para liberar Tecla de uma vez por todas, e eles finalmente cancelam a execução.

O mais inacreditável para mim foi saber que Tecla, depois de sobreviver a sua segunda execução, foi direto procurar por Paulo, que, para não destoar do seu comportamento anterior, estava escondido nos arredores da cidade. O que me fez pensar que se Tecla existiu, ela era realmente uma mulher, disso não havia dúvida.

A Deusa de Bollywood também não conhecia a história e pediu para a Americana terminar. Mas não tinha muito mais. Depois de outra conversa entre Paulo e Tecla, a insistente mulher de Icônio recebe a permissão que ela tanto parecia precisar. Com a voz um pouco engasgada, a Americana encerrou dizendo que a partir daí Tecla saiu construindo sua própria história sem ele. Disse que ela viveu por muitos anos nas montanhas, que inspirou a construção de lugares como aquele monastério e provavelmente foi mais famosa que Paulo por um bom tempo. Cibele bradou irritada que vinte séculos de religiões patriarcais apagaram a existência de Tecla, mas Bella fez questão de repetir sobre a existência da estátua dela, que resiste em Roma ao lado dos profetas, e eu só conseguia pensar que não conhecia nem Roma, nem nenhuma das outras coisas que elas tinham contado naquela noite.

Fevereiro – Fogo

Dormi e acordei pensando na novela de Tecla. A manhã estava quase tão escura quanto a noite, e a nevasca parecia mais forte que no dia anterior. O vento zunia à nossa volta como espíritos atiçando os medos e as línguas. Torci para o silêncio não ser quebrado. A fome me deixava de péssimo humor. Onde se encostava a pele, era gelado e úmido. Se amontava conosco na cozinha uma inhaca de impaciência, medo, suor e choro. Sem contar o cheiro de urina e fezes nos baldes que, mesmo sendo esvaziados através do buraco na parede logo depois de usados, fediam como se estivessem cheios. O cheiro volta e meia me dava ânsia de vômito e, depois de tantos dias de confusão, não estava a fim de ouvir ninguém conversando.

Não demorou. A quietude das primeiras horas era só superficial. Logo as aflições de cada tomaram forma e o burburinho do dia anterior foi retomado. Pensei na quietude da minha cela e, naquele momento, ela me pareceu uma suíte master de luxo.

A tempestade foi só piorando de novo. Os trovões faziam tremer o prédio inteiro como no dia do terremoto. Várias vezes achei que íamos todas morrer soterradas pelas avalanches que desciam da parte alta da montanha e passavam por cima de onde estávamos abrigadas. As madrugadas eram cheias de suspiros e lamentos. Eu mal pregava o olho, com medo de que o fogo apagasse. Mesmo com todos os isqueiros naquela sala, não era fácil fazer uma tora pegar naquelas condições. O corredor que conecta aquele lado do prédio com a cozinha estava coberto de neve. Eu mastigava a ponta dos fios do meu cabelo e tentava ocupar minha cabeça com o que entendia das conversas.

Nas primeiras horas da manhã a nevasca deu um intervalo. Foi curto, mas suficiente. Segurando umas nas outras em fila, entre escorregões e tombos, conseguimos atravessar pro outro lado do prédio e chegar na cozinha. Nunca pensei que ficaria tão feliz de entrar naquele cômodo abafado e curtido por séculos e séculos de gordura. O espaço era mais estreito e comprido que o salão, mas com os fogões, as pias, as mesas enormes e os bancos longos sem encosto, sobrou pouco para que todas se acomodassem. As mais velhas se arrumaram em cima das mesas e outras, como eu, fomos nos espremendo em cascatas em volta delas. Acabei arrumando um lugar para mim, bem no fundo do cômodo, perto da entrada para a dispensa, encostada em dois sacos de farinha abertos que eu considerava quase membros da família.

Naqueles dias não existia espaço nem para ficar em pé direito. Cada uma tentava ajudar no que podia, sem se mexer do seu lugar. Depois de algumas horas de muita agonia e confusão, conseguimos alimentar todo mundo de novo. Sem a fome machucando a barriga e com a quentura de três fogões ao mesmo tempo, achei que todo mundo fosse se aquietar, mas o silêncio voltou a ficar difícil.

Os grupos acabaram se formando. Aconteceu como em qualquer outro lugar, de acordo com onde se sentava, com a língua, a idade, o jeito, e claro, depois da minha ajuda quase involuntária, teve grupo que se formou só para falar contra ou a favor de Tecla.

A maioria deixou a história de Tecla para lá, mas a Bella parecia gostar do assunto. Na falta de outro melhor, o debate voltou a acontecer a certa altura da noite. Por causa de Paulo, claro. Ela e Cibele agora debatiam animadas entre si. Aos poucos, as duas foram puxando novamente o interesse de outras. Me lembro como se fosse hoje do cheiro forte que foi impregnando o ar, e de como a tensão ficou quase palpável. Fechei os olhos para sair um pouco da confusão e fingi que dormia enquanto continuava ouvindo. Por mais que eu me demonstrasse uma pessoa raivosa e brigona desde que cheguei, fazia tempo que eu só queria sossego. Aquela tensão pré-briga era familiar demais para mim.

"Nós não somos, mas pelo menos a metade aqui é", Bella apontou para as outras enquanto revelava as religiões ligadas a Yeshuah presentes. Católica, protestante, evangélica, luterana, nova, batista, todas criadas sob a influência do Novo Testamento. Bella continuou muita calma, como sempre, pedindo à namorada que não fosse radical, que ela sabia que a influência que todas tinham sofrido era independente da escolha da crença. Perguntou pra Cibele se ela achava que ser criada na Inglaterra influenciou só no estilo das roupas delas. "Pelo amor de Deus?", a egípcia concluiu, caprichando exageradamente na britanidade da fala.

A Poli, a Ponto e outras duas que ouviam além de mim se divertiam com o debate. Mas só porque nenhuma delas era cristã. Eu não sabia mais o que era, nem se eu era cristã ou não, naquele caso. Os poucos ensinamentos de Jesus que eu conhecia – e que me agradavam –, eram humanísticos, mas estes o filho de Maria não inventou, ou bondade não existiria naqueles que não conhecem a história da cruz. Mas existe. A bondade e o cristianismo não andam necessariamente de mãos dadas. Pelo contrário. Quem é boa pessoa não precisa de carimbo. Não sabia exatamente onde me colocar na briga. Cibele fazia cara de quem não estava gostando nem um pouco de ser chamada a atenção daquele jeito, logo ela que sempre falava tanto. Bella continuou como se quisesse convencer não só a ela, mas as outras que escutavam, umas curiosas pelo assunto, outras, pelo bate-boca mesmo. A discussão se esgotava e depois continuava. Debatiam como se fossem participantes ativas do mundo lá fora. Era impossível manter o silêncio com o monstro que nos cercava gritando do outro lado das paredes. Talvez porque ninguém queria mesmo falar de si, ou porque o mundo parecia bem próximo de acabar, só sei que os assuntos Tecla, Paulo, patriarcalismo e os absurdos derivados dele continuavam como se estivéssemos num grande fórum. Em alguns momentos eu me envolvia e prestava atenção em cada detalhe da conversa. Em outros, eu parava de traduzir e me desconectava completamente, olhando as outras discutindo como se estivesse num cinema mudo.

A única coisa que meus pais costumavam dizer de positivo em casa era que eu estava recebendo uma educação excepcional, e que poucas crianças tinham a oportunidade de aprender o que eu aprendia na minha infância. A ironia do comentário não ressonava na época. Acreditei neles e cresci arrogante no meu conhecimento básico dos livros escolares do interior do Brasil, achando que minha formação era boa. Mas o mundo que não estava nos meus livros era tão maior. Descobrir que o português é uma língua que nem aparecia naquelas rodas, e que a história que a maioria delas sabia de cor nunca nem apareceu diante de mim, começou a incomodar outros fundos. Não tinha a ver com a educação na minha infância ou com meus traumas de adulta. Meu embaraço foi patriótico naquele momento, uma amarga vergonha do imperialismo machista que colonizou o Brasil.

E de falar uma língua tão bonita, mas que parecia ter sido feita só para pregar. Eu confesso, eu juro, eu creio, eu suplico, eu crucifico, eu me fodo.

Cada uma cochilava quando podia e as dezenas de corpos naquela cozinha se misturaram como abelhas. Cada uma sabia seu lugar e se mexia da forma que cabia, sem realmente se mover. Às vezes, me chegavam flashbacks do tempo das drogas, porque a vida no monastério era mais psicodélica e alucinógena do que qualquer uma. O burburinho de tempos em tempos soava como música para os meus ouvidos saudosos da conversa humana. Outras vezes, me fazia torcer para que a tempestade passasse logo e as coisas voltassem a ser como antes.

Foi bom ter a Ponto por perto de novo. Ela me dava uma sensação de segurança no meio daquilo tudo, mesmo depois de perceber que não precisava mais dela. Numa comunidade sem homens, e sem as leis deles, a hierarquia que existia era de um tipo sutil. Em certo momento, a discussão se concentrou entre a romani mais velha de todas, com seus dentes de ouro e a Senhora do Isqueiro. Trocavam de língua o tempo todo. A coisa voltou a ficar acirrada e eu me esforcei como pude pra não perder o que acontecia.

O silêncio ia e voltava dentro da cozinha, e quando eu menos esperava, a conversa pegava fogo de novo. "Blasfêmia! É só isso que posso dizer, blasfêmia! Vocês passaram da conta, vou ficar longe de vocês e dessa história antes que um raio caia aqui nesta cozinha e nos mate de vez!". Era a Senhora do Isqueiro de novo, que tinha acabado de ouvir que o sinal que ela tanto fazia com as mãos era usado como sinal de poder em outras culturas séculos antes de Jesus morrer numa cruz. E que o cristianismo tinha se apropriado disso também. Achei que a Senhora do Isqueiro ia ter um infarto.

A Doutora também achou e lhe mandou tomar um gole de água antes de continuar a briga.

"Blasfêmia? O que é blasfêmia?". Malika interrompeu de uma forma tão delicada que até a mulher enfurecida acabou rindo. Mas ela ignorou a pergunta e continuou esbravejando. "Jesus morreu na cruz! Jesus morreu por todas nós naquela cruz, nessa cruz, e agora vocês estão querendo mudar a história?". Ninguém respondeu por um longo tempo e achei que a coisa ia parar ali. Uma voz rara saiu de perto do fogão. Até então a Da Cruz não tinha se posicionado. "A pessoa, se tiver fé, põe a fé dela onde quiser, mulher. A fé é da pessoa, ela escolhe onde vai colocar. Fica sossegada com seu Deus, deixe quem quiser falar diferente de você ter a liberdade de falar". A Senhora do Isqueiro não respondeu. Cibele não conseguia ficar quieta e continuou falando. Foi quando eu finalmente descobri o nome da minha amiga com a tatuagem na testa. "Usha Usmarah está certa. Ninguém está querendo mudar a história, mulher, se acalme". No meio da frase, Cibele baixou o tom da voz e fez o possível para soar diplomática, dizendo que não quis ofender ninguém, e que aquilo podia continuar sendo só uma conversa. A Senhora do Isqueiro olhou para Li como se quisesse apoio, mas a Cega não abria a boca há dias. Só observava tudo. Eu também preferia o silêncio àquele babado religioso, claro. Mas a Americana Careca e a Bella estavam certas. O destino de muita gente foi determinado pelas escolhas que os homens desde os primeiros séculos fizeram em nome do resto do mundo. Apagar a história de Tecla da grande História foi mais do que cortar um personagem irrelevante. Se Tecla tivesse sido respeitada pelos historiadores, o mundo poderia ser diferente. Voltei a divagar com aquela história tão antiga que de repente se misturava com a minha. Talvez até São

Paulo se chamasse outra coisa. Talvez ao invés de ser paulistana eu fosse tecliana. Quantas Paulas se chamariam Teclas e talvez as teclas dos instrumentos tivessem outro nome. Meu pensamento era impossível de ser traduzido naquele momento e não falei nada. A discussão continuava entre as mulheres que pensavam como a Senhora do Isqueiro e as outras que concordavam com Bella e Cibele.

Nas outras rodas corriam outros assuntos, em outras línguas e, muitas vezes, desejei poder fazer parte de outras conversas que não aquelas que falavam inglês. Queria saber todas as línguas do mundo naquelas noites. Ou ser surda e não escutar nem uma coisa nem outra. Depois de tanto tempo de silêncio coletivo, a sensibilidade diante do que eu entendia ficou maior tanto para o bem quanto para o mal. Os comentários continuavam. Fechei os olhos diversas vezes e fiquei só ouvindo, sem definir direito a fonte das polêmicas. Alguém assoprou o fogo e disse que não se surpreenderia se alguns dos escritos atribuídos a Paulo tivessem sido escritos por Tecla. Outra acrescentou que Jesus teve sim uma apóstola mulher e nessa hora muita gente falou ao mesmo tempo. Imaginei a seleção brasileira de futebol entrando num jogo de Copa do Mundo com uma mulher jogando no time masculino. Um par de peitos balançando ao lado de várias bolas parecia realmente uma ideia inaceitável, tão inaceitável quanto a existência de uma mulher que tivesse vivido seus próprios milagres logo depois de Jesus. Se ele viveu os dele. O absurdo de uma mulher querer passar também sua mensagem, de ter uma. De querer ensinar outros homens. De se sentir também filha de alguém importante na criação. Meus pensamentos em relação à história ficaram comigo. Não estava interessada em criar mais polêmica. E sempre tinha alguém para defender Paulo.

A Senhora do Isqueiro citou a frase que reconheci de uma aula de interpretação de texto no colégio para mostrar como as outras estavam sendo insensíveis. "Ainda que eu falasse a língua dos homens, e falasse a língua dos anjos, sem amor, eu nada seria". A citação fez Cibele perder o bom senso de novo e ela voltou a provocar a Senhora do Isqueiro e as que concordavam com ela. Disse que há tempos os historiadores – e até mesmo a Igreja – admitem que os textos, que por séculos foram considerados como sendo de Paulo no Novo Testamento, não foram escritos diretamente por ele, mas por seus amanuenses. Depois de perceber que eu não entendi, explicou que amanuense era um tipo de secretário que escrevia textos ditados por seus mestres. Falou que. muitos deles nem sabiam escrever, diferente de Tecla, que lia e escrevia, independente da proibição da época. A Senhora do Isqueiro balançou a cabeça, fez o sinal da cruz de novo, começou a rezar o terço e deixou as outras continuarem sem ela.

Por que um homem escreveria "ainda que eu falasse a língua dos homens?". Faria sentido que aquele trecho tivesse sido escrito por uma mulher. Mas também faria sentido que isso fosse só uma figura de linguagem para o que Paulo quisesse falar. Eu não tinha informação suficiente pra acreditar nem desacreditar em ninguém e guardei minhas dúvidas para o dia em que eu pudesse checá-las por mim mesma. Bateu uma saudade grande da internet, do tempo em que eu podia simplesmente digitar uma pergunta e ler as respostas dos quatro cantos do mundo, na língua que eu precisasse.

Às vezes, eu escutava palavras específicas que eu não entendia e ficava refletindo sobre elas, sobre seus significados, pensando que na cabeça de todas aquelas mulheres não só existia uma infinidade de cenários que eu nunca conheceria, como histórias inteiras que nunca teriam legenda para mim. A diferença no expressar de cada uma era maior que a diferença entre grafias e alfabetos. A língua está cheia de segredos e jeitinhos em suas próprias entrelinhas. Não era só uma questão de aprender a falar essa ou aquela, ou de traduzir. Eu engatinhava pra me comunicar nas duas que eu sabia. Acreditei na história de Tecla, como acreditei na de Paulo, do mesmo jeito que acreditava em Harry Potter. Alguém com mãos humanas escreveu cada uma delas. Para mim o grande absurdo era o fato de que Tecla havia sido completamente apagada da história. Assim como ela, todas nós éramos filhas do absurdo naquele prédio.

Nossa miséria parecia exótica, mas naquela cozinha enfumaçada éramos como qualquer outro grupo de mulheres precisando distrair a cabeça e usando a vida polêmica de uma desconhecida pra passar o tempo, como se estivéssemos presas num salão de beleza, esperando a hora do rush lá fora passar. Era difícil acreditar na tensão que o caso todo havia criado. Metade ali tinha uma religião que odiava a religião da outra ao lado. A outra metade odiava qualquer coisa relacionada à religião. Todo mundo odiava os homens. Era um monte considerável de ódio acumulado num monastério. Mesmo estando tão longe de nós, tanto os homens quanto as religiões seguiam causando estragos.

As palavras de Yuk Li no meu aniversário iam fazendo mais sentido a cada noite naquela cozinha. O perigo do domínio da palavra dentro do grupo. A Senhora do Isqueiro ficou furiosa com algo que a Velha Romani falou pra ela. Argumentava alto, para quem quisesse ouvir, deixando clara sua posição e condenando as outras. "É um absurdo esse assunto que vocês estão levantando sem motivo agora! Pra que ficar mexendo onde não é pra ser mexido? O que vocês estão querendo provar? Que Paulo, meu querido São Paulo, o apóstolo que tanto trabalhou por Jesus, era um covarde? Um político machista? Vocês não praticam heresias suficientes aqui? Desde que essa aí...", e apontou para mim com o queixo, "desde que ela trouxe esse assunto, a tempestade só piorou, e desse jeito vai continuar piorando! É castigo!". Segurando o pingente de cruz pendurado no pescoço enquanto falava, ela parecia querer nos exorcizar, inconformada com o rumo da conversa que eu era acusada de ter trazido.

A Velha Romani foi para cima dela com tudo o que tinha fermentado no gatilho. Se reposicionou na mesa onde sentava e, pelas tremidas da sobrancelha, o veneno estava a caminho. A que fala por baixo da que se ouve, essa é a que dita o tamanho do buraco. Eu achei que a Senhora do Isqueiro foi dura demais. Até que a outra mudou para o inglês e falou no idioma popular daquele lado da cozinha, querendo mesmo a plateia, com um sotaque diferente do mexicano da Senhora do Isqueiro, mas com fluência suficiente para todas no salão entenderem. "Mulher! Pare de ter medo deste inferno de igreja que te enfiaram na cabeça! Só nesta vida quantas vezes você já foi parar nele?". A Velha Romani aumentou a voz gradualmente enquanto derramava gasolina no fogo. "O que você ainda precisa pra parar de acreditar no mundo deles? Nas histórias que eles inventaram pra nós? Me conta de novo, Andira, onde estava seu Deus, seu Jesus, seu São Paulo, enquanto seus filhos machos se satisfaziam com a própria mãe?". Ela calou todo mundo. Andira, que para mim sempre havia sido a Senhora do Isqueiro, teve seu nome revelado junto com sua maior vergonha. Se levantou de um pulo e, pelo que saiu dos olhos dela, parecia que ia mesmo matar a outra. No meio do caminho desistiu e parou, e apesar da raiva explícita na cara dela, escolheu não responder à Velha

Romani. Saiu da roda balançando a cabeça, fazendo o sinal da cruz de novo e tropeçando de nervoso. A Doutora seguiu atrás dela e foram para o outro lado da cozinha.

Eu estava um pouco em choque pelo que tinha acabado de ouvir sobre Andira. Lembrei do dia em que ela bateu no meu quarto e me pediu de volta o objeto que viraria parte do seu nome por tanto tempo. Olhei ao redor e tentei não imaginar os outros tipos de tragédias que tinham levado cada uma até ali, se realmente estávamos vivas naquele lugar ou se aquilo era mesmo o tal purgatório na Terra. A Velha Romani que minutos antes eu admirei à distância com respeito e curiosidade, tinha deixado o silêncio e a cordialidade de lado naquela noite e, de novo, me lembrou da Dona Vitinha e do seu talento de ferir com a língua. O grupo inteiro se manteve em silêncio depois do que ela falou sobre Andira. Não demorou, e ela seguiu disparando. "A culpa é de todas vocês, que continuam com as mesmas doenças lá de fora, e insistem em venerar os homens mesmo aqui dentro. Eu te falei Yuk Li, eu te falei! Mas Yuk Li sempre quer permitir tudo".

Ela então seguiu seu tiroteio, metralhando quem estivesse na frente. "Parem de me olhar desse jeito! Nós passamos pelas mesmas coisas e sobrevivemos sem precisar desse Deus de vocês. Malika, seis ou sete? Foram seis ou sete homens sobre você ao mesmo tempo? Javi teve todos os dentes da boca arrancados com alicate para proteger o pai. Amianda, Amianda aqui perdeu as três filhas para um só atirador, a Doutora…", ela parou pra lembrar que Joyce saiu da roda pra acompanhar Andira e se calou por alguns segundos, mas o silêncio não durou e ela continuou como se estivesse com aquele discurso agarrado na garganta fazia tempo. Não queria ouvir mais nada. Agradeci quando ela esqueceu do inglês e continuou na língua dela.

Não reconheci os nomes que ela falou, mas me doeu no osso quando percebi que Malika, a do estupro coletivo, era a Deusa de Bollywood. Olhei pra ela, que tinha abandonado também a conversa e estava com os olhos fechados, em meditação. Eu, que acreditava que ela tinha nascido e vivido numa bolha de açúcar por estar sempre sorrindo e tranquila, quis enfiar minha cabeca num buraco de novo. Deu muita vergonha dos meus preconceitos.

Do meu lado, sempre achei que a maldade foi bem democrática, cheia de representantes por todos os cantos. Porém, depois da conversa com Li e daqueles dias na cozinha, entendi a real posição que os homens ocupavam no alto daquela montanha. A própria existência daquele lugar era uma resposta ao pavor que todas carregavam por eles. "A mulher é só o cachorro sempre por perto, mais fácil de chutar. O homem com raiva chuta qualquer coisa, até ele mesmo", Yuk Li falou com aquela sabedoria não-ortodoxa que demonstrou na minha comemoração de trinta anos. Depois se levantou com a agilidade de sempre em direção a um dos fogões. Pela primeira vez, vi nela olheiras de cansaço. A anciã chegou perto da Velha Romani como quem olha para uma irmã que desistiu de entender a outra e falou alguma coisa no ouvido dela. A outra só resmungou e retornou para sua própria roda. O silêncio voltou e respirei aliviada.

Talvez o medo da tempestade explicasse a facilidade com que aquelas mulheres se jogaram em discussões tão quentes depois de tantos anos em silêncio. Talvez o excesso de silêncio tenha sido exatamente o motivo de tanta coisa engasgada. Demorei anos, mas finalmente entendi o que levou todas elas até lá. Viver no monastério, para a maioria delas, era negar pra sempre o mundo que os homens criaram do lado de fora. O sacrifício de viver ali era um prato cheio de vingança que elas não se importavam de comer, mesmo estando sempre congelado.

Meu conceito de céu e inferno mudou consideravelmente vivendo tão próxima de ambos. Primeiro porque eu ignorava que existia uma definição formada sobre essas coisas dentro de mim, achava que eram só ideias de criança que de vez em quando ainda passeavam na minha cabeça. Como adulta, deixei deliberadamente o assunto do divino de lado: era ateia e ponto final. Não havia Deus, então não havia o que falar sobre o buraco da lavagem cerebral que ele liderava através da voz dos outros. Passei uma vida sem perceber o quanto a força da religião, assim como a da sua negação, fizeram estragos no meu DNA. O meu ateísmo era só o pseudônimo para algo que eu não sabia nomear. Um herdeiro bastardo da grande fé nacional do país onde nasci. Metade dos segredos que as pessoas viviam escondendo umas das outras, e que foderam a minha vida e de muita gente que eu conheço, não teriam sido guardados por serem considerados tabus, nem teriam sido traumáticos numa sociedade que tivesse sido construída sem religiões e suas culpas. Com tanta raiva ao redor do tema, meu ateísmo era arrogante e cheio de si. Achava que a falta de uma crença era o suficiente para preencher o espaço reservado para a ideia mais intrigante que o mundo conseguiu inventar, a ideia de um Deus – com seu "d" bem grande –, todo onisciente e onipotente. Querendo ou não, essa era a crença onipotente e onisciente que eu carregava. Eu não tinha intenção de acreditar em nada e por isso achava que não acreditava. Porém, não querer acreditar e não acreditar são duas coisas bem distintas. Vestida com meu ateísmo, carreguei as crenças que quase me mataram: de ser pecadora, de ser impura, de estar errada. Delas fui tão crente quanto a mais beata das beatas. O vácuo que existia dentro das letras da palavra *deus* ocupou um espaço quase infinito na minha cabeça. Só que aquele vácuo não esperava que um dia eu fosse mergulhar de cabeça nele. Eu queria que Deus, "d" maiúsculo ou minúsculo, se fudesse. Quem se fudeu fui eu, eu sei. Mas meu querer foi tão honesto, por tanto tempo, que o que antes era Deus para mim simplesmente sumiu, e eu achei bom. Depois daquela discussão toda que se arrastou por dias, por causa de pessoas que não existiam há milênios, um resto de crença velha terminou de desmoronar em mim. A voz que eu encontrei enquanto estava trancada virou a única a ocupar aquele espaço que antes era reservado para as ideias erradas dos deuses dos outros. Só ela teria aquele direito, porque foi só ela, a voz silenciosa, que me impediu de ficar louca, que me fez companhia e que me confortou quando não existia outra. A que não tem nome, nem tem que ter.

Fevereiro – Agnes

O estrondo lá fora calou as orações que vibravam em vários credos e línguas. Uma das indianas novinhas, amiga de Malika, subiu em cima da mesa e de pé contou as cabeças de cada uma. Depois de vários segundos de silêncio e tensão, confirmou o que eu temia. Faltava alguém. Olhei de novo, agora reparando rosto por rosto, grupo por grupo. Estavam todas ali: os nomes que eu descobri, os nomes que eu inventei e as sem nomes, que eram muitas. Ponto, Andira, Li, Malika, a Doutora, Cibele, Poli, Usha Usmarah, as romanis, as locais, as nepalesas que pareciam ser as únicas a não se preocuparem com o frio nem no meio daquela nevasca e dividiam seus casacos com outras menos resistentes como eu. Firmes no outro canto da cozinha, as orientais de olhos bem puxados e as orientais de olhos um pouco menos, que, com exceção de Poli, nunca falavam comigo; as russas e todas as que eu sabia que não eram russas, mas que resistiam ao frio e tinham pele para isso. As de Alá também, todas juntas, e, com a dedicação de sempre, assando tantos pães que tive certeza de que o mundo estaria acabando mesmo. Lembrei de Rosa. A memória dela trouxe outro jato gelado no estômago. A conta estava errada, e a conta estaria sempre errada, porque mulheres demais jaziam sob o despenhadeiro na montanha. A Pequena e a Comprida. As duas de nós que se foram de uma vez só naquela noite. Uma parte de mim também foi com elas. O resto que ficou não se esqueceu da outra, e era ela quem faltava na conta. Agnes.

Catamos o que encontramos pela frente para nos proteger da briga contra o vento e a neve enquanto o prédio todo continuava sendo atacado por um céu enfurecido. Nos corredores, a neve cobria acima dos joelhos e eu tentava não cair, nem me afundar a cada passo. Assim que saímos no corredor, achei que ia congelar de verdade. Mas a adrenalina me empurrou e eu segui, mal conseguindo ver a Ponto na minha frente. Ela começou a empurrar a neve com um pedaço grande de madeira e antes mesmo que eu me desse conta estava fazendo a mesma coisa. O corpo esquentou com o exercício enquanto nossas roupas iam ficando encharcadas. Eu não pensava em nada, nem sentia meus dedos nem meu nariz, mas o medo de não encontrar a mulher que me ajudou a ficar viva me empurrava. Sem ela para atravessar comigo no dia da fuga eu teria congelado do lado de lá da ponte e virado comida para os corvos. A passagem para o corredor central fechou com a nevasca e abrimos um buraco na neve para atravessar para o outro lado.

A Mais Forte, que no meio do sufoco fiquei sabendo que se chamava Agnes, às vezes se sentava comigo no murinho pra tomar sol e, quando não tinha ninguém por perto, ela falava do seu jeito. As histórias saíam da sua boca sem eu entender, com a voz de um menino grande que nunca conheceu nem a escola nem nenhum tipo de educação que não a do terror e do abandono. O resto do tempo ela passava lá embaixo com os animais. Não era meu lugar favorito. O cheiro ácido da lama no chão misturada com pelos, penas e uma infinidade de bosta de bicho era difícil de aguentar. Eu só descia até lá quando batia muita vontade de comer um pedaço de queijo ou de fritar um ovo. Fora isso, eu evitava aquele celeiro pra preservar o meu raro e fraco bom humor. Mas, para Agnes, era um lugar de conforto.

A Ponto foi quem viu primeiro e gritou. Deu um passo para trás assustada e por um segundo não soube o que fazer. Metade do corpo da Mais Forte estava em cima de uma cabra morta e a outra metade afundada na lama. Eu me aproximei tremendo. Um pedaço de madeira grosso como um cabo de vassoura atravessava o dorso de Agnes de fora a fora. O sangue dela se misturava com a lama e com pedaços sujos de gelo. Ela estava inconsciente, mas ainda quente. Minhas mãos correram para o topo da cabeça dela. Sem entender de onde arranjei forças, segurei seu enorme crânio tombado e me enfiei debaixo dele para suspendê-la um pouco do chão enquanto a Ponto puxava o corpo da cabra morta debaixo dela. Depois, sem me dar tempo para falar nada, ela virou as costas e saiu correndo para buscar ajuda.

Fiquei sozinha com ela no celeiro escuro e fedido enquanto o zunido do vento pelas paredes contribuía para o meu filme de terror. Não sabendo o que fazer, comecei a cantarolar uma música da época do jardim de infância enquanto balançava as pernas com ela no colo. A Ponto demorava. Não sei o que elas pensaram me deixando ali, logo eu. Estavam enganadas se achavam que eu era a pessoa certa pra cuidar de Agnes. O corpo dela dava uns quatro do meu.

Certo dia na cozinha, depois de me ouvir praguejar sozinha com o frio, uma das nepalesas contou que em algumas regiões muito remotas as famílias afundavam os recém-nascidos nos rios congelados assim que os pequenos saíam da mãe. Tiravam depois de alguns segundos, para ver se a criança iria sobreviver ou não. Os que voltavam chorando no colo dos pais para o conforto quente da mãe eram os que poderiam enfrentar a vida naquelas alturas. Lembro que pensei que aquele lugar mais remoto sobre o qual ela contava devia ser logo ao lado. Depois veio a lembrança do calor de quase quarenta graus que fazia todo ano na Juiz de Cima e às vezes em São Paulo também. De como todo mundo corria para comprar um ventilador melhor ou, quem sabe, um ar-condicionado em promoção. Senti uma falta do Brasil como nunca tinha sentido antes. Olhei para minhas mãos e depois procurei as de Agnes por debaixo do manto com capuz marrom que ela usava por cima de suas roupas. Sempre achei que ela parecia o frade capuchinho da embalagem de chocolate com aquele manto. Tentei dar um abraço nela. Consegui puxar a mão dela, que era o dobro da minha, e arrastar o braço para perto de mim. As pontas de todos os dedos estavam roxas, e eu os enrolei no manto como pude e sussurrei como se não quisesse que o vento nos ouvisse.

Decidi rezar por ela. Ou orar por ela. Ou pedir por ela. Qualquer ajuda valia. Todos aqueles deuses representados por estátuas nas celas lá em cima eram bem-vindos; eu só precisava nos manter vivas até que as outras aparecessem. Eu faria qualquer coisa por ela, mas não sabia a quem pedir ajuda. Acabei pedindo à Tecla. Que ela ajudasse Agnes a continuar sendo a Mais Forte. Pensei que a mulher gigante no meu colo gostaria que eu estivesse rezando para Alá, mas eu não podia fingir uma reza num momento tão sério. No meio do meu devaneio ecumênico, Agnes abriu um dos olhos. Levei um susto e quase deixei a cabeça dela tombar da minha perna. O olhar de criança que ela me deu assim que me viu me acalmou. Segurei a testa dela, tão suja que mal dava para distinguir do pouco cabelo. Limpei com meu casaco o rosto cheio de cicatrizes, tentando não pensar na crueldade da situação. Tudo estava molhado e a única coisa me mantendo quente era o próprio corpo dela. Ela tentou se mexer, mas quando viu a madeira atravessada em si mesma, deu um suspiro, se acomodou de novo no meu colo e ficou quieta, olhando para mim. Olhei para a porta procurando ajuda, mas ninguém aparecia.

"Rezando?". Eu sorri ao ouvir a pergunta em inglês que ela não falava e, quando respondi, seu sorriso ignorou o estado do seu corpo. Falei que sim, para a gente sair logo porque estava muito frio. Minha voz também saiu como se eu estivesse falando com uma criança. Ela deu outro suspiro demorado e olhou para os animais que nos cercavam, tão assustados quanto eu. A nevasca batendo nas paredes acalmou um pouco, ou talvez eu tenha parado de ouvir porque toda minha atenção estava no sofrimento dela no meu colo. Agnes esticou o braço para uma das cabras, uma de barba e bigode dourados; o animal veio e se colocou ao lado dela como um cachorro olhando para o dono em agonia. Agnes olhou para mim de novo e falou o que eu não sabia que queria ouvir, nem que nunca imaginei que fosse sair da boca dela. "Você vai pra casa". Depois chamou por Alá e, antes que eu respondesse qualquer coisa, ergueu o corpo e se curvou para frente num espasmo, e um jato de sangue voou da sua boca. Ela caiu de volta sobre as minhas pernas, fechando os olhos pela última vez.

Meu corpo já estava dormente embaixo do corpo de Agnes quando um grupo de dez mulheres chegou carregando uma maca improvisada. Quando viram que era tarde, tiraram seu enorme corpo de cima do meu, e quiseram me colocar na maca, preocupadas com meu estado. Me recusei e saí andando de volta para a cozinha, cambaleando como no primeiro dia em que andei por aqueles corredores, sem saber mais o que temer.

Maio – Silêncio

Voltamos a viver nossas vidas embaladas pelo silêncio, mas para mim o monastério nunca mais se calou da mesma forma. Passei a ouvir não só o pouco que se dizia, mas também o que não se falava pela boca. A sensação de que o silêncio – que parecia tão pacífico –, era, na verdade, um grande caos em suspensão constante, como em qualquer outro lugar do mundo. Voltei a ter conversas comigo mesma, mas passei a identificar cada voz que saía da minha cabeça e a perceber que a minha própria não era nenhuma delas. Aquela outra só acontecia se eu me aquietasse muito nela. E me aquietar era coisa rara.

Um lado meu estava certo de que não existia nada que eu ainda desejasse, que era hora de aceitar aquele lugar de uma vez por todas e aproveitar a estranha liberdade que ele me proporcionava. Mas outro lado – e a gente sempre parece ter outro lado rondando – me dizia que eu ainda tinha vontade de viver lá fora de novo. Abrir a minha própria loja de roupas, talvez adotar um filho, quem sabe me apaixonar. Esses sonhos sumiam rapidamente toda vez que eu imaginava como seria a vida em uma penitenciária no Nepal.

Quando a primavera enfim chegou, eu e as outras voltamos a nos juntar na torre como antes. Passávamos a maior parte do tempo em silêncio, observando a vista do vale iluminado pela lua. Eu gostava de mexer com um galho nos restos de brasa só pelo hábito de cutucar as cinzas. Estava quente o suficiente para dispensar a fogueira e economizar lenha. A Ponto e a Bella se sentavam quietas, quase me obrigando a falar algo. A pressão do silêncio coletivo apertou. Senti a minha língua antes que ela saísse da minha boca e segurei a tempo. Decidi manter o silêncio também depois de todos aqueles dias de bate-boca e confusões na cozinha. Cibele chegou cantando em italiano e eu me levantei pra olhar a vista, como a Ponto fazia quando queria encerrar uma conversa. Não me mexi por um bom tempo, até que o silêncio foi quebrado de novo pelo barulho de passos nas escadas. Para minha surpresa eram Usha Usmarah, a Doutora e outras três de quem eu não sabia nada. Chegaram e foram se sentando em volta da fogueira apagada.

As quatro olhavam a vista, o vale que mostrava algo além de brancos e cinzas. Uma delas se apresentou tirando um frasco de barro enrolado com couro de dentro do bolso e ofereceu para a roda. Devia ter passado dos cinquenta e parecia incomodada dentro do corpo, se mexendo enquanto falava. Acho que ela já estava bêbada quando chegou. Depois de uns anos, aprendi que era possível fermentar frutas para beber, mas o processo era tão complicado e o resultado tão ruim que nunca me atraiu. Pensei na simplicidade de um copo de cerveja gelada e me perguntei se tomaria outra vez na vida uma cerveja ou qualquer outra bebida servida de uma garrafa com marca.

Judith era uma daquelas com quem eu nunca cheguei a trocar nem um olhar. Como nos edifícios das metrópoles onde se pode viver uma vida inteira sem conhecer os vizinhos do andar de cima, eu também não tive nenhum contato com ela durante aquele tempo todo. Se introduziu para quem não a conhecia. Contou que era da Polônia e comemorava dez anos no monastério naquela noite. No princípio, Judith usou um tom de voz baixo e passivo enquanto bebericava da garrafinha. Parecia que queria contar alguma coisa, mas estava tímida. Começava uma frase e não terminava, misturando polonês com inglês. Só sei que, a certa altura, a bebida no pote dela fez efeito e a voz dela se transformou, o inglês perdeu a vergonha e saiu quase perfeito: "Eu nunca imaginei que fosse viver num lugar só de mulheres, imagine!". E levantou a garrafa para um brinde imaginário, depois gargalhou como se lembrasse de momentos distantes demais para alcançar com as palavras. "Eu gostava de homem, ah, mas eu gostava muito, do cheiro deles, das mãos, do...", e fez com as mãos um pênis do tamanho de um fêmur, que arrancou risada de algumas. "Nunca pensei que fosse querer viver sem os desgraçados!". Ela mudou o tom de novo, como se lamentásse também a falta deles. "Mas os desgraçados... tão filhos da puta que parece que nasceram do diabo e não de uma mãe. E nós, idiotas, a vida inteira fascinadas por eles, não enxergamos um palmo na frente do nariz". Ela se alterava entre a ira e a sensatez de um jeito que só os bêbados sabem fazer. "Sabem quantas ideias dentro da sua cabeça foram inventadas por um homem?". A pergunta dela me pegou de jeito. Pensei no mundo que foi construído pelo meu pai e deixado de herança para mim. "Agora acabou", e Judith riu de si mesma, "agora não... acabou faz muito tempo, eu quero distância, distância!". Terminou a confissão espontânea e fechou os olhos, tombando o tronco para o lado. Ficamos em silêncio de novo, cada uma contemplando suas próprias memórias. De repente, a polonesa arregalou as pálpebras, deu outro gole e continuou: "Alguém aqui alguma vez levou um chute no útero? É. No útero, aqui ó", perguntou, olhando para cada uma, enquanto levantava a blusa e apontava para uma cicatriz enorme – que claramente não era de cesariana – no seu próprio abdômen. Eu segurei a minha. "No útero? Alguém? Alguém? Não? Não. Ok, vocês não querem falar hoje, eu entendo. Eu entendo. Pois eu já. Vários...iiiiih...". Ela balançava pra frente e pra trás, como se estivesse numa gangorra. "Não preocupe! Eu prometo pra vocês, é quase igual a dor que dá na gente quando o sangue está pra descer. Mulher leva um chute no útero por mês". Levantou a garrafa de novo, depois fechou os olhos e desta vez cochilou sentada.

Apesar da hora, não éramos as únicas aproveitando o céu limpo e sem vento naquela noite. Foi alguém lá fora no jardim que viu primeiro, e logo depois as outras foram chegando. Olhei para o céu e só vi estrelas, porém uma delas se mexeu num movimento diferente do que as estrelas fazem quando caem, e depois de um tempo sem entender o que via, as palavras de Bella fizeram sentido. Era um drone e Usha Usmarah colocou as mãos na cabeça como se tivesse visto uma arma, ou como se tivesse visto algo pior do que eu podia ver. A reação dela, sempre tão calma e centrada, me assustou mais do que o próprio objeto, que de novo cruzou o céu de um lado para o outro, mudou da cor branca para vermelha, e depois para branca de novo, e seguiu piscando no meio do breu. Me perguntei se o puto do robozinho voador iria atirar na gente. Tentei pensar em opções menos trágicas, afinal, não existiria um motivo para um drone aparecer atirando num monastério de mulheres, ou eu esperava que não. Talvez fosse um fotógrafo da National Geographic buscando uma fotografia noturna para prêmio, ou um milionário entediado acampado perto do Everest, sei lá, qualquer coisa sem importância e que não siginificasse nada para nós. O drone ziguezagueou mais um pouco por cima do jardim enquanto outras mulheres surgiam no pátio para acompanhar a atração. Depois parou bem no alto, como se nos desse uma olhada final antes de partir, e enfim desapareceu em direção ao vale, do outro lado da ponte.

Apesar do excitamento e tensão despertados pelo objeto voador, o silêncio foi mantido naquela noite e voltamos para as celas sem comentar sobre o incidente. Fechei a porta da minha e desejei que ela se trancasse por dentro. Deitei na cama e me cobri com a Gorda, a colcha que no vazio da minha vida se tornou quase um bicho de estimação. Apertei meu nariz nela e senti o cheiro das gotas de óleo de lavanda, presente de uma das romanis mais novas. Me lembrei da noite em que vi pela primeira vez aquela colcha da grossura de um colchonete. A raiva que eu tive dela. O vômito, o fedor, o desespero, o nojo, o frio, a dor. Tão longe quanto a vida que eu tive antes de acordar na cela. A minha cela. O lugar que chamei de inferno tantas vezes que acabou virando casa.

Junho – Mesa da cozinha

Duas batidas na porta me acordaram antes do sol sair. Eu sabia que era Li querendo falar comigo. Me sentei na cama, pus os pés no chão gelado e respirei fundo antes de abrir os olhos. Olhei para a porta de madeira. Nunca dei um nome para ela. Porta filha da puta. Quando cheguei, estava ocupada demais com o meu ódio para pensar sobre qualquer coisa. A raiva era tanta, o sofrimento era tanto, que não havia como perceber certas coisas, muito menos pensar sobre os nomes delas, quando elas não tinham nome. Vivi presa ao mundo fechado da minha cabeça, como se vive acostumado com a família que se tem. No tempo da raiva, a porta foi só uma porta mesmo.

Meu pensamento não tinha a lógica que eu conhecia antes, se é que um dia ele foi lógico. Eu me deixava conduzir, posso assim dizer. Vivia viajando numa droga que não precisava consumir. Tinha capacidade de perceber cada nuance do que acontecia à minha volta; de ouvir a comunicação que existe nos espaços, nos objetos, nos gestos, nos olhares, em tudo que não é dito, o som da orquestra de instrumentos mudos que nos rodeia, tudo ao mesmo tempo tocando em silêncio e dizendo o que as palavras raramente são capazes de alcançar. Antes de me levantar e sair daquele quarto – não de uma cela, ou de uma jaula, mas do meu quarto –, respirei fundo, mais fundo do que jamais tinha respirado. Queria inalar o que existia de mim impregnado naquelas paredes. O cheiro dos tijolos de pedras úmidas, a argila que preenchia as frestas das pedras, o metal enferrujado do cano fino da torneira, o mofo do colchão desenhando formas orgânicas, o meu próprio cheiro encarnado entre eles. Uma combinação de odores que não poderia contar pra outra pessoa a mesma história que contou pra mim. O cheiro que também continha o ranço de tantas outras que viveram ali antes, sem nunca ter me revelado nada sobre elas.

Meus poucos objetos decoravam a prateleira feita de duas pedras e um pedaço de madeira. Meu copo, meu prato, meus talheres e minha toalha. Umas pedras bem pequenas e coloridas que passei a colecionar das idas à Arethusa e pétalas de flores secas que eu espalhava pelo chão pra colorir o quarto nos meus melhores dias. Toda minha vida material cabia em cima daquela mini prateleira. Dobrei a Gorda devagar até ela ficar parecendo uma almofada sobre a cama, depois vesti o casaco e o gorro sem acender meu toco de vela, calcei as botas, abri a porta e saí. Meu peito estava apertado, mas não me atrevi a perguntar o que ele pressentia.

A Ponto me esperava no corredor. Olhei pra ela sentindo meus olhos inchados de sono e ela sorriu, como de costume. Até àquela hora da madrugada ela conseguia ter bom humor e nem se eu tivesse acumulado toda a sabedoria do mundo entenderia como. Ela apontou pra cozinha. Eu disse que Li queria falar comigo e fui em direção à cela dela, mas a Ponto me ignorou e me puxou pelo braço na direção oposta. Segue o fluxo. A voz sem voz sussurrava na minha cabeça naquelas primeiras horas escuras e geladas da madrugada. Quando chegamos na cozinha, Usha Usmarah e Malika acendiam um dos fogos e a Doutora, Bella e Cibele se sentavam na grande mesa, como se me aguardassem. Era o meio da noite e eu só vi as silhuetas delas. As velas estavam apagadas nos castiçais e a chama embaixo da panela de água quente era a única iluminando o cômodo com cheiro de gordura.

A Ponto fechou o grande portão atrás de nós. Só depois que me aproximei da mesa é que me dei conta de que Yuk Li também estava presente e a seriedade da situação foi ficando evidente. O silêncio continuou mesmo depois que Usha Usmarah e a Ponto serviram o chá da manhã e se sentaram com a gente. Aquele tipo de encontro nunca aconteceu antes, pelo menos não com a minha presença. Nada foi dito e quanto mais tempo passava, menos eu queria que alguém falasse, porque senti que no momento que alguém abrisse a boca, tudo mudaria de novo. Foi a Bella quem confirmou meus temores.

"Se você fizer tudo do jeito que vamos explicar, em cinco dias você chega na primeira aldeia. De lá, você vai encontrar ajuda pra terminar de descer a montanha, até conseguir um ônibus para Phokhara ou Khatmandu".

Continuei calada, apertando meu pote de chá com as duas mãos.

"É hora de você ir", falou Malika, passando a mão no meu cabelo como se tivesse o dobro da minha idade. A recente afeição que eu sentia por elas se misturava com o gosto amargo do abandono, e a voz que saiu de mim refletiu minha indignação. Disse que elas não podiam estar falando sério. Que elas me mandavam para a morte por conta de um drone. Li me olhou fundo, daquele mesmo jeito que me olhou em meu aniversário, vendo tão mais do que eu era capaz de ver. Bella parecia mais aflita que as outras em me confortar. "Estamos no ponto alto da rota; saindo daqui é só descida, você passou por coisa bem pior". Argumentei como pude, que eu não tinha uma vida me esperando no meu país, que não queria ir para cadeia, que morreria no caminho. Li continuava só me olhando, e eu sabia que ela se lembrava da garota que implorou pra sair por tanto tempo. "Se a garota sabe que é inocente, não há o que temer". Eu continuava perguntando o motivo, e desta vez foi a Doutora quem falou. "Para terminar de se curar, você precisa parar de fugir". A pergunta saiu sem trava: "E sair daqui desse jeito não é fugir?". Argumentaram com paciência, dizendo que escolheram estar onde estavam, e que comigo era diferente, que sempre tinha sido, desde a minha entrada. Aquele lugar não era o meu destino final. "Você sabe que precisa ir", a Ponto também entrou na conversa pra me convencer. De repente, a vida fez aquilo de novo. Revirou tudo. E o lugar que eu tanto odiei, de onde eu tanto quis fugir, passou a ser o lugar onde eu me agarrava. "Eu não tenho como fazer isso". Uma velha parte de mim quis brigar sozinha enquanto a outra metade, a que se acostumava a viver de outro jeito, observava quieta, curiosa e sem nada para comentar. Li fez sinal para a Doutora, que acendeu uma das velas no centro da mesa. No banco ao lado dela notei uma sacola de couro com tiras amarradas nas laterais, como uma mochila improvisada. Num lugar tão sem objetos, qualquer item novo chamava a atenção, e aquela bolsa ao meu lado dava todos os sinais de que a conversa era pra acabar naquela noite mesmo. Ri de raiva, mas mantive a calma. Achava uma grande piada elas terem uma opinião tão certa sobre a minha vida enquanto eu mesma não tinha nenhuma. "Você nunca veio para ficar", a fala da Doutora acabou com meu silêncio de novo. Tentei convencê-las de que nenhum juiz do mundo iria acreditar no que eu dissesse, porque nem eu sabia o que tinha acontecido para que pudesse explicar. Meu argumento as deixou caladas por alguns instantes e alimentei a ilusão de que o grupo mudaria de ideia. Mas Usha Usmarah falou no ouvido de Bella e elas olharam para Li, que concordou com a cabeça e ela repetiu para mim. "Você pode ir até lá, antes de voltar".

Fazer regressão nunca passou pela minha cabeça. Mas lá estava eu, deitada na mesa da cozinha, com as sete em volta de mim, sendo coberta por uma pele cinza escura de carneiro que ainda cheirava como um dos animais do celeiro. "Você ganhou uma pele novinha, olha, de ovelha negra, a mais quente que tem". Malika falou só para mim enquanto terminava de me cobrir e acomodava algo duro pra apoiar minha cabeça. "Essa não vai ficar encardida como a minha". Sorri forçado só por causa do sorriso dela.

As sensações foram muitas. Fiz força pra me concentrar na voz da Usha Usmarah, que começou a falar baixinho no meu ouvido com seu dialeto etíope, até eu relaxar os músculos e acalmar minha respiração. Depois, começou a me guiar num inglês lento e melódico, quase como se cantasse os comandos que me passavam. As mãos das outras encostaram em diferentes partes do meu corpo e eu soltei o ar. Passo a passo, Usha foi me guiando de volta à última lembrança que eu tinha antes de acordar na cela. Eu não acreditava que elas teriam sucesso, mas, talvez por estar completamente entregue à situação, de repente eu me vi no quarto onde me hospedei com Hanu, em Pokhara, quase cinco anos antes.

Vi o quarto na minha frente, tão perfeitamente como se estivesse nele, e a sensação foi tão real que me assustou e eu voltei para a mesa da cozinha imediatamente. Elas me seguraram, pediram para eu me acalmar e tentar de novo. Usha Usmarah me pediu para concentrar no que eu via, qualquer coisa, um objeto, uma pessoa, uma paisagem. Por um tempo não visualizei nada que não fosse a escuridão, mas ela continuou me guiando com muita paciência até que algo na tela escura da minha mente fez meu corpo todo tremer de novo. Ela me perguntou o que eu via. "A faca... a faca que ele me deu".

A última transferência da minha conta em Londres caiu no Western Union de Pokhara, depois de alguns dias viajando pelo Nepal com o resto do dinheiro que sobrou da venda do apartamento em São Paulo. Hanu me convenceu de que, transferindo o dinheiro de uma vez só, nós não dependeríamos mais do humor dos deuses indianos para o funcionamento dos caixas eletrônicos e assim eu poderia garantir a minha pipa sempre cheia. Eu caí fácil depois que ele me deixou sem ópio algumas vezes para testar minha dependência. Àquela altura minha mente também tinha bloqueado os problemas que surgiram junto com o meu vício, a debilidade do meu corpo, a incapacidade de tomar decisões e o medo de fazer qualquer coisa sem a ajuda de Hanu, enquanto ele me levava pra lugares cada vez mais remotos e sem saída. Eu não fazia quase nada e passava a maior parte do tempo dopada nas camas dos quartos dos hotéis. Mas naquela noite não tinha nada pra fumar e ele fez questão que eu descesse para o bar ao lado da recepção. Disse que se eu quisesse aquilo que eu sempre queria, eu teria que descer e socializar, que ele precisava que eu estivesse lá naquela noite especificamente. Hanu vivia nervoso desde que Asha sumiu, e não me deu chance de reclamar: cortou a conversa logo e saiu batendo a porta.

As mãos das mulheres tocando meu corpo tentavam, mas não me protegiam do incômodo diante da imagem dele na minha frente, com seu cabelo escuro e oleoso, todo penteado pra trás, a camisa estampada amarela e justa com os botões abertos deixando ver as correntes que ele carregava no pescoço, com amuletos de ouro, outros de madeira e outros que eu nunca ousei perguntar de que eram feitos. Lembrar de que cheguei a achá-lo interessante me enjoou e na mesa eu tive ânsia de vômito. A voz de Usha Usmarah me trouxe de volta. "Sem julgamento, só olha".

A lembrança veio sem me dar tempo para assimilar o filme todo. Como num sonho consciente que eu assistisse amarrada. Me vi descendo para o bar e restaurante ao lado da guest-house e encontrando com ele numa mesa ao fundo. Sentados no mesmo sofá, de formato curvo, Hanu e, ao lado dele, uma nepalesa parecida com Asha, olhos também muito verdes, devia ter acabado de fazer dezoito anos, e dois policiais fardados, completamente bêbados. Meu estômago gelou na cozinha do Monastério quando minha memória reconheceu os dois. Hanu abraçou os policiais e me chamou pelo nome que ele escolheu pra mim, apontando um lugar na mesa com a cabeça. "Nalushi... sente-se. Relaxe. Tenho dois presentes para você". Quis abrir os olhos, mas Usha Usmarah continuava comigo e me segurou na cena, reafirmando que eu estava protegida e que não tinha nada a temer.

Vi Hanu me entregando dois pacotes fechados, embrulhados em papel de jornal, e me dizendo que o embrulho pesado eu poderia abrir ali mesmo, que todos queriam ver. Abri sem me sentar, diante do olhar pouco convidativo da nova companheira de Hanu, que parecia tão fora de lugar quanto eu. Abri o pacote devagar, sem rasgar o papel. Era uma adaga nepalesa, de metal prata com detalhes dourados, encaixada numa bainha de metal cheia de adornos. "Kukri!". O policial de cabelo já grisalho gritou alto para o restaurante o nome da faca que os turistas adoram levar como lembrança.

Sem graça, agradeci com a cabeça o presente e puxei a bainha, revelando a lâmina afiada para alegria dos homens da mesa. Admirei o objeto, sem entender, agradeci com um sorriso que até uma criança veria que era falso, e logo voltei pro quarto ansiosa demais por usar o conteúdo do outro pacote. Me vi seguindo até o quarto e fumando até apagar na banheira rosa do banheiro da guest-house. Viajava nos azulejos floridos da parede enquanto chorava a morte do meu filho, ou da minha filha, como sempre fazia quando estava chapada. Uma parte de mim olhava enquanto a outra estava dentro da banheira, com os olhos todos borrados de kajal, quase se afogando em lamentação. Não deu tempo de refletir sobre o que eu sentia. As mulheres na mesa da cozinha me seguraram forte nesta hora. A porta do banheiro se abriu e eu vi o quarto.

O sangue dela jorrava de diferentes buracos no corpo. Caí de joelhos assim que saí do banheiro. De joelhos, como prometi que não cairia de novo. Tremi em cima da mesa onde meu corpo realmente estava. Olhei de novo com os olhos fechados, tudo no quarto estava manchado de vermelho. A cor da vida e da morte e do resto da minha vida. Os dois policiais de cuecas, a faca que me deram de presente na mão de um deles, os dois com as calças arregaçadas entre as pernas. Hanu sentava no chão de carpete, sem camisa e de short, com um copo de uísque na mão, olhando com um riso nervoso o corpo nu da garota nepalesa estrebuchando e soltando finos grunhidos enquanto terminava de morrer. A risada dos dois policiais foi ficando alta nos meus ouvidos e eu senti que ia desmaiar. Hanu me levantou do chão e me segurou pelos braços até a cama, e achei que aquela era a última coisa que eu iria ver. Ele chegou perto do meu ouvido e falou, "Nalushi, my love, agora você vai fumar todo o ópio que você sempre quis, e depois vai encontrar com o seu bebê".

Usha acariciou a minha testa lentamente e me pediu que mantivesse os olhos fechados, se conseguisse. Não abri, mas também não voltei para a memória do quarto, permaneci no escuro da minha mente sem coragem de acender nenhuma luz. Senti o toque quente das mãos das mulheres tentando estabilizar meu corpo. A Da Cruz continuou falando baixinho no meu ouvido, me dando os comandos que eu precisava para seguir lembrando. Eu estava super drogada na cama de um quarto onde um crime horrendo acabava de ser cometido. Eu estava na cozinha de um monastério, numa montanha em algum lugar do Nepal. Eu não estava em lugar nenhum, e fiquei naquele escuro, enquanto as mulheres respiravam em turnos, puxando o ritmo do ritual que faziam comigo. Meu cérebro parecia estufado com a verdade, mas eu precisava saber como saí daquele quarto e como fui parar no alto daquela montanha. Eu não teria outra oportunidade de descobrir, porque não poderia fazer aquilo de novo sozinha. Forcei minha concentração e segui o comando das palavras de Usha, me guiando lentamente de volta. Não demorou e me vi de novo caída na cama, tossindo engasgada ao lado do corpo ensanguentado da garota nepalesa. Depois me vi levantando como um zumbi faria, recolhendo minhas peças de roupa pelo quarto, as mesmas peças que chegaram comigo na cela e que me fizeram companhia por tanto tempo. Na verdade, as peças que eu me vi catando pelo quarto pra vestir eram basicamente as mesmas roupas que eu vestia na mesa, antes de serem remendadas com muitas outras. Eram novas quando eu me vi no quarto, guardando a pipa e o pacote com o ópio no bolso, e saí cambaleando pela porta. Me via descendo as escadas da guest-house na madrugada, cruzando com outros turistas que me olhavam assustados e curiosos, mas chapados demais também pra fazer qualquer coisa. Saí por uma porta lateral do prédio. Continuei seguindo a visão pelas ruas de cascalho até a placa do posto da polícia. Parei num beco sem iluminação, poucas casas antes, e ainda tentei acender a pipa com as mãos tremendo. Vi então uma carroça fechada, cheia de sacos de farinha, se aproximando daquele corpo – que era eu, mas do qual eu não tinha nenhum controle. Os olhos vermelhos daquela Ana Lúcia no beco se encontraram com os meus. Voltei para a mesa da cozinha.

O céu começava a clarear quando eu me despedi delas na entrada da ponte, embaixo das pedras-elefantes. Ganhei abraços difíceis de largar e as últimas recomendações para cada parte do trajeto. Não consegui falar nada, só ouvi. Apertei cada uma delas com toda a força de quando a gente sabe que é a última vez, e depois me agarrei às alças da mochila, como se nelas eu pudesse segurar alguma coisa daquela vida.

A Ponto ficou encarregada de me acompanhar até o outro lado da ponte. As outras seis ficaram pra trás, pra rodar as manivelas que abriam o portão do outro lado. Ver o esforço delas para fazer girar as roldanas que esticavam a corda e suspendiam o portão me fez recordar do dia da minha tentativa estúpida de fuga. Nunca estive pronta pra atravessar aquele oceano de morros e picos sozinha, assim como não sabia se estava preparada também naquela hora. Depois de todas as explicações que elas me deram sobre os perigos da descida, vi que aquele portão me protegeu mais do que eu imaginava. Quando fui parar lá em cima, não tinha forças nem pra atravessar a ponte sem cair, mas com os anos de vida dura, meu corpo estava magro, sofrido e também muito mais forte do que qualquer academia poderia ter me preparado, então me agarrei à ideia de que talvez eu tivesse uma chance. Mesmo tendo sonhado inúmeras vezes em sair do monastério, nunca gastei tempo naqueles anos calculando como seria fazer a travessia propriamente dita. A montanha foi até então só uma extensão sem portas da minha cela. Não imaginei como seria realmente enfrentá-la, porque no fundo eu nunca acreditei que pudesse. Tentei me agarrar às últimas palavras de Li enquanto atravessava a ponte. "A montanha está viva, garota. Ela não é o perigo, não quer te devorar. Olhos de dentro e olhos de fora, todos no chão. A garota segue o chão, a garota chega".

Depois da regressão na cozinha, parecia que elas queriam me proteger daquilo que me impuseram. Não me explicaram por que me mandavam embora daquele jeito, nem naquele momento, mas falaram de muitas coisas que eu não queria ouvir, mas precisava para sobreviver. Como contornar a neve alta que nunca derretia do outro lado do portão, como pisar nela sem cegar meus olhos, nem quebrar meus joelhos. Sobre como evitar a trilha dos lobos, sobre pumas e felinos de diferentes tamanhos que habitavam aquela região, e o agressivo e curioso panda vermelho que, apesar de muito bonito, era também perigoso e resistia à extinção da sua espécie nas redondezas. Depois me alertaram sobre as avalanches, sobre o cuidado que eu devia ter com as pedras que rolavam vez ou outra sem terremoto mesmo, e onde poderia conseguir água. Por último, as sete mulheres deixaram claro que eu teria que me desviar da trilha dos homens, pelo menos até chegar na casa da cortina amarela, no quarto ou quinto dia, e que nem os cinco mil metros de altura que nos separavam do mundo lá embaixo deveriam ser motivo para eu desistir.

Meu peito se encolheu para não cair. Olhei uma última vez para cada uma, e vi os rostos de todas que não estavam. Nelas eu vi a minha dor, a minha esperança e o espelho que somos. A desilusão, o cansaço, a inocência e a caridade. A esperança, a tristeza, o contentamento e a aflição. Vi a mudança e a inércia. A coragem e o medo. Aquilo que pulsava em mim, também pulsava dentro delas. O sentir de todo mundo era igual, não importava de que lado da ponte.

Eu e a Ponto andamos em silêncio, com os passos quase sincronizados por cima da sequência de tábuas de madeiras penduradas sobre o abismo, que desta vez eu desejei que fosse mais longa. Se eu pensasse sobre o que sentia, o precipício me engoliria. Não imaginei que um dia eu deixaria de ter aquela criatura estranha e fascinante por perto. Quando ela fechou o portão gigante eu ainda me virava para ela, olhando pela última vez para aquela pessoa tão diferente de mim, a pessoa que tornou suportável minha estadia naquele lugar, quando acordar todos os dias era acordar para doer. Um amor que não precisou consumar nada, não precisou de palavras, nem mesmo de um nome para acontecer da forma mais bonita e livre que eu experimentei.

Antes de fechar aquele portão, quis também me despedir da mulher que eu era antes. A mulher que achava que era só uma, perdida em si mesma, enquanto as outras seriam só as outras. Que a perda de si era direito exclusivo meu. Demorei demais pra entender o funcionamento da vida entre aquelas paredes, e demorei pra entender a relação que eu tinha com elas. A Ponto transformou quase tudo que eu pensava, e transformou também o jeito que eu me apegava às minhas convicções. Aquela constante satisfação que tanto me irritou, a paz de espírito que eu achava que nunca teria direito, a ausência de arrogância e julgamento. Ela foi a minha grande heroína naqueles anos, e só naquele momento consegui reconhecer isso. Mas não falei, porque o vento soprava forte e alto e porque, mesmo no momento de despedida, a Ponto foi a Ponto, e não esperou que eu falasse nada. Antes de fechar o portão, foi ela quem disse o que achou necessário. Que eu seguisse em frente, que eu não pensasse demais, e que muitas vezes ia parecer que eu andava pra trás, mas que andar pra trás não existia.

Ao meu lado, do lado esquerdo do portão, a primeira coisa que eu vi quando saí foi a ossada da Pequena coberta de roupas coloridas e com o cabelo por cima do crânio. O corpo minúsculo parecia os restos de uma criança, afundado, meio na lama, meio na neve, com os pés pro alto. Os restos dela estavam bem conservados, mas outras ossadas bem piores jaziam em volta, ornamentando a minha saída. Pareciam avisos da dureza que existe do lado de dentro, e talvez a razão de ninguém se atrever a cruzar nem para um lado, nem para o outro do portão.

Iniciei a descida da trilha que, de tão estreita, quase não existia. Manter os olhos no chão, manter os olhos no chão. As palavras de Li eram meu novo mantra enquanto eu descia tentando não olhar para baixo, nem escorregar, mantendo meus joelhos dobrados, como elas me ensinaram, para que não travassem depois de algumas horas. Segui me equilibrando sobre as pedras pontiagudas, com as botas que não podiam ser consideradas botas há tempos, e que só ficavam presas aos meus pés porque amarrei muitas cordas de palha em volta das solas. Segundo as dezenas de instruções que elas me deram na cozinha, eu precisava fazer o primeiro percurso antes do meio do dia pra dar tempo de achar um lugar pra dormir naquela parte alta da descida, onde as correntes de vento eram tão fortes que podiam derrubar até uma mula. Eu evitava olhar pros lados. O mundo desaparecia logo abaixo e as nuvens muitas vezes se confundiam com o chão.

Depois de algumas horas, o barulho do meu pisar naquela imensidão de silêncio ficou alto demais e uma solidão sem tamanho me empurrou como se fosse rajada de vento. Meu corpo ameaçou parar e voltar, mas eu sabia que não existia essa possibilidade. A falta de opção era o meu trajeto. Parei só pra arrumar a mochila que pesava nas costas e bastou um movimento brusco para que eu perdesse o equilíbrio. Me deixei cair sentada na neve empedregada pra não descer rolando. Uma pedra afiada rasgou a calça e quase furou a minha bunda. Quis xingar, mas acabei rindo. Aquele caminho me dividiu em várias de novo. Uma que estava puta de raiva, como sempre, outras que não sabiam o que sentir, e aquela rara de mim, bem mais calma, que parecia achar tudo possível. Fui descendo e me envolvendo de novo na confusão do que era eu, o que era minha mente, o que era meu corpo, o que eram meus pensamentos, meus sentidos, minhas ideias, minhas memórias, meus medos. A voz que descobri depois de tanto custo ser a minha, aquela que me salvou tantas vezes, desapareceu completamente na agitação dos meus pensamentos e na proliferação dos meus medos. O que eu tinha pra me segurar eram as palavras de Li: os olhos no chão, os olhos no chão.

Naquele momento eu achava que conhecia completamente a solidão, que era formada, com mestrado e doutorado. Que não existia novidade no campo de estar sozinha. Achava que conhecia todas as versões possíveis desse sentimento, como achava que conhecia todos os medos e todas as dores do mundo antes de chegar no monastério, mas eu estava errada. Certos sentimentos têm o dom de se renovar, de se regenerar perfeitamente, e de atacar infinitas vezes como se nunca tivessem atacado antes. Foi assim que aquela solidão tomou conta de mim. Foi como se eu nem tivesse passado pelas outras. Pela solidão de criança com medo dele. Da adolescência, na casa vazia, depois que os dois morreram. Grávida no enterro de Jaime, na sala da clínica ilegal de aborto, nos quartos da Índia, no escuro da cela. O engano foi achar que por já ter experimentado muita coisa, já tinha vivido tudo. Minha mãe usava a palavra *estúpido* pra se referir a qualquer coisa que ela não gostava. Eu odiava quando ela falava assim, mas não achei outra palavra para aquele momento. A solidão de se sentir infinitamente pequena, dentro de uma coisa infinitamente grande, era estúpida. Meu coração batia de medo de não aguentar tanto silêncio. Mais silêncio. Fui andando e encolhendo o corpo e segurando os cotovelos pra parar de tremer. Por longos momentos, naquele mundo de ladeiras que se estendiam em 360 graus, minha solidão foi do tamanho da montanha toda. Quase me queimou de dor pensar no quanto eu estava sozinha. Era cruel, era arrebatador, eu iria morrer de novo e, de repente, fui rápida e peguei a velha voz no ato. Mudei sua oratória porque estava de saco cheio de sua ladainha autopiedosa, covarde e enjoada. Pensei que éramos somente eu e ela, eu e aquela cordilheira-mãe de tantos morros; então ela também não estava sozinha. Eu iria fazer companhia pra ela. Chamar a montanha de mãe me fez pensar na minha. Na solidão que ela também deve ter vivido, casada com o tipo de homem com quem se casou. Senti a ligação com a mulher que me trouxe ao mundo de um jeito que eu nunca senti antes. A conexão que o sofrimento, no final das contas, nos obriga a ter com o outro. A equanimidade da dor nas tragédias de diferentes nomes. Imaginei minha mãe me falando que ela e todas as outras também estavam comigo, e continuei andando.

Na minha frente, alguns passos adiante na trilha, o cenário deixou de ser só de pedras cinzas e gelo branco. Pensei com um pouco de satisfação que pelo menos a primeira parte eu tinha conseguido. Podia ter sido pior, e eu sabia muito bem. Ainda faltava procurar abrigo pra passar a primeira noite. Os tantos conselhos de último minuto se repetiam na minha mente como um papagaio pendurado no meu ombro. Pelas minhas contas, eu ainda estava acima dos quatro mil metros de altura. Avistei o desfiladeiro de rochas gigantes abaixo. Era nele que eu precisava achar um buraco pra me enfiar antes que o frio da madrugada, os animais, ou meu próprio pânico me encontrassem. Fui descendo com todo cuidado possível, até que consegui achar uma pedra suficientemente grande pra me proteger, um buraco triangular entre duas pedras grandes, onde eu cabia. Entrei dentro dele me arrastando devagar, porque era apertado e eu já estava esgotada daquele dia. Me acomodei como pude e coloquei a mochila no chão, finalmente. Parecia mais pesada do que quando a coloquei nas costas de manhã. Tirei a garrafa de plástico velha por cima dos pães, do queijo de cabra duro, dos sacos de folhas de chá e da pomada pra quase tudo, que a Doutora me deu. Puxei o rolo grosso de pelos e couro, a única coisa que eu tinha mesmo pra me proteger: minha pele de ovelha negra. Senti o cheiro de bicho e cheiro de bicho também era o cheiro da Agnes. Suspirei fundo e apertei a pele contra o meu corpo como eu costumava fazer com a Gorda. Terminei um terço da garrafa d'água e respirei como a Doutora ensinou, para manter o meu corpo quente até acender o fogo com um pedaço de madeira que colocaram na mochila. Nem lenha era possível de achar naquela parte da montanha.

Depois de uma hora, o fogo virou só uma brasinha que não aquecia nem iluminava mais nada no buraco. Esquentei um pouquinho de água, coloquei as folhas na ordem certa e o chá fez o efeito que tinha que fazer. Consegui dormir e descansar o corpo até as primeiras horas da manhã. Enquanto dormia, o frio fez uma casca dolorida no meu nariz, mas a pele de ovelha me impediu de congelar completamente e, sabe-se lá como, eu sobrevivi àquela noite também.

Assim que clareou um pouco, coloquei a mochila de novo nas costas e voltei a andar, antes que minha cabeça insistisse em falar dos perigos do dia e me fizesse tremer os joelhos. Nos primeiros passos daquela manhã meus joelhos pareciam estar quebrados, mas fui andando assim mesmo. Eles foram se aquecendo e fingi o dia inteiro que eles não doeriam daquele mesmo jeito no dia seguinte.

Depois de duas noites dormindo entre as rochas, e consumindo quase todo o suprimento de comida da mochila, nenhum animal apareceu no meu caminho. Eu estava no lucro. O sol se manteve firme num céu sem nuvens, não teve nenhum som de avalanche e, aos poucos, olhei com olhos menos medrosos aquela descida tão longa que parecia estar andando em volta de si mesma. Eram despenhadeiros atrás de despenhadeiros, precipícios atrás de precipícios, abismos de pedra atrás de abismos de pedra. Nada na dureza da paisagem me assustava, pelo contrário. Depois que o medo inicial passou, o cenário roubou a atenção dos pensamentos e me entreteve por longos períodos. No terceiro dia, apareceu mais vegetação e o terreno ficou um pouco menos íngreme e perigoso. Entendi que estava perto do grande platô que elas falaram, e que logo adiante eu deveria parar novamente e buscar um lugar pra dormir. A visão à minha frente parecia um quadro. Pequenas árvores retorcidas parecendo bonsais gigantes brotavam de cima de pedras e se equilibravam sobre elas desafiando completamente a gravidade. Foi a parte mais bonita daquela longa descida, o que me fez recordar da minha lista de conselhos. Alguém disse que, quando tudo ficasse lindo, que eu aproveitasse para descansar porque ficaria difícil de novo.

A trilha que viria depois do outro lado do platô seria escorregadia demais pra fazer sem o sol. A animação do dia foi caindo com o entardecer e eu não estava conseguindo um lugar possível de passar a noite. Segui a trilha que se enveredou pelo meio das plantas, sem saber se aquela era mesmo a trilha ou só um caminho feito por algum animal. Tinha sede, mas o último gole estava salvo para o caso de não conseguir achar a cachoeira. Escurecia e eu não tinha achado sequer uma nascente. Saí falando alto, reclamando comigo mesma como os loucos fazem, como eu vivi fazendo tantas vezes.

No meio da minha lamentação ouvi o som que eu esperava. O barulho foi aumentando. Logo à frente avistei a cachoeira, uns vinte metros para baixo de onde eu estava. Acima dela, do lado contrário, dava para ver outro platô, um corte seco da montanha, todo colorido de flores, destoando do cinza do resto da paisagem. Achei bonito de longe, mas não tinha tempo pra reparar nas flores naquela hora, ia anoitecer a qualquer momento e eu precisava arrumar um lugar pra dormir. Fui pulando as pedras altas, me arranhando com a pressa de descer, e me joguei de cara na beira da água. De tão limpa, ela refletia o céu e as árvores em volta, mesmo com a luz do dia indo embora. Nem terminei de tirar a mochila das costas. Me apoiei de joelhos na areia da prainha que se formava na margem direita da cachoeira e bebi um pouco de água com as mãos em concha. Uma revoada de pássaros, seguida de gritos ao longe, me fez levantar de um pulo só. Fiquei imóvel por alguns segundos, esperando que o meu silêncio pudesse desfazer o que eu tinha acabado de ouvir. Mas ele só confirmou a direção das vozes. Eram duas, masculinas, se comunicando à distância. Gritos que ecoavam cada vez mais próximos um do outro, os dois logo abaixo de onde a trilha continuava. Subiam para a cachoeira. Senti meu chão tremer de novo com o impacto do timbre masculino. Eram dois homens estranhos, eu e um lugar totalmente desabitado. Se meu medo naquele momento era só paranoia, eu não quis esperar pra saber.

Meu movimento seguinte foi daqueles impulsos que só o instinto da sobrevivência explica. Subi, com a agilidade que nunca tive na vida, as mesmas pedras que eu desci com muita dificuldade minutos antes. Sem parar pra tomar fôlego, entrei na trilha de pedras que contornava a cachoeira por trás, até chegar na entrada do platô colorido.

Toda a área do terreno do platô era coberta por uma plantação alta e florida. Me embrenhei entre as plantas tentando não deixar rastro entre os ramos. Lá embaixo eu via a luz das duas lanternas se encontrando onde eu estive minutos antes, na prainha ao lado da queda d'água. Me afundei entre as plantas, andando de costas, sem perder de vista os feixes acesos, que sinalizavam a posição deles. Precisava manter o olho na direção da trilha, mas não podia descer por ela com a presença dos dois. Também não tinha como saber se eles me viram. Só sei que conversavam alto entre eles lá perto da cachoeira. Anoiteceu completamente em minutos e eu não conseguia ver mais nada. Continuei andando de costas, até que tropecei, caí de novo sentada e fiquei caída, com medo deles terem me escutado. Fiquei tanto tempo sem me mexer, deitada naquela mesma posição olhando para o céu, que dormi de exaustão, cercada pelas flores e com a cabeça apoiada na terra.

Quando acordei com o sol na minha cara, eu estava na mesma posição onde caí na noite anterior, entre um canteiro e outro. As flores favoritas de Asha me cercavam. Era uma plantação bem organizada, provavelmente clandestina, com as flores bem maduras e os bulbos no ponto de corte. Dei um suspiro longo, queria ter alguém comigo pra compartilhar a ironia. Me sentei direito na terra e tirei a mochila das costas. Me estiquei como pude, sem ficar de pé, nem fazer barulho. Os dois da noite pareciam ter descido. Só dava pra ouvir o barulho da cachoeira.

Tirei tudo da bolsa improvisada. Precisava organizá-la antes de continuar. Era uma mania antiga, um hábito da época que eu andava com uma bolsa. Gostava de abrir, colocar tudo para fora e checar um por um, o que tinha dentro, sempre que não sabia o que fazer. Nem a garrafa de água eu tive tempo de repor na cachoeira. O pão tinha acabado. Sobraram um pedaço de queijo todo amassado e as cascas secas de maçã. Jurei com a boca cheia que, se sobrevivesse, nunca mais comeria maçã na vida. Fiquei olhando para as papoulas e esperei pelo que poderia vir em seguida.

Roxas, vermelhas, laranja e brancas. As pétalas contrastavam com o azul no céu do meu ponto de vista, sentada no chão. De onde eu estava, pude ver direito os bulbos verdes de que Asha tanto falava, a forma fechada da flor, onde se faziam os cortes para que o caramelo que vira ópio escorresse. A paisagem era tão bonita quanto provocadora. As palavras dela permaneciam comigo. "Quando é machucada, a papoula chora". Também pensei em chorar, mas até chorar perdeu o sentido. Debaixo dos pés de ópio, vi a beleza de tudo e a loucura de tudo também. A porra dos paradoxos. O contraste que nos estica de uma ponta a outra da nossa existência. Tudo que era para ter sido e não foi, tudo que poderia ser, mas nunca seria. A ironia era grande demais, a vida era mesmo uma piada.

Quem me visse rindo sozinha daquele jeito teria certeza de que eu estava consumindo as lágrimas das lindas papoulas ali mesmo. Mas o único uso que eu fiz, naquele momento, foi das pétalas, porque a Asha também me disse que elas eram comestíveis. Apesar de quase não terem gosto, comi quantas aguentei. A boca secou e tomei o último gole que tinha. Minha vestimenta eram trapos, pedaços de cordas, cordões, couros e peles mal-acabadas. Minha pele estava da cor da terra, e as tranças que Malika carinhosamente fez pra me consolar antes de sair viraram um emaranhado só de bolos de cabelo. Do jeito que eu estava, do jeito que eu era, do jeito que eu sobrevivi, eu me levantei. Coloquei a mochila de volta nas costas, catei uma papoula roxa e coloquei no meu cabelo. Acordar viva naquele campo de papoulas me fez dar um foda-se para o que pudesse aparecer pela frente.

Me arrastei abaixada pelo canteiro até chegar de novo perto da beirada e olhar a cachoeira lá de cima. Na prainha lá embaixo não tinha sinal de ninguém. Mas vi dois rolos enormes de cabos para eletricidade, do tamanho de uma pessoa cada, que não estavam lá na noite anterior. Aqueles cabos não iriam ficar parados e quem quer que fosse trabalhar com eles subiria pela trilha por onde eu pretendia descer.

Fui me esgueirando pra trás da borda até ficar de pé de novo e olhar para o lado contrário. Atravessei a lateral do platô, tentando não ficar nem muito perto nem muito longe da beirada, precisava dela para me guiar. Do outro lado da plantação, nada a não ser mais pedras, e uma graminha baixa. Olhei para o chão, buscando algum sinal de outra trilha, e consegui ver os indícios do caminho que não notaria nunca em outros tempos. Não era bem uma trilha, mas talvez tenha sido. O caminho contornava uma rocha em forma de vaca deitada, e depois virava uma escada natural pelas pedras. Dei a volta nela e olhei a vista embaixo. Depois de umas duas horas de descida, pelas minhas contas, outro deserto de pedra me esperava. Seriam outras cinco ou seis horas de caminhada até a entrada da floresta. A essa altura não me dei ao luxo de pensar nos medos. Olhei de novo para o vale abaixo e, do outro lado dele, vi o início da floresta. Entre nós, um mar de nada, um cânion seco de areia e cascalho esperando pelas tempestades de verão que podiam chegar a qualquer momento. Tinha que atravessar enquanto o tempo estava firme. Era isso ou eu teria que passar outra noite naquele campo de papoulas. Teria sido uma imagem tentadora antes, mas naquele momento não me atraía tanto. Yuk Li disse que na floresta eu encontraria ajuda. A tal casa da cortina amarela.

Fui descendo uma pedra atrás da outra, sem olhar pra baixo, como eu fazia na escada da caverna e na descida para a Arethusa. Ajeitava a mochila nas costas e lambia meus lábios secos, sabendo que eles teriam de aguentar algumas horas antes de se molharem de novo. Quando finalmente ficou plano e eu pisei no leito seco do rio, o sol queimava no alto da minha cabeça. Amarrei um pano na cara deixando só os olhos de fora. Não tinha uma árvore, um arbusto, um nada onde eu pudesse me esconder do sol. Depois de três ou quatro horas, que pareceram meses, fui atentada no meio daquele deserto pelo meu demônio mais conhecido. Ana Lúcia.

O velho ódio apareceu, a raiva voltou, a culpa e o terror também. Praguejei contra os céus, chutei pedras, gritei contra o vento. Só queimou e arranhou ainda mais a garganta. A morte estava à minha espreita, como um dragão-de-komodo que mordeu a presa com sua boca infeccionada e está só esperando o momento da queda do animal doente. Tudo doía, e os cordões que amarravam as botas aos meus pés foram sucumbindo junto comigo. O terreno era pedregoso demais, era difícil de me equilibrar e cada tropeção arrancava um pouco mais do solado remendado. O sol no topo da minha cabeça marcava o meio do dia, e a garrafa de água vazia virou uma ampulheta marcando meu tempo. Vi minha sombra me seguindo e parecia que ela ficava cada vez maior. Era como um lembrete colado no corpo, alertando para o que eu nunca poderia deixar para trás. Dos lados de mim mesma que, por mais que eu me esforçasse, jamais deixariam de estar comigo, de fazer parte de quem eu era, mesmo depois de todas as cascas que eu acreditava já ter arrancado. Nunca haveria como escapar totalmente daquela sombra. O calor aumentou, o cenário começou a se mexer e vi outras sombras sobrevoando a minha. Eram os corvos abutres voando lá no alto e me vigiando. Um choro embaçou meus olhos e o sal fez arder a pele rachada do meu rosto. Tentei lamber uma lágrima pra molhar minha boca. Passei a seguir minha sombra e deixei que ela guiasse o caminho. A cabeça queimava e eu não tinha nenhuma noção da direção que andava, a floresta desapareceu e mal conseguia abrir os olhos. Continuei colocando um pé na frente do outro, com os olhos fixos no chão, até que o chão também deixou de ser um ponto fixo. Tudo balançou, depois tudo ficou turvo e escureceu de vez.

Junho – Borboleta

Uma mão delicada passou pelo meu cabelo, checou a temperatura da minha testa e depois apoiou meu pescoço. Umas gotas de água molharam meus lábios, desceram pela minha garganta e me fizeram engasgar. Não consegui abrir os olhos e por um instante achei que estava de volta e que aquela mão no meu cabelo era da Ponto. Desejei profundamente que fosse, mesmo sabendo em algum lugar remoto da minha cabeça que não era ela. Aos poucos minha consciência foi voltando e as pedras pontudas nas costas me fizeram sentir a realidade. Consegui levantar as pálpebras e vi uma garota de traços nepaleses, vestida com uma legging preta e um moletom cinza com a boca do Rolling Stones, ajoelhada ao meu lado, amparando minha cabeça. Fiquei olhando para ter certeza de que não delirava de novo. Ela esperou eu me sentar e ficamos as duas quietas, entre o embaraço de quem não se conhece, e a intimidade de quem resgatou a outra da morte. Me deu uma garrafa de plástico e eu bebi até o fim o líquido fresco. Só quando olhei para ela de novo, com um olhar mais calmo, foi que ela me apontou uma fumaça estreita e comprida subindo no céu logo à frente, no início da floresta.

Era um casebre bem pequeno, e assim como o monastério, todo feito de pedra. Seguimos até ele, com ela me apoiando pelo braço. A pequena construção tinha uma única janela nos fundos, com uma cortina amarela destoando da escuridão das paredes. Era a casa que Li tinha falado. Era inexplicável que eu tivesse chegado justamente nela, depois de achar que me desviei tanto do caminho, mas eu não tinha crédito para duvidar de mais nada. Demos a volta por entre as árvores e saímos numa trilha de terra de onde se podia ver a entrada do casebre, elevada do chão por dois degraus bem altos.

Subi com dificuldade, como se aqueles dois degraus fossem os últimos passos que meu corpo pudesse dar conta por um longo tempo. Outra cortina, também de cetim amarelo, decorada no estilo tibetano, fazia o papel de porta. Do lado de dentro, outras três, aparentemente nepalesas, me olharam e me cumprimentaram simpaticamente com a cabeça, sem deixar de fazer o que faziam. Não sei, nem nunca soube, se elas eram da mesma família, mas eram cada uma de uma geração bem diferente da outra. Anos antes eu apostaria que eram duas filhas, a mãe e avó. Uma colocava água numa panela no fogão a lenha, que ficava no meio da sala, enquanto deu alguma ordem para a mais nova que me resgatou. A outra estava sentada num tapete no chão e bordava com fios coloridos um pano parecido com o tecido amarelo da janela. Me apontou a beirada da cama para me sentar, ao lado da mais velha delas. Difícil dizer se ela tinha oitenta, noventa ou cem anos. Depois de Yuk Li eu parei de tentar acertar a idade das pessoas, principalmente as de cabelo branco.

A senhora vestia um conjunto de moletom vermelho que parecia novíssimo, a calça e o casaco com a marca enorme da Nike estampada em branco. Com os pés descalços sobre a cama e as unhas dos pés bem pintadas também de vermelho. Ria sozinha e gargalhava de vez em quando, mostrando os dentes todos de ouro, enquanto assistia vídeos em um celular muito mais moderno do que o último que eu vi, anos antes. Olhando a mulher de moletom da Nike se divertindo naquele celular eu pensei no tipo de mundo que encontraria quando terminasse de descer a montanha.

A casa era só a varanda, o cômodo da frente, que era meio sala, meio cozinha, e um quarto grande nos fundos. De onde eu sentei, dava para avistar nele duas camas de casal e duas de solteiro, formando um círculo de camas com uma mesinha no meio, cheia de velas, flores secas e outros objetos que de longe eu não conseguia definir. Lá fora eu não vi outras casas, só a trilha, uma horta e várias roseiras. Fiquei imaginando se aquela casa era uma extensão do monastério, ou se era só uma casa de família local para onde os homens não tinham voltado do serviço. Não fazia diferença. Eu estava cansada demais para perguntar qualquer coisa. Também não sabia se seria entendida. Depois de alguns minutos, a mais nova voltou lá de fora com um balde grande de madeira com água fumegando e me apontou o fundo da casa.

Dentro do quarto tinha um pequeno anexo, também de pedra, que fazia as vezes de banheiro. Depois do balde ela me trouxe uma toalha, um pedaço de sabonete e roupas limpas que incluíam um jeans. Fiquei olhando para o sabonete por tanto tempo que ela deve ter achado que eu nunca havia visto um antes. Como ela percebeu a minha confusão mental, colocou tudo sobre uma banqueta de madeira ao lado de outro balde com água fria, me empurrou com delicadeza para dentro do pequeno cômodo, tirou uma caneca pendurada na parede e me entregou, encerrando seu serviço.

Ela voltou para a cozinha e eu demorei um tempo olhando para a fumaça que saía da água quente. Eu sobrevivi outra vez. Eu. Todas. Uma estava parada, com as roupas rasgadas e cobertas de terra, exausta demais para se mexer;

outra sentia uma dor diferente a cada peça que tirava do corpo, outra queria chorar, outra orgulhosa por ter chegado até ali, outra achava que ia morrer a qualquer momento e outra foi se despindo devagar, pegando o caneco de água e misturando a água quente na água fria.

As roupas que a garota me emprestou, a textura das peças limpas, o cheiro de sabão, tudo era apreciado pelo meu corpo. Não tinha espelho naquela casa. Preferi que não tivesse. De tão magra, as roupas que elas me deram me serviram com folga, mesmo eu achando que elas nem entrariam direito. Estava sem noção do meu tamanho real. Um par de chinelos de borracha me esperava sobre um tapetinho de cordões coloridos, e o que restava das botas que a Ponto me deu não servia para nada que não fosse o lixo.

Ao sair do banheiro, encontrei um prato de arroz com frango me esperando em cima de uma das camas. Só lembro de dar umas duas colheradas e apagar sentada. Horas depois, senti as mãos delas me ajeitando direito no colchão de molas e me cobrindo, mas só consegui acordar mesmo na noite do dia seguinte.

Estava escuro lá fora e, além da luz do fogão, uma luz amarela fraquinha iluminava a casa. Tentei ouvir o barulho de algum gerador, mas não tinha, era eletricidade mesmo, o que significava que a energia para acender aquela lâmpada chegava de algum poste, de alguma outra casa e que o mundo civilizado não estava tão longe. Cada uma segurava um prato de sopa, e eu recebi um também que logo esquentou as mãos e ajudou a me aquecer do frio que entrava pela cortina-porta. Não existia explicação para eu ter sobrevivido às noites lá fora, mesmo no verão, se dentro daquele casebre, mais de três mil metros abaixo de onde eu saí, com o fogo ligado, meu corpo tremia em pequenos espasmos.

Me sentei na beirada da cama que servia de sofá e a velha senhora me empurrou uma manta para cobrir as pernas, sem tirar os olhos do seu celular, enquanto equilibrava o pote de sopa no colo. Elas comiam, cada uma na sua, e não estavam interessadas na minha presença. Como se fosse comum para elas encontrar uma mulher meio morta descendo a montanha. Talvez fosse. Eu estava muito cansada para iniciar qualquer tipo de interação e simplesmente aproveitei o conforto macio da cama-sofá.

A casa era simples, com pouco mobiliário e objetos. Uma estante de mantimentos, outra de temperos, outra de bules e panelas de ferro. Ao lado do fogão, uma pilha grande de lenha ocupava boa parte da sala e, além da cama-sofá e de uma cadeira de balanço, só três objetos completavam a decoração: dois quadros pequenos e um pôster de um Buda que parecia uma mulher, com grandes olhos pintados e adereços coloridos, sentado na posição de lótus e olhando direto para quem olhasse para ele, de qualquer posição da sala. Os dois outros objetos eram molduras de madeira, cobertas por um vidro e decoradas por brocados coloridos, e ficavam logo acima de onde eu me sentava. Pareciam oratórios pendurados na parede. Um deles protegia uma pedra turquesa do tamanho de uma mão fechada, e o outro, uma borboleta enorme, empalhada. Era o mesmo tipo de borboleta das que apareceram na caverna para mim. "Tecla". Quase engasguei com a colher de sopa na boca. O nome saiu na voz de uma delas, que percebeu meu interesse pela borboleta enquanto eu comia. "Tecla". Apontou para o quadrinho na parede. A velha riu sem tirar os olhos da tela e eu fiquei sem saber se ela ria do meu desentendimento ou de algum vídeo no celular. A garota que me salvou percebeu a minha confusão e parou de comer, colocou seu prato de lado, tirou o celular do bolso, digitou alguma coisa e ficou esperando um tempo, até a internet pegar. Depois me mostrou a tela do Google explicando que Thecla, com h, era um tipo de borboleta. Sorri para ela, agradecendo a explicação e pensando em todas as outras coisas que eu precisava pesquisar na minha vida para ter a resposta naquele momento.

As outras se levantaram e se prepararam para dormir, e a velha continuou na cama-sofá, só trocando sua almofada das costas para a cabeça. Ela deixou o celular de lado e pegou uma peça que parecia um colar de pedras azul-turquesa, todo irregular, feito com as mesmas pedras das do tipo que estavam emolduradas na parede. O tom de turquesa das contas era impressionante. Não era nem um terço, nem um japamala, mas fui dormir no outro quarto ouvindo a ladainha harmoniosa que saía da boca dela enquanto segurava a bonita peça e sussurrava o que, para mim, funcionou como uma canção de ninar.

Dormi de novo, um sono pesado e confortante. Quando acordei, senti uma movimentação e vozes conversando do lado de fora da casa. Vesti a calça jeans que tirei para dormir e calcei um par de tênis usados, mas em excelente estado se comparado com qualquer coisa que eu havia calçado no monastério. As meias limpas me deram uma mistura de tristeza e alegria. Lembrei da escassez de conforto do mundo lá de cima. Olhei para o casebre e pensei que eu poderia ficar com elas, naquele aconchego, e não ir a lugar nenhum. Bateu uma nostalgia antes mesmo de sair. Mas, de novo, era tarde demais para querer ficar. Elas me esperavam lá fora, com exceção da senhora do celular, que tomava seu café da manhã na cama-sofá e se divertia cedo com seu aparelho. Amarrei as cordas da bolsa de novo em volta da cintura para ter certeza de que nada iria cair. Não tinha mais quase nada ali dentro, mas era tudo o que eu tinha delas.

Antes que eu cruzasse a porta, a senhora de moletom vermelho me chamou fazendo sinal com a cabeça. Me aproximei e ela me estendeu a mão com o colar de pedras azuis. Fiquei na dúvida, mas o braço esticado em minha direção confirmava a oferenda. Tomei o colar e beijei sua mão, agradecendo. Ela riu e balançou a cabeça em desacordo com o meu gesto. Depois me fez sinal que fosse logo e voltou a olhar seu celular sem se importar com minha cara molhada.

Atravessei a cortina de pano para me despedir das outras e vi a moto e o piloto. Um rapaz, vestindo uma camiseta preta do Metallica, se apoiava na motocicleta segurando dois capacetes na mão. A garota que trocou o moletom do Rolling Stones do dia anterior por uma jaqueta de couro falso conversava com ele e sorria, enquanto as mãos dos dois mostravam que a relação ia além do gosto em comum por bandas de rock ocidentais. As outras duas sentavam no degrau da frente da casa, certas de que eu já tinha entendido tudo. Mas, ao me verem parada, sem andar nem para frente, nem para trás, me indicaram com o movimento de cabeça. Era isso mesmo. Que eu subisse na motinho de 125 cilindradas e seguisse com o piloto de gel no cabelo e cara de quem acabou de tirar a carteira. Empurrada pela força de sempre e sem tempo para titubear, me despedi delas com as mãos unidas no centro do peito, em saudação.

Logo que saímos da frente da casa, a motinho fez uma curva para a esquerda e foi descendo a trilha no meio da floresta. Outros casebres apareceram, revelando a vila pequena e simples logo abaixo da casa de pedra de cortina amarela. Na garupa daquela moto, que parecia conhecer cada buraco do caminho e que mal dava para nós dois e minha mochila, a vida nepalesa foi se revelando para mim como devia ter se revelado quando cheguei. Enfim eu conhecia os cheiros, o colorido e o povo dos morros mais altos do mundo, a outra vida daquela cordilheira que parecia nunca acabar. Vivi naquela montanha por tanto tempo e não sabia nada das vilas, aldeias e povoados que ela guardava. Era como se eu nunca tivesse estado no Nepal até então. Com os olhos bem abertos e mais sóbria do que eu achava ser possível, desci por horas e horas agarrada nele, na motinho que às vezes parecia uma atração perigosa de um parque de diversões. Passamos por vários templos, pequenos e grandes, e por dois monastérios enormes, muito maiores do que aquele que eu me despedia. Avistei monges budistas subindo e descendo a trilha, sherpas carregando fogões e sofás de três lugares nas costas, mulheres agricultoras carregando crianças e baldes de água na cabeça, gente de todas as idades dividindo caronas com animais e sacos de comida e motos que faziam o papel de ônibus e caminhões ao mesmo tempo. A trilha às vezes desaparecia e a gente descia da moto e andava com ela desligada até que o caminho aparecesse de novo.

Anos tinham se passado desde a última vez que eu vi um homem tão de perto, e mais ainda desde que cheirei o suor ou toquei a pele de um. Em certos momentos, eu me agarrava forte no meu motorista, para não despencar da moto nas curvas fechadas e na inclinação de elevador que certas ladeiras tinham. A sensação daquele corpo quente apertado no meu acabou me lembrando de que eu não estava morta, apesar de parecer. Ele me disse que se eu precisasse, podia agarrá-lo mais forte durante as descidas muito inclinadas, mas não abusei. Além de ter me salvado a vida, era graças à namorada dele que eu cheirava a sabonete e não a pele de bicho morto. A trilha inclinada de terra e cascalho continuou sendo trilha de terra e cascalho por algumas horas, mas, a cada vila que cruzamos, a sensação de que o mundo se aproximava ia aumentando, e de vez em quando eu colocava as mãos nas costas para ver se não tinha perdido a mochila.

Assim que terminou a estrada de terra e saímos na estrada de asfalto, uma placa indicando Besisahar a 45 km, Pokhara a 120 km, Kathmandu a 500 km, me deu dor de barriga. Lembrei que foi de Besisahar que saímos para a outra vila, no início da subida para a montanha, onde aconteceu a morte da garota nepalesa. Não me lembrei naquele momento do nome certo do lugar, mas senti que estávamos perto, no final da grande descida. Até hoje eu também não me lembro dos dias que passei fazendo aquele caminho contrário. Acho que nunca vou lembrar e talvez seja melhor assim. A visão de mim mesma, apagada e pendurada no lombo de um burro, não é uma lembrança que eu fiz questão de rever.

Uma hora depois de avistar a cidade de longe, chegamos à porta de um casarão novinho, de três andares pintados de verde, onde a placa do letreiro Forever Nepal parecia piscar para mim. Desci da moto e precisei me segurar nela para não cair, minhas pernas estavam adormecidas fazia tempo. Kiram, que só se apresentou mesmo quando chegamos, fez sinal para eu esperar lá fora. Entrou na guest-house com jeito de quem esteve ali muitas vezes. Depois de uns minutos sem saber o que eu esperava, um casal saiu de lá com ele.

Joe era austríaco, ruivo, de óculos e simpático como um dono de hospedaria que se preze. Fez questão de me deixar à vontade, logo na recepção, preenchendo o momento com comentários leves, e me mostrando certificados na parede que confirmavam como eles sabiam cuidar bem dos estresses típicos dos hóspedes em férias.

Helga, a esposa, depois me contou que seu nome verdadeiro, tibetano, era Karma, mas que trocou porque cansou das explicações que ela ouvia dos turistas sobre o próprio nome. Era bem articulada, agradável e, assim como o marido, gostava de falar. Tinha um rosto que parecia um pôster de divulgação do país. Os dois falavam sem parar e eu achei bom porque assim eu não precisava abrir a boca. Pensei em como iria pagar por aquilo tudo e fui andando atrás deles. Quando vi, me levaram para uma suíte livre, dizendo que a reservaram para mim, no terceiro andar.

O quarto era enorme, de madeira clara, tudo novo e bem equipado. Os dois foram se revezando, orgulhosos da pousada que construíram e de todos os detalhes da construção. Só pararam de me falar da obra para me dizer que eu ia adorar o banheiro com chuveiro quente e dois tapetinhos; depois mudaram o assunto para as crianças e os hóspedes, que iam adorar me conhecer e saber tudo sobre a minha aventura; sobre o menu para o jantar no refeitório lá embaixo, que seria servido dali há uma hora; e sobre os ingredientes especiais da samosa vegetariana, mas que tinha de queijo também.

Os dois me deixaram quando entenderam que eu não estava reagindo a toda aquela informação. Pareciam surpresos com aquela hóspede que não reclamou de nada, nem pediu uma toalha extra. "A gente está acostumado, se precisar é só chamar". Saíram, depois de muitos sorrisos, repetindo que, qualquer coisa eu chamasse, estavam à minha disposição. Olhei para a porta uns minutos, imaginando se eles não iriam voltar para falar alguma outra coisa. Suspirei tão fundo que achei que ia parar de respirar. Depois soltei o ar, dei uma risada e me joguei de cara no colchão de casal macio. Me afundei entre os quatro travesseiros fofos e cheirosos e sobre o cobertor com estampa de tigres, novinho, que havia acabado de sair de uma embalagem de plástico transparante, jogada ao pé da cama.

Tomei um banho longo. Lavei meu cabelo três vezes com o xampu e duas com o creme que ela deixou pra mim. Metade do cabelo saiu no pente enquanto eu lavava. Tinha também secador de cabelo, que eu não usei com medo de que caísse o resto. Na prateleira ao lado da pia, uma touca, dois tipos de buchas, um mini kit para unhas, um mini kit de costura, uma mini nécessaire com dois tubos de creme hidratante para o corpo e outro para o rosto, e mais um esfoliante. O espelho era do tamanho de uma pessoa. Ficava atrás da porta, ao lado do roupão, e eu não tive coragem de olhar para ele antes de entrar no chuveiro. Quando saí do box e dei de cara comigo, me assustei como se um estranho tivesse entrado e me visto pelada. Era a primeira vez que eu via a casca escura que se formou sobre o meu nariz durante os anos, que parecia um dedo. Meu corpo era metade do que foi um dia. Só meu olho parecia limpo. Gastei todos os tubinhos de creme, que sumiram na minha pele antes de eu terminar de passar, coloquei o roupão branco e voltei para o quarto.

Helga bateu na porta e abriu sem esperar resposta, com uma bandeja nas mãos. Entrou dizendo que eu devia estar cansada demais para descer e que não tinha problema nenhum eu comer ali mesmo. Trouxe um prato enorme de lasanha de berinjela, uma Coca-Cola numa garrafa de vidro e dois chocolates Snickers de sobremesa. Trouxe também outras duas garrafas de água, além das que tinham no quarto, e um pote de chá. Riu quando terminou de colocar tudo na mesa da suíte e entendeu que eu mal tinha assimilado o prato de lasanha. Me pediu para abrir a janela se fosse fumar no quarto e que a senha da internet do computador ao lado da cama era Manaslu77, o mesmo nome da montanha que aparecia no enorme pôster ao lado do espelho. Busquei algo simpático para dizer, mas Helga foi saindo com um sorriso maior do que entrou, sem esperar que eu dissesse nada.

Novamente repetiu que se eu precisasse de alguma coisa era só chamar a qualquer hora, do dia ou da noite, e que não me preocupasse com a conta, que Kiram se encarregou e pagou a semana adiantado, com direito a três refeições diárias. Mas se eu quisesse mais chocolate, teria de pagar à parte. Continuou insistindo, perguntando se eu não precisava de mais alguma coisa, qualquer coisa, desde que não fosse ilegal. Eu ouvi que ela dizia, com paciência e curiosidade, mas sem muita reação. Perguntei se ela vendia cigarro. Ela tirou do bolso um maço cheio aberto e me perguntou quantos eu queria. Falei que só um mesmo, então ela deixou dois, caso eu mudasse de ideia, e eu pensei na Ponto.

Levei quase uma hora para terminar o prato. A comida era realmente boa, como a Helga fez questão de dizer que seria, mas tão apimentada que acabei com as duas garrafas de água, uma atrás da outra. Minha barriga ficou estufada de tão cheia. Comer era melhor do que eu me lembrava. Olhei para o computador sem muita vontade de me conectar. Tanto Joe quanto Helga avisaram, se desculpando, que a internet quase não pegava naquele horário. Pensei que se o mundo me esperou até então, podia esperar mais um pouco. Ninguém ia me tirar daquele colchão naquela noite. Sem muita cerimônia, Helga bateu na porta e entrou de novo, desta vez com as duas filhas agarradas nas suas pernas. Disse que não ia demorar, que a pousada estava cheia, mas que tinha uma coisa para me mostrar e que ela achava melhor me mostrar logo.

Uma das meninas carregava com orgulho uma pasta grossa azul-marinho, dessas com sacos plásticos dentro para guardar papéis e organizar documentos. Na capa da pasta tinha a logomarca da Nepal Forever estampada. As duas pareciam mais empolgadas ainda do que a mãe com a minha presença e com o que guardavam dentro da pasta. Era uma coleção grande de recortes de jornal, revistas, fotos e impressões de páginas da internet, de tudo relacionado à guest-house da família. Fotos de gente famosa que se hospedou com eles, expedições premiadas que passaram tempo na Forever Nepal antes de subir o Everest, cartões de hóspedes do mundo inteiro agradecendo a estadia, certificados internacionais de qualidade do atendimento, e de repente ela puxou uma foto de Los Johns, hospedados naquele mesmo quarto. Quase não os reconheci, de tão bronzeados, mas eram eles mesmos, os três que foram para o aeroporto comigo em Londres, e com quem nunca mais me encontrei depois que cheguei na Índia.

Helga continuou tirando outros artigos guardados que tinham a ver comigo. Uma página do jornal local com a entrevista dos três, que tinham viajado até lá, dois anos antes, para procurar a amiga brasileira desaparecida. Disse que eles ficaram famosos, batendo de guest-house em guest-house para tentar alguma informação sobre o meu paradeiro. Helga puxou outro recorte com a impressão de um site, com a foto da minha amiga Valéria, de Porto Alegre, contando a jornada dela para encontrar uma amiga da adolescência que foi embora do Brasil e sumiu. Me descrevia como uma pessoa fechada, um pouco difícil de conviver, mas boa amiga. Por último, um artigo de um site austríaco, em inglês, que investiga turistas desaparecidos na Ásia. Nele tinha a foto de uma senhora que parecia muito a minha mãe, dizendo que aquela mulher era minha avó, que ela só ficou sabendo da minha existência depois que eu desapareci, quando meu caso apareceu na televisão. Que rezava para que um dia eu aparecesse e ela pudesse me conhecer. Minha avó de sangue mesmo. Helga e as meninas saíram logo, se desculpando com os afazeres do jantar, e me deixaram sozinha no quarto com os recortes.

Puxei as cortinas e abri a janela. Mesmo com o céu escuro, dava para ver o branco nevado dos topos marcando o horizonte lá longe. No andar de baixo, o jardim florido com calêndulas onde os hóspedes jantavam animados ao ar livre. Os pratos e os copos cheios, as crianças corriam em volta das mesas, os turistas brindavam e falavam alto. A noite estava quente e sem vento, iluminada por lanternas coloridas de papel, em formato de estrelas de oito pontas. Acendi um dos cigarros com o fósforo da caixinha que, como tudo no quarto, tinha a logo da Nepal Forever. Dei um trago bem devagar e me virei para o lado da montanha, soltei a fumaça na direção dela, olhando os contornos brancos dançarem no ar e desaparecerem no espaço entre nós.

Agradecimentos da autora

Aproveito este espaço para deixar registrado meu agradecimento às pessoas que contribuíram diretamente para realização deste livro. Sem elas, ele não seria como é, ou talvez nem seria:

Alessandra Vinhas, Katia Fiera, Sara Devi Gonçalves, Lucia Rosa, Taísa Zenha, Dora Guerra, Andreas Chamorro, Leopoldo Cavalcante, Krishna Mahon e Bruno Horta Fernandes.

Peço que recebam estas palavras como receberiam um abraço apertado, daqueles que duram muito tempo e que podem ser sempre lembrados.

Que esta gratidão permanente chegue também a Carolina e Simone Werneck, por me manterem Ju, mesmo de tão longe.

Encerro com este abraço em expansão, agradecendo a Nick Slatiner, por pisar comigo nas tantas pedras desse estranho caminho, e pelo amor a cada passo.

Juliana W. Slatiner
Berlin, 22 de outubro de 2023

Cara leitora, caro leitor

A **ABOIO** é um grupo editorial colaborativo.

Começamos em 2020 publicando literatura de forma digital, gratuita e acessível.

Até o momento, já passaram pelos nossos pastos mais de 500 autoras e autores, dos mais variados estilos e nacionalidades.

Para a gente, o canto é conjunto. É o aboiar que nos une e que serve de urdidura para todo nosso projeto editorial.

São as leitoras e os leitores engajados em ler narrativas ousadas que nos mantêm em atividade.

Nossa comunidade não só faz surgir livros como o que você acabou de ler, como também possibilita nos empenharmos em divulgar histórias únicas.

Portanto, te convidamos a fazer parte do nosso balaio!

Todas as apoiadoras e apoiadores das pré-vendas da **ABOIO**:

—— **têm o nome impresso nos agradecimentos de todas as cópias do livro;**

—— **são convidadas a participarem do planejamento e da escolha das próximas publicações.**

Fale com a gente pelo portal **aboio.com.br**, ou pelas redes sociais (@ **aboioeditora**), seja para se tornar uma voz ativa na comunidade **ABOIO** ou somente para acompanhar nosso trabalho de perto!

Vem aboiar com a gente. Afinal: **o canto é conjunto.**

Apoiadoras e apoiadores

120 pessoas apoiaram o nascimento deste livro Este livro não teria sido o mesmo sem elas. Portanto, estendemos os nossos agradecimentos a:

Adriane Figueira

Alessandra Vinhas

Alexander Hochiminh

Allan Gomes de Lorena

André Balbo

André Pimenta Mota

Andrea Loureiro Moreira
Magalhães Alves

Andreas Chamorro

Anthony Almeida

Arthur Lungov

Bianca Monteiro Garcia

Caco Ishak

Caio Girão

Caio Narezzi

Calebe Guerra

Camila do Nascimento Leite

Camilo Gomide

Carla Guerson

Carolina Nogueira

Carolina Werneck Martins

Cecília Garcia

Cintia Brasileiro

Cleber da Silva Luz

Clenir Giorni Dos Santos

Cristina Machado

Daniel Dago

Daniel Giotti

Daniel Guinezi

Daniel Leite

Daniela Ribeiro

Daniela Rosolen

Danilo Brandao

Denise Lucena Cavalcante

Dheyne de Souza

Eduardo Rosal

Érica Roncarati Vilela

Fabíola Souza Oliveira Santos

Febraro de Oliveira

Fernanda Maria Machado

Flávia Braz
Flávio Ilha
Francesca Cricelli
Frederico da Cruz Vieira de Souza
Gabo dos livros
Gabriel Cruz Lima
Gabriela Machado Scafuri
Gael Rodrigues
Giselle Bohn
Guilherme Araújo
Guilherme da Silva Braga
Gustavo Bechtold
Gustavo Bozzetti
Henrique Emanuel
Jadson Rocha
Jailton Moreira
Janine Campelo Martelletto
João Luís Nogueira
Joao Paulo Barony Lage
Júlia Vita
Juliana Costa Cunha
Juliane Carolina Livramento
Laura Giorni
Laura Redfern Navarro
Leitor Albino
Leonardo Dantas Borges
Leonardo Pinto Silva
Lolita Beretta
Lorenzo Cavalcante
Lucas Ferreira
Lucas Lazzaretti
Lucas Verzola
Lucia Rosa

Luciano Cavalcante Filho
Luciano Dutra
Luis Felipe Abreu
Luísa Machado
Luiza Campos Antunes
Manoela Machado Scafuri
Marcela Roldão
Marco Antonio Mendes Pomarico
Marco Bardelli
Marcos Vinícius Almeida
Marcos Vitor Prado de Góes
Maria Inez Frota Porto Queiroz
Mariana Donner
Marina Lourenço
Mateus Torres Penedo Naves
Matheus Felipe Reis Werneck
Mauro Paz
Menahem Wrona
Milena Martins Moura
Minska
Miramoto Yuta
Natalia Timerman
Natália Zuccala
Natan Schäfer
Nik Slatiner
Nila Cristina Coelho Ferreira
Otto Leopoldo Winck
Paula Maria
Paulo Scott
Pedro Torreão
Penelope Zecchinelli Sampaio
Pietro Augusto Gubel Portugal
Rafael Mussolini Silvestre

Rodrigo Barreto de Menezes

Rodrigo Magno Sales Senra

Sandra Santos

Sergio Mello

Sérgio Porto

Sérgio Rodrigues

Simone Werneck da silva

Thais Fernanda de Lorena

Thais Freitas

Thassio Gonçalves Ferreira

Valdir Marte

Vanessa Cardoso Costa

Weslley Silva Ferreira

William Ventura Caldeira

Yvonne Miller

EDIÇÃO Leopoldo Cavalcante
COORDENAÇÃO EDITORIAL Marcela Roldão
REVISÃO Bianca Monteiro Garcia
Lúcia Rosa
ILUSTRAÇÃO DA CAPA Juliana W. Slatiner
CAPA Bruno Horta Fernandes
COMUNICAÇÃO Luísa Machado

© Aboio, 2023

Eu era uma e elas eram outras © Juliana W. Slatiner, 2023

Grafia atualizada segundo o Acordo Ortográfico da Língua Portuguesa de 1990, que entrou em vigor no Brasil em 2009.

Os personagens e as situações desta obra são reais apenas no universo da ficção: não se referem a pessoas e fatos concretos, e não emitem opinião sobre eles.

Dados Internacionais de Catalogação na Publicação (CIP)
Aline Graziele Benitez — Bibliotecária — CRB — 1/3129

Slatiner, Juliana W.
   Eu era uma e elas eram outras / Juliana W. Slatiner. -- 1. ed.
-- São Paulo: Aboio, 2023.

   ISBN 978-65-85892-11-7

   1. Romance brasileiro I. Título

23-184429   CDD–B869.3

Índices para catálogo sistemático:
1. Romance Brasileiro I. Título.

[2023]

Todos os direitos desta edição reservados à:

ABOIO

São Paulo — SP
(11) 91580-3133
www.aboio.com.br
instagram.com/aboioeditora/
facebook.com/aboioeditora/

Esta obra foi composta em Adobe Garamond Pro
O miolo está no papel Pólen® Natural 80g/m².
A tiragem desta edição foi de 500 exemplares.

[Primeira edição, dezembro de 2023]